Peter Joseph Kämpfen

Freiheitskämpfe der Oberwalliser in den Jahren 1798 & 1799

SALZWASSER VERLAG

Peter Joseph Kämpfen

Freiheitskämpfe der Oberwalliser in den Jahren 1798 & 1799

1. Auflage | ISBN: 978-3-75254-215-8

Erscheinungsort: Frankfurt am Main, Deutschland

Erscheinungsjahr: 2021

Salzwasser Verlag GmbH, Deutschland.

Unveränderter Nachdruck der Originalausgabe von 1867.

Freiheitskämpfe

der

Oberwalliser in den Jahren 1798 & 1799.

Mit einem Anhang der neuesten Geschichte von Wallis.

Von

Peter Joseph Kämpfen, Pfarrer

und Mitglied mehrerer Gelehrtenvereine.

(Dokumentensammlung von P. Sigismund Furrer.)

Stans, 1867.

Druck und Commissionsverlag von Caspar von Matt.

Quellen dieser Geschichte.

1. Karl Monnard, Geschichte der Eidgenossen. Fortsetzung von Müllers Schweizergeschichte.
2. Sammlung der Gesetze, Proklamationen, Tagesbefehle &c. vom Anfange der helvet. Revolution bis zum Ende des Jahres 1798. 2 Bde.
3. Boccard, histoire du Valais. Genève 1840.
4. Carropt, doyen, contemporain: Notices sur l'invasion des Français en Valais; Manuscript.
5. Epp, Priester aus Uri, in Sitten domizilirt: Tagebuch der Begebenheiten in den Jahren 1798 und 1799; Manuskript. Sitten &c.
6. Rapport du Conseil de guerre en faveur de M. le Capitain de Bons. Sion 17. Mai 1798.
7. v. Stockalper, K., Aktenmäßige Darstellung der Ereignisse im Wallis seit den letzten 50 Jahren. Sitten 1847.
8. Jost, Moritz, Tagebuch über die Feldzüge der Oberwalliser gegen die Franzosen 1798 und 1799; Manuskript.
9. Ritter, Schullehrer, Chronik der merkwürdigsten Ereignisse seiner Zeit; Manuskript.
10. Freymond, J. J., Vaudois, Officier des troupes du Léman: Expedition en Valais 1799.
11. Landrathsabschied vom 30. Mai 1797.
12. Gemeinde- und Pfarrarchive, Manuskripte und mündliche Ueberlieferungen von Augenzeugen u. s. w.
13. Ulrich, J. B., der Bürgerkrieg in der Schweiz 1850.
14. Baumgartner, die Schweiz in ihren Kämpfen und Umgestaltungen von 1830 bis 1850. Zürich.
15. Verschiedene Manuskripte und Privatkorrespondenzen vom In- und Auslande u. s. w.

Vorwort.

Wenn wir diese Blätter der Oeffentlichkeit übergeben, so kommen wir nur einem längst gefühlten Bedürfniß und einem allseitigen Wunsche entgegen. Die überaus erfreuliche Theilnahme, welche unsere bezügliche Subskriptionsliste unter der deutschen Bevölkerung von Wallis gefunden, rechtfertigt vollkommen die sofortige Ausführung des Unternehmens.

Während in den letzten Jahren Bern und Unterwalden ihren Helden von 1798 rc. würdige Denkmale in Schrift und Stein gesetzt haben, darf auch Wallis nicht länger säumen, die schönen Thaten seiner Väter für Gott, Freiheit und Vaterland — der Vergessenheit zu entreißen, und den edlen Kämpfern für diese ebenso edlen Güter der Menschheit den Tribut des Dankes zu zollen. Die Zeit drängt um so mehr, als bald der letzte Augenzeuge aus diesen ewig denkwürdigen Tagen unserer Geschichte zu Grabe getragen sein wird. — Es sind diese Blätter somit die Erfüllung einer Ehrenpflicht von Seite der Enkel an ihre Väter, deren Liebe zum Vaterlande und seinen Institutionen auch in weitern Kreisen bekannt zu werden verdient. Manches Dunkel und manches sehr verletzende Vorurtheil ruhte bis jetzt auf jener ereignißreichen Zeit. Es wäre schwarzer Undank einerseits, und strafbare Feigheit anderseits, die Sache länger auf sich beruhen zu lassen, da sich sogar Stimmen von Außen her dahin ausgesprochen, es möchten die Kämpfe der Oberwalliser gegen die fränkische Invasion baldigst einen kompetenten Geschichtschreiber finden, um wenigstens den harten Vorurtheilen und aus Unkenntniß der Thatsachen hervorgehenden Anschuldigungen gegen eine Menge von Persönlichkeiten geistlichen und weltlichen Standes, mit den Waffen der Wahrheit entgegen zu treten.

Es konnte diese so delikate und schwierige Aufgabe von Niemanden besser gelöst werden, als von unserm hochverehrten Freunde P. Sigismund Furrer sel., der in der vaterländischen Geschichtsforschung ergraut, und durch seine lautere Gesinnung, Wahrheitsliebe und Fachkenntniß über jedes Urtheil so zu sagen erhaben da stand. Es mußte ihm diese Arbeit um so angenehmer und leichter erscheinen, als er die großen Ereignisse miterlebte, und diese sich tief in seine Seele eingegraben hatten.

Wir aber fanden uns durch das Gesuch des ehrwürdigen Greisen um Mithülfe und Redaktion dieser Geschichte sehr geehrt. Mit wahrer Freude haben wir seit vielen Jahren schon unsere freien Stunden größtentheils der Lösung unseres Versprechens gewidmet, indem uns dadurch Gelegenheit geboten ward, unsere Liebe zum schönen Vaterlande und seiner ruhmvollen Geschichte thatsächlich an Tag legen zu können.

Da wir keine pragmatische Geschichte zu schreiben beabsichtigen, so halten wir uns so viel wie möglich an die Thatsachen selbst, wie sie uns durch zahlreiche Dokumente, offizielle Aktenstücke und wahrheitsliebende Augen- und Ohrenzeugen vermittelt wurden. Es kann uns daher eine günstige oder ungünstige Kritik ziemlich gleichgültig sein, indem sie uns nur insofern trifft, als wir von unsern Belegestücken und Gewährsmännern abgewichen wären, gegen welche Zumuthung wir uns hiemit feierlich verwahrt haben wollen.

Schließlich erfüllen wir eine angenehme Pflicht, wenn wir allen denen, die uns in unserer beschwerlichen Arbeit unterstützt und durch bezügliche Mittheilungen diese Blätter bereichert haben, den aufrichtigen Dank aussprechen. Mehrere werthe Freunde, die sich um die vaterländische Geschichtsforschung verdient gemacht, dürfen somit einen guten Theil des Dankes beanspruchen, so etwa von der Mit- oder Nachwelt den Verfassern dieses Buches zu Theil werden möchte. Wir wünschen nichts sehnlicher, als dieses Honorar mit ihnen theilen zu können.

Waren, den 2. Januar 1867.

Der Verfasser.

Erster Abschnitt.

Erstes Kapitel.

Einleitung.

Ueber den Ursprung des sogenannten „französischen Krieges“ sind die Ansichten und Meinungen sehr getheilt. Die fränkischen Residenten und Generale, so wie die meisten Feinde der Freiheit, schrieben denselben dem Fanatismus der Priesterschaft und einer durch diese geschürten religiös-fanatischen Verblendung des großen Volkshaufens zu. Diese Herren befinden sich aber unstreitig auf dem Holzwege. Eine richtige und vorurtheilsfreie Einsicht in die Geschichte der Zeit beweist uns ausdrücklich das Gegentheil. Priester, mit dem Bischof an der Spitze waren es, welche stets vor einem unbesonnenen und voreiligen Kampfe mit der fränkischen Uebermacht warnten, ja auf offener Kanzel davon abriethen. Nur wenige kurzsichtige Geistliche ließen sich durch ihren blinden Eifer für Religion und Sittlichkeit hinreißen, und forderten das Volk zum bewaffneten Widerstand auf. Im Allgemeinen war es also weder Fanatismus noch Verblendung, sondern reine, ungefälschte Liebe zur Religion der Väter, zu ihren alten und oft schon mit Blut erkauften Freiheiten, welche die schlichten Bewohner der östlichen sieben Zehnen (Bezirke) in Kampf und Tod trieb. Dieses Gefühl beruhte auch auf keiner Täuschung, denn die folgenden Blätter werden zeigen, daß hinter den schönen und phrasenreichen Reden der schlauen Franken keine andere Absicht verborgen lag, als die stillen und glücklichen Söhne der Alpen den Interessen Frankreichs zu opfern, den Geist der Genügsamkeit, des Fleißes, der Religiösität, Sittlichkeit und Unabhängigkeit — durch den Dämon einer übelverstandenen Aufklärerei, einer religiösen Gleichgültigkeit und einer schmählichen Knechtschaft — zu verdrängen.

Den ersten und kräftigsten Anstoß zu diesem bewaffneten Widerstande gaben demnach weder die Priester noch einzelne Patrioten, sondern die große Volksmasse selbst. Wer es gewagt hätte, diesem allgewaltigen Andrange, dieser Kampflust irgendwie entgegenzutreten, vor einem Kriege mit Frankreich zu warnen, oder davon in Ernst oder Scherz abzurathen, würde sich jedes öffentlichen Vertrauens beraubt haben, und wäre sofort als Vaterlandsverräther, als „Franzos" gebrandmarkt — und mißhandelt worden, welches Loos auch mehre rn geistlichen und weltlichen Herren zu Theil wurde. Hatte der Klerus, oder andere hervorragende Persönlichkeiten auch wirklich jenen Einfluß auf den Ausbruch dieses Vertheidigungskrieges ausgeübt, den man ihnen von feindlicher Seite zuschreibt, so würde in den Augen jedes ächten Patrioten eine solche Beschuldigung und Anklage eher als eine Tugend — statt als Verbrechen erscheinen müssen, denn man weiß, und wird es durch die vorliegenden Blätter noch besser erfahren, daß die Oberwalliser für eine heilige und gerechte Sache kämpften, die der Mitwirkung Aller würdig war. Wie wahr und richtig das Volk dachte und fühlte, als es zum Aeußersten, zu den Waffen griff, hat die Folge zur Genüge bewiesen. Man ward von der richtigen Ueberzeugung durchdrungen und geleitet, daß durch einen Sieg Alles gewonnen, durch eine Niederlage Alles verloren sei, was einem freien Volke theuer und lieb und heilig ist. Es bedarf somit die Handlungsweise der Oberwalliser keiner andern Rechtfertigung, als derjenigen, die eine treue, unbefangene Darstellung der Thatsachen selbst zu liefern vermag.

Zweites Kapitel.

Die Ruhestörungen im Unterwallis.

(1788—1798.)

1. Die nähern und entferntern Veranlassungen und Ursachen zu diesem Kriege lassen sich auf drei verschiedene Thatsachen zurückführen. Vor allem war es die französische Revolution — mit ihrem mächtigen Einfluß auf die bestehende Ordnung der Dinge in ganz Europa, und ganz besonders in den Nachbarstaaten. Am 10. August 1792 wurde die königliche Burg in Paris von den Jakobinern erstürmt, wobei von 900 Schweizern 750 als Opfer ihrer Treue fielen. Hiemit begann nun jene furchtbare Schreckenszeit, welche den Boden eines der größten und schönsten Reiche der Erde mit Bürgerblut überschwemmte.

Das Oberwallis schlug mit Hülfe Berns und Solothurns den stolzen Herzog Ludwig von Savoyen am 13. November 1475 bei Sitten aufs Haupt, und nahm ihm für diesen Sieg das Unterwallis — von der Morse bis an den Genfersee ab — und übte von dieser Zeit an stets Hohheitsrechte über den eroberten Landestheil aus. Die sieben obern Zehnen setzten nämlich je einen Landvogt (gouverneur) in St. Moritz und Monthey; einen Großmeyer (Major) in Nendaz; einen Kastlan in Illier, Bremis und Bouveret, welche im Namen des Bischofs und des Landes den ihnen untergebenen Leuten Recht sprechen sollten, und dafür den Tribut und die Huldigungen derselben in Empfang nahmen. Dieß Unterthanenverhältniß und das mitunter etwas willkührliche Regiment der Vögte war nicht geeignet, einen ewigen Frieden zwischen den beiden Theilen zu sichern. Die Verschiedenheit in Sprache, Nationalität, Sitten und Gewohnheiten trugen das Ihrige bei, das ohnehin lockere Band völlig zu lösen, und eine neue Ordnung der Dinge herbeizuführen. Das Recht des Stärkern, welches Oberwallis so lange auf seiner Seite hatte, vermochte dem Zeitgeiste nicht mehr Einhalt zu thun.

Endlich war es der kriegerische und Händel suchende Charakter der Oberwalliser selbst, welcher nach einer langen Pause gerne jeden Anlaß ergriff, um sich im Waffenspiel zu üben, gefährdete Rechte und Freiheiten in Schutz zu nehmen, oder schon verlorne Güter wieder zu erobern. — Dazu bot sich eben gute Gelegenheit.

2. In dem benachbarten Frankreich hatte sich das durch seine Philosophen und Führer aufgestachelte und fanatisirte Volk bereits von der königlichen Tyrannei losgesagt, und auf den Trümmern des Thrones den Tempel der Freiheit und Gleichheit errichtet. Auch in der Schweiz befanden sich eine Menge von Emissären und Freiheitsaposteln, welche die erhabene Aufgabe hatten, dieses Laud für das neue Heil von Westen her empfänglich zu machen. Dieß war um so leichter, als der Theorie des modernen Völkerglückes schon die Praxis vorausgeeilt war. Der Durst nach Freiheit und Willkür, Unglaube, Zügellosigkeit, Sittenverderbniß 2c. hatte sich von Oben herab bis in die untersten Volksschichten eingebürgert. Die böse Saat fand fast überall gutes Erdreich, und das Unkraut überwucherte vieler Orts den Waizen.

Zuerst fing das Feuer in den französisch sprechenden Kantonen Waadt und Wallis, weil dort das oberwähnte Unterthanen-Verhältniß am grellsten zu Tage trat.

In Paris bildete sich um diese Zeit der sogenannte helvetische Klub, welcher aus mißvergnügten, verbannten oder verlaufenen Schweizern bestand, und über 300 Mitglieder zählte. Dieses Revolutions-Komite bediente sich besonders der Flugschriften und der öffentlichen Blätter, um vorab die französische Schweiz auf eine gemeinsame Schilderhebung vorzubereiten. Man unterließ nicht, darin auf das unnatürliche, den Menschenrechten und dem Geiste der Zeit widersprechende, der Humanität trotzende Verhältniß der Dienstbarkeit unter „Gleichberechtigten" aufmerksam zu machen, und im Falle einer bewaffneten Erhebung den Schutz und die Unterstützung Frankreichs in Aussicht zu stellen.

3. Schon im Jahre 1790, als selbst mehrere Offiziere der Schweizergarde in Paris in den revolutionären Plänen verwickelt waren, verlangte die Eidgenossenschaft von dem schwachen Frankenkönige Ludwig XVI. die Auflösung des helvetischen Klubs; allein zu spät. Den schweizerischen Milizen wurde sogar gestattet, an

den revolutionären, politischen Versammlung der Jakobiner Theil zu nehmen, was den Beweis leistet, wie weit diese Partei dem Könige bereits über den Kopf gewachsen war. Die Macht des Thrones und seiner Institutionen gingen einem raschen und sichern Untergang entgegen. Der gewaltsame Sturz dieser Monarchie sollte ganz Europa erschüttern.

4. Unterwallis stand mit Frankreich durch Sprache, Presse, Literatur, Kriegsdienst — und besonders durch die gemeinsame Unzufriedenheit der Bevölkerung mit der gegenwärtigen Ordnung in enger Verbindung und beständiger Wechselwirkung. Wie bemerkt, waren alle einflußreichen und einträglichen Aemter in diesem „eroberten" Landestheile von Oberwallisern besetzt, und mehrere dieser Machthaber erlaubten sich leider oft Freiheiten gegen ihre „Untergebenen", die zur Beschwichtigung der bereits aufgeregten Gemüther nichts weniger als ersprießlich sein konnten. Ueberdieß war schon die Besetzungsweise dieser Stellen nicht von der Art, um ein friedliches Verhältniß zwischen Behörde und Volk zu erzielen, denn es war bereits Mode geworden, diese lukrativen Plätze den Meistbietenden zuzuschlagen. Es ist daher auch leicht begreiflich, daß der respektive Steigerer es sich angelegen sein ließ, seine dießfälligen Auslagen und Unkosten sobald wie möglich auf den verschiedensten Wegen wieder einzutreiben. Sokam einer dieser erfindungsreichen Landvögte auch auf den praktischen Einfall, daß Tabackrauchen nur gegen eine ordentliche Geldtaxe in seinem Amtsgebiete zu gestatten. Ein Anderer forderte das doppelte Jagd- und Fischer-Patent, weil einer seiner Schutzbefohlenen einen Fisch — statt zu angeln, mit Blei und Pulver sich eigen machte. Auch beschuldigte man diese gestrengen Herren des Salzschmuggels und andern Mißbrauch's ihrer Befugnisse; ja man behauptet, daß sie selbst ihre savoyeschen Handlanger bei der sardinischen Regierung verklagten, und sich mit dieser in die konfiszirte Waare theilten. — Solch' eigennützige und willkürliche Gewaltakte und Neckereien konnten die unter der Asche verborgene Flamme nur anfachen und zum Ausbruch bringen. Ein Volk duldet, duldet oft lange; allein auch die Geduld

hat ihre Marksteine, die ohne feig zu erscheinen, nicht leicht weiter hinaus gesetzt werden können. Wo Gewalt und Uebermuth die heiligsten Rechte des Menschen in schnöder Weise mit Füßen tritt, und ihm nur seine eigene Kraft zur Milderung seines unverdienten Schicksals übrig bleibt — da ist Selbsthülfe nicht nur erlaubt, sondern wird geradezu zur unveräußerlichen Pflicht.

5. Am 14. Juli 1790 starb Bischof Zen-Ruffinen; ihm folgte im Amte durch die Wahl der sieben Zehnen Anton Blatter von Visp, ein Mann, der Frömmigkeit, Milde, Demuth und Charakterfestigkeit in seltener Weise vereinigte. Er sollte aber auch bald Gelegenheit finden, diese Tugenden und Vorzüge auf die Probe stellen zu können, denn gleich nach seiner Erhebung auf den bischöflichen Stuhl (3. August) fand in Monthey, dem Heerd der Unzufriedenheit, eine ernstliche Schilderhebung statt.

6. Der damalige Landvogt, Dr. Schinner aus Goms, hatte sich schon längst den Haß seiner Untergebenen zugezogen, und das Feuer, das schon längere Zeit unter der Asche glomm, brach in helle Flammen aus. Die Bergleute von Monthey glaubten nun, die Stunde ihrer Befreiung habe geschlagen, und das, was seit geraumer Zeit der Inhalt ihrer geheimen Unterhaltungen und Zusammenkünfte gewesen, müße endlich zur That und zur vollen Wirklichkeit werden.

Belley, ein riesenhafter, entschlossener junger Mann aus Troistorrent, war, von Monthey kommend, Augenzeuge eines großen Raufhandels und riß, seiner Kraft bewußt, die Streitenden auseinander. Schinner haßte diesen Mann eben so sehr, als er ihn fürchtete. Belley wurde um seiner unberufenen Einmischung und Vermittlung halber von dem Landvogte für einige Dublen gebüßt. Der Vermittler glaubte sich gegen eine solche Zumuthung weigern zu sollen, da er kein Gesetz verletzt, sondern einfach seine Pflicht gethan habe. Der Vogt aber hielt an der Vollstreckung seines Urtheils fest und drohte mit Gewalt. Am 8. Herbstmonat, am Feste Maria Geburt ließ er ein Pferd des Delinquenten sammt Ladung mit Beschlag belegen. Während der gestrenge Herr Landvogt gemüthlich an der Mittagstafel saß, trat Belley in eigener Person vor ihn, protestirte energisch gegen die an ihm verübte Gewaltthat, sein Pferd und seine Waare zurückfordernd. Schinner beharrte auf seiner Sentenz. Dieser Trotz reizt den entschlossenen Bergsmann so sehr, daß er mit seiner energischen Faust in der Weise auf den Tisch schlägt, daß das landvögtliche Tischgeräth zum großen Theil sammt dem Tische selbst in Stücke fällt. Auf diese kräftige Demonstration hin fühlt sich der erschrockene Vogt bewogen, dem Bittsteller zu willfahren, und läßt ihm sofort sein Pferd und Ladung wieder herausgeben. Belley zieht mit seinem Thiere im Frieden von dannen, im Herzen jedoch kocht giftiger Groll ob der erlittenen Unbild.

Während dieser Szene ging's auch in einem benachbarten Wirthshause stürmisch her. Als der Lärm einen bedeutenden Grad erreicht hatte, schickte Schinner seinen Diener hin und ließ zu Frieden mahnen. Der Friedensbote wurde aber mit einer Fluth von Schmäh- und Schimpfworten empfangen und dahin zurückgewiesen, woher er gekommen war. Als er nicht gleich Folge leistete, ward er thatsächlich mißhandelt und herausgeworfen. Hierauf sandte der schwergeprüfte Landvogt seinen schwerhörigen, und mit einem Kropf ausgestatteten Kastlan hin, um die gestörte Ruhe herzustellen. Dieser wurde aber in der Weise malträtirt, daß er von dem Tage an das Land verließ nnd nicht wieder zum Vorschein kam.

7. Einige Tage später bestürmten vierzig solche von Wein- und Freiheitstaumel begeisterte Bergleute aus dem Illier-Thale das landvögtliche Schloß zu Monthey. Belley, der an der Spitze dieser Bande stand, ließ dem Landvogt Schinner heimlich sagen, daß er gut thun würde, sich zu flüchten, sofern er Unannehmlichkeiten ausweichen wolle. Dieser wohlgemeinte Rath kam leider zu spät. Man bemächtigte sich nach kurzem Widerstand seiner Person, und diese wurde von einem gewissen Weibel Rey an gewisser Stelle so stark mit Fußtritten regalirt, daß ihr das „Sitzen" auf längere Zeit sehr unangenehm vorkam. Im Schloß wurde Alles zertrümmert, und als diese Arbeit fertig war, dachte man wieder an den Landvogt selbst. Dieser hatte sich indessen

hinter einem nahe gelegenen Hause versteckt, wurde aber bald aus seiner Verborgenheit an's Tageslicht gezogen. Der Kastlan, welcher seinen Herrn der Wuth der Feinde entziehen wollte, erlitt jetzt mit demselben die grausamsten Mißhandlungen. Er erhielt eine tiefe Kopfwunde,*) und seiner Frau wurde auf der Ofenplatte die Hand flach geschlagen, weil sie dem Verfolgten ein Asyl gewährt hatte.

Indessen ließ Hr. Hyazinth de Quartery ein Faß Wein auf den Platz führen, um die weinselige — und ohnehin aufgeregte Bande zu laben, und zu neuen Heldenthaten anzufeuern. Jetzt war es hohe Zeit, den armen Landvogt der Wuth seiner Feinde und dem sichern Tode zu entreißen. An der Hand einiger Freunde entkam er glücklich nach St. Moritz, wo er erst bemerkte, daß er Hut und Perrücke in Monthey vergessen habe, — was ihm unter Umständen Niemand zur Sünde rechnen wird.

8. Gleich nach dem Verschwinden des Landvogtes mußten Alle, denen die Knechtschaft verhaßt, und die Freiheit und Gleichheit als höchstes Gut galt, die „Cocarde" aufstecken. Ein gewisser Herr de Vanthery wurde in das landvögtliche Schloß beordert, um die neue Freiheit, die man so leichten Kaufes erworben hatte, zu proklamiren, und gegen allfällige Angriffe zu schützen.

Aus Furcht, das Loos Schinner's theilen zu müssen, verließ am 12. September desselben Jahres auch der Vogt von St. Moritz, Hr. de Chanton, sein Residenzschloß, und auch hier wurde seine Flucht durch Aufhißung der symbolischen Cocarde gefeiert. An einer sofort einberufenen Landesgemeinde wurde beschlossen, alle Servitute, Lehen und Obliegenheiten gegen das Oberwallis, sofern sie den Werth von 20 Batzen übersteigen, seien als null und nichtig zu betrachten. Die gesammten Gemeinden des Unterwallis waren eingeladen, diesem Beschlusse beizupflichten. Allein die Einladung fand außer St. Moritz nicht

*) »Il avait la tète fendue«, sagt der Chronist — wohl etwas zu stark. Velley's Trabanten waren: Rey, Borrat und Gillioz — alle aus dem Illier-Thale — entschlossene, kräftige Gestalten, wie sie nrch heute in diesem Klima reifen.

den gewünschten Anklang, und so blieb für dießmal der Aufstand auf die zwei Hauptorte St. Moritz und Monthey beschränkt.

9. Um der neuen Freiheit und Gleichheit mehr Ansehen und Respekt zu verschaffen, zwang man den Pfarrer von Monthey, Hrn. Willa von Leuk, die Cocarde auch auf seinen Dreispitz zu pflanzen. Die Komedie sollte aber nur von kurzer Dauer sein und für einstweilen mit dem ersten Akt geschlossen werden.

Auf die ersten Nachrichten von der Schilderhebung versammelten die sieben obern Zehnen einen außerordentlichen Landrath in Sitten, lobten in einer Proklamation die treu gebliebenen Gemeinden und sprachen ihre Mißbilligung über Schinners Benehmen in Monthey aus. Am 19. November erließ Bischof Blatter ein Kreisschreiben an die Pfarrer der treu gebliebenen Ortschaften und forderte sie auf, dahin zu wirken, daß die „Rebellen" in St. Moritz und Monthey begnadigt werden möchten. Diese Gnade wurde ihnen auf die Fürsprache des Bischofs und des Klerus bis auf den nächsten Weihnachtslandrath huldreich gewährt. Indessen wurden Männer an Ort und Stelle beordnet, welche die wilde Gährung zu beschwichtigen und in Schranken zu halten verstanden.

10. Diese Gnade, oder vielmehr diese Aufschiebung eines definitiven Urtheils benutzten nun Belley und seine Gesinnungsgenossen, um die Unterwalliser zur Fortsetzung und Vollendung des begonnenen und nur scheinbar unterdrückten Befreiungswerkes aufzumuntern. Man suchte zu diesem Zwecke einen Zwiespalt zwischen den Herren und Bauern hervorzurufen. Auch der helvetische Klub in Paris setzte seine ganze Kraft in Bewegung und erließ eine Menge von Mahnbriefen an alle „Unterthanen" im Schweizerlande und forderten sie zu gemeinsamem Wirken für die gemeinsame Sache auf. Die Verzögerung des Urtheils gegen die Insurgenten wurde sehr klug als Schwäche gedeutet, und die Führer des Aufstandes waren ihres redlichen Sieges so gewiß, daß sie schon jetzt ihre Raub- und Mordpläne entwarfen. Zuerst sollte natürlich die Abtei von St. Moritz mit ihren reichen Dependenzen an die Reihe kommen. Man hatte indeß die

Rechnung noch ohne den Wirth gemacht. Durch die Dazwischenkunft des päpstlichen Nuntius und einer respektabeln Anzahl von Bayonetten wurde die Verwirklichung des Anschlags glücklich vereitelt.

11. Am 31. Christmonat versammelte sich der hohe Landrath, und beschied die „Gewaltshaber"*) des empörten Landestheiles nach Sitten, um sich im Namen des Volkes zu verantworten. Man erklärte den Aufstand als beendigt und sprach gut für die künftige Ruhe der Bevölkerung. Indessen fand man es noch für ersprießlich, jede der meist verdächtigen Gemeinden einer speziellen Zensur zu unterwerfen. Die eigentlichen Rädelsführer und Angeklagten erschienen erst auf die ernstliche Mahnung und Vorstellung der hohen Stände: Bern, Luzern, Uri, Schwyz, Unterwalden, Zug, Solothurn und Freiburg. Sie fielen jetzt den gestrengen Herren des Landraths zu Füßen, thaten Abbitte — und gelobten Gehorsam, Unterwürfigkeit und — ewige Treue! Die feierliche Sühnung wurde am zweiten Sonntag im Dezember des Jahres 1791 durch ein feierliches Te Deum besiegelt!

An die Stelle Schinners wurde auf den Wunsch des Volkes von Monthey Hr. Pet. Anton von Preux aus Siders gewählt. Derselbe verfügte sich sofort nach seiner Residenz, um die Amtszeit seines flüchtigen Vorläufers auszufüllen und die seinige mit Lichtmeß 1792 anzufangen. Nach unserm Gewährsmann, Hrn. Carropt, sollen aber die großen Versprechungen der Oberwalliser in karger Weise erfüllt worden sein, und vermochten somit die Gemüther auf die Dauer nicht zu beruhigen.

Wenn ein Belley gezwungen wird, eines politischen Vergehens wegen vor Menschen auf die Knie zu fallen, so läßt es sich leicht voraussehen, daß er nur aufstehen werde, um diese tiefe Demüthigung bei der ersten günstigen Gelegenheit zu rächen. Oberwallis hatte, wie bemerkt, einen gültigen Rechtstitel auf das Unterwallis durch die „Eroberung" erworben; allein gerade solche Titel wurden eben durch die Prinzipien der französischen Revolution am meisten angefochten. Wenn sich noch Mißbrauch in Ausübung solcher Rechte dazu gesellte, glaubte man Ursache

*) Gewaltshaber, d. h. die Vorsteher der Gemeinden.

genug zu haben, der Gewalt mit Gewalt entgegenzutreten, und das verhaßte, ungerechte Joch abzuschütteln; durfte man sich ja ungescheut die ersten Eidgenossen zum Vorbild wählen.

Drittes Kapitel.

Neuer Erhebungsversuch im Unterwallis.

1. Der zweite Akt ließ nicht lange auf sich warten. Im Illier-Thale hatte sich ein „revolutionäres" Komite aus sieben Mitgliedern gebildet. Das thätigste derselben war ohne Zweifel Belley. Man hielt regelmäßige Versammlungen und Berathungen an einsamen und abgelegenen Orten. So geheim aber die Pläne geschmiedet wurden, konnten sie der Wachsamkeit der Landvögte doch nicht lange verborgen bleiben. Man sah sich daher genöthigt, die gefaßten Entschlüsse so schnell wie möglich zur Ausführung zu bringen. Schon Anfangs Februar 1792 zeigte der Präsident des Komites der Versammlung an, daß er bereits 30 entschlossene Männer zur Verfügung habe, und es möchte sich jeder aus ihnen wenigstens um fünf andere Waffenbrüder umsehen, die sich dann in Vereinigung mit einem Trupp Waadtländer im Dorfe Massonger auf einen Hauptschlag bereit halten sollen. Nach einem gefaßten „Kriegsplan" werden die Leute auf Verossaz marschiren, von dort aus St. Moritz überfallen, die königliche Abtei ausplündern und die im Städtchen sich befindlichen drei Kommissäre erwürgen. Sollte sich Jemand zur Wehr setzen, sollen alle ohne Unterschied niedergehauen werden. Vor allem aber sei die Kirche zu bewachen, damit Niemand Sturm läute. Sofern dies Manöver von günstigem Erfolg sei, solle das Haus des Hrn. Darbellay massakrirt, sodann nach Monthey aufgebrochen und dort jenes des Hrn. de Vanthery ebenfalls geschleift werden. Als Nachtisch war die Plünderung des Frauenklosters in Collombey bestimmt.

2. Es war am Sonntag des 6. Februars, als dieser Anschlag gefaßt wurde; am 8. desselben Monats sollte derselbe

während der Nacht ausgeführt werden. Allein troß all' der Vorsichtsmaßregeln war das Komplott in St. Moritz am 7. schon offenes Geheimniß. Verrath war stets der Rächer böser Anschläge. Man hatte noch Zeit, Truppen einzuberufen. Zuerst waren die Leute von Salvan auf dem Platze, um den Abt, ihren gnädigen Herrn, zu beschützen. Alles war fest entschlossen, die Bande aus Verossaz gebührend zu empfangen. Sobald sich aber die Freiheitshelden verrathen sahen, fanden sie für gut, die Expedition nach St. Moritz aufzugeben und ihre Haut in Sicherheit zu bringen.

Indessen wurde die Miliz der sieben obern Zehnen und jene von Entremont ebenfalls unter die Waffen gerufen. Jeder Bezirk lieferte seine 100 Mann, und so wurde das Unterwallis am 3. Oktober von Martinach bis Bouveret militärisch besetzt. In Monthey lagen 500 Mann aus den obern Zehnen, und im Schloß saß eine siebengliedrige Kommission unter dem Vorsitze des Hrn. Barbarini, welche über die Angelegenheit zu berathen und geeignete Beschlüsse zu fassen hatte.

3. Diese Kommission ließ nun am Sonntag den 16. Okt. in allen Pfarrkirchen der zwei aufständischen Vogteien die Beweggründe auseinandersetzen, weßwegen das Unterwallis durch eine militärische Okkupation belästigt werden mußte, und zu gleicher Zeit wurde auch die frühere Begnadigung angekündigt. Nur die fünf am meisten kompromittirten Aufwiegler ließ man in Haft setzen. Nachdem über hundert Personen in ihrer Angelegenheit einvernommen waren, wurden die bezüglichen Akten geschlossen und zum Urtheil geschritten.

Am 17. Oktober mußte sich das gesammte in Monthey stationirte Militär auf dem Hauptplatze in Parade aufstellen und die Beamten der gesammten Gemeinden des Bezirks sich daselbst einfinden. Man schritt zur Verlesung des Urtheils. Die Angeklagten mußten selbes auf den Knieen anhören. Diejenigen, welche weniger belästigt befunden wurden, ließ man sofort an den Pranger stellen, dann mit Wasser und Brod ins Gefängniß abführen. Am folgenden Sonntag während dem Pfarramte in der Kirche mit brennenden Kerzen in der Hand aufgestellt, mußten sie der beleidigten und gehöhnten rechtmäßigen Obrigkeit feierliche Abbitte thun und den Eid ewiger und unverbrüchlicher Treue leisten.

Man sieht, an äußerm Prunk und eindrucksvollen Zeremonien hatte jene Zeit und ihre Justiz es nicht fehlen lassen, allein es wollte eben nicht mehr verfangen. Die Geister waren erwacht, die Gemüther erbittert; das Gebäude war morsch, es mußte fallen!

4. Noch am gleichen Tage verließ die Standeskommission mit vier Inkulpaten Monthey. — Das Militär begleitete sie nach Sitten. Hier saßen schon fünf der ersten Ruhestörer im Thurm und harrten ihres Urtheils. Die Untersuchung wurde jetzt ernstlich betrieben. Bald folgte ein vollständiges Bekenntniß. Nebst den früher erwähnten bösen Anschlägen sollen die Verschwornen auf den Fall des Sieges auch beabsichtigt haben, alle Hauptorte der sieben obern Zehnen in Brand zu stecken.

In Erwägung all' dieser Frevel und Missethaten wurden drei der Inkulpaten zum Tode durch den Strick, zwei zum Tode durch das Schwert verurtheilt. Zwei wurden aus dem Lande verwiesen, zwei aber frei gelassen.

Der Bischof befand sich in einiger Verlegenheit, die Sentenz zu vollziehen, da sein Vorgänger kurz vorher den Scharfrichter seines Amtes enthoben hatte. Der hohe Landrath aber hielt auf Beschleunigung der Exekution und so wurde denn das blutige Urtheil schon am 29. November an den Unglücklichen vollzogen. Jeder der sieben Zehnen hatte zehn Mann als Wache auf dem Richtplatz aufzustellen. Aus der Nothwendigkeit dieser Maßregel läßt sich schließen, daß man selbst in der Hauptstadt Unruhen fürchtete und die neue Lehre auch dort schon ihre Anhänger und Vertheidiger gefunden hatte. Aufklärung ist eben eine ansteckende Krankheit; sie macht unter gegebenen Umständen gar rasche Fortschritte!

5. Bern fand sich bemüßigt, dem Oberwallis Milde und Mäßigung gegen die politischen Verbrecher zu empfehlen, sah sich aber bald darauf selbst in die fatale Lage versetzt, gegen die sich empörende Waadt strenge Maßregeln zu ergreifen. Der

Landvogt von Monthey fühlte sich gezwungen, im Einverständniß mit Bern eine Schutzwache zu begehren. Auf Vorstellung und Wunsch von verschiedener Seite her versprach man, die Prozeßakten der Verurtheilten durch den Druck zu veröffentlichen, hielt aber nicht Wort. In Sitten, wo man die ganze Sache am besten kannte, hatte man überhaupt ein gnädigeres Urtheil erwartet, was auch im Wunsche aller Nüchternen und Einsichtsvollern gelegen sein mochte.

Die Güter und Habseligkeiten der Hingerichteten und Verbannten wurden nach damaliger Rechtsordnung konfiszirt. Dem Sohne eines dieser Unglücklichen gelang es, einen Theil seines väterlichen Vermögens dem Fiskus zu entreißen, und flüchtete sich damit nach Frankreich, wo er als Soldat Dienst nahm und bis zum Stabsoffizier vorrückte. Als solcher kam er mit den fränkischen Truppen im Jahr 1798 ins Wallis, und soll bei der Einnahme von Sitten den Tod seines Vaters ziemlich grausam gerächt haben.

Die sich drängenden Ereignisse in Frankreich und die Gefahr eines Einbruches fränkischer Truppen in die Schweiz wandten die öffentliche Aufmerksamkeit von den Vorfällen im Wallis ab, und milderten das Urtheil über das strenge Verfahren der Sieger gegen die Besiegten. Wenn in Frankreich Ströme von Bürgerblut flossen, und selbst das gesalbte Haupt des Königs und der Königin unter dem Fallbeil lag, — so konnte natürlich das Leben einiger sog. Rebellen nicht mehr schwer in die Wagschale der öffentlichen Meinung fallen. Damit war aber auch neuer Zündstoff zu wiederholtem Ausbruch der Revolution gegeben. Wenn das Blut der Könige vergossen und tausendjährige Reiche gestürzt werden konnten — warum sollte nicht auch das Joch einiger Zehnen vom Nacken geschüttelt werden dürfen?

6. Die Erbitterung im Lande war größer als jemals. Hart an der Grenze stand die große Armee der Alpen, nur den Befehl erwartend, in Savoyen einzurücken. Wallis besetzte daher am 20. Mai 1792 den Engpaß bei port du Sex durch einige Milizen unter Hrn. Major de Bons. Diese Besatzung wurde

im Herbst um 350 Mann verstärkt, als man erfahren, daß General Montesquieu am 22. September wirklich das savoyische Gebiet betreten habe. Wallis dachte anfangs an eine Grenzbesetzung auf verschiedenen Punkten, fand es aber endlich klüger, sich mit der erwähnten Besatzung zufrieden zu geben. Dieselbe blieb bis im Frühling von 1793 auf ihrem Posten.

Während des Mai-Landrathes wurde Hr. Landeshauptmann Sigristen von Ernen auf die Tagsatzung in Frauenfeld geschickt, um die Stimmung der Kantone zu erfahren. Sigrist folgte dem Auftrag in Begleit des Hrn. Landessäckelmeisters und Zehnenhauptmanns Julier von Varen. Laut ihrem Bericht zeigten sich besonders Bern und die katholischen Kantone dem Wallis äußerst gewogen, und so schöpfte man neue Hoffnung und Muth zur Ausdauer im bevorstehenden Kampfe.

Eine Pfarrwahl in Monthey drohte die öffentliche Ruhe wieder zu gefährden. Die Bürger von Monthey begehrten einen Priester, der mit den Freiheits-Ideen zu sehr vertraut war und den der gute Bischof verweigern zu müßen glaubte. Durch Vermittlung des Landeshauptmanns Sigristen wurde der Span in Minne beigelegt.

Im Juli desselben Jahres war wieder ein Tumult in Brig entstanden. Ein Student aus Monthey soll den Versuch gemacht haben, die Väter Pieristen am Kollegium daselbst zu vergiften, was natürlich politischen Tendenzen auf Rechnung geschrieben wurde. Es konnte aber Nichts erwiesen werden, und so blieb die Sache auf sich beruhen. Argwohn und politischer Haß sind wahre Kinder der Hölle.

7. Bei dem blutigen Drama des 10. August in der Königsburg zu Paris befanden sich auch viele Walliser. Einige konnten sich noch retten. Unter diesen ein gewisser P. Loretan aus Leukerbad, Feldprediger. Derselbe entgieng dem Tode in der Kleidung eines Schneidergesellen. Später dankte er einem blutigen Schwert, dem Symbol eines ächten Jakobiners, seine Rettung. Dieser und andere Heimgekehrte, konnten dem schlichten Walliservolke sagen, was die Franzosen unter Freiheit, Gleichheit und

Brüderschaft verstehen, die sie der Schweiz zu bringen versprachen. Im gleichen Jahre kehrte auch das Regiment „von Courten" aus französischen Diensten in's Wallis zurück. Offiziere und Soldaten waren im Falle, das Volk über die Vorgänge und die Glückseligkeit im benachbarten Frankenlande genügend aufzuklären, was sie auch nicht unterlassen haben. Dieß vermehrte die Erbitterung der Patrioten gegen die Franzosen einerseits, anderseits waren die Schilderungen aber auch geeignet, den Leuten Furcht und Schrecken vor diesem Volke einzujagen, das sich selbst verzehrte, und doch noch Kraft genug fühlte, ganz Europa den Krieg zu erklären. Es wurden viele Lebensmittel aus dem Lande geführt, und so trat denn eine sehr fühlbare Theuerung im Lande ein, die nicht geeignet war, die aufgeregte Bevölkerung zu beschwichtigen und die Kampflust zu bezähmen.

Der König von Piemont verlangte von Wallis noch freien Durchpaß über den Simplon, um der fränkischen Armee in Savoyen von zwei Seiten her in die Flanken zu fallen. Die ganze Schweiz, mit Ausnahme der „Unterthanen", rüstete sich zur Vertheidigung des Vaterlandes. Wallis, das zunächst bedroht war, durfte nicht zurückbleiben, und machte sich durch emsige Kriegsrüstungen auf einen Ueberfall gefaßt, der jedoch noch auf einige Jahre auf sich warten ließ, da die Franken im Innern und anderswo nach Außen noch Wichtigeres zu thun hatten, als das Wallis zu erobern.

Viertes Kapitel.

Wahlumtriebe in Brig und Naters.

(1793 und 1794.)

1. Wir können einige in diese Zeit fallende Ereignisse im Oberwallis um so weniger schweigend übergehen, als sie einen Blick in die innern Zustände gewähren und zeigen, wie viel es damals noch fehlte, um einem äußern Feinde mit Einmuth und

Erfolg entgegen treten zu können. Ein Mann war es vorzüglich, welcher zu dieser Zeit die öffentliche Meinung beeinflußte und verwirrte, und Zwietracht in den obern Zehnen stiftete.

Dieser Mann war Marquis von Augustini. Derselbe stammte aus einem Bergthale in Piemont, diente als Lieutenant in Frankreich, kam dann nach Wallis, wo er zuerst den „Advokat“ spielte, dann eine Landvogtei im Unterwallis ersteigerte und zu guter Letzt noch die Zehnenhauptmannsstelle in Brig erzwingen wollte, obgleich dieselbe an einen Hrn. Moritz Wegener auf Lebenszeit vergeben war. Durch Anwendung manigfacher Mittel gelang es ihm jedoch, einen bedeutenden Anhang für seine Zwecke zu gewinnen. In der letzten Woche Jannars des Jahres 1793 sammelte der Agitator seine meist liederlichen Gesellen im Dorfe Naters. Hier zählte er die meisten Freunde, weil sie entweder die Tragweite der ehrgeizigen Absichten ihres Helden nicht erkannten — oder aus Vorliebe zur Händelsucht und Schlemmerei diesen gebotenen Anlaß ergriffen. Auf höhern Wink griffen diese rauflustigen Trabanten sofort zu den Waffen, um ihren Herrn und Meister gegen die Leute von Brig in Schutz zu nehmen. Hr. Augustini, nachdem er sich selbst beeidigt, wollte im Vertrauen auf seine Leibwache von den Gegnern keine Bedingungen annehmen, sondern fing gleich an, die Rolle eines im Amte stehenden Zehnenhauptmanns zu spielen, — zechte mit seinen „Getreuen“ Tag und Nacht fort — und war guter Dinge.

2. Um diesem bunten Treiben ein Ende zu machen, versammelte der „ächte“ Zehnenhauptmann in der Nacht vom 30. auf den 31. Januar in Brig alle wehrfähige Mannschaft durch Sturmgeläut und — zog gen Naters. Am frühen Morgen desselben Tages kam auch die Bande Augustini's — mit Stecken bewaffnet, aus der Umgebung ins Hauptquartier, und vereinigte sich mit der Besatzung. Die Briger aber umzingelten das Dorf Naters, und dachten an eine förmliche Belagerung. Als man aber erfuhr, daß der Usurpator Augustini schon die Flucht ergriffen und gen Mörell geflüchtet sei, wollten sie sich davon augenscheinlich überzeugen, und drangen auf seine Wohnung ein,

wurden aber mit Flintenschüssen empfangen. Nach kurzem Gefecht jedoch bemächtigten sich die Brigermilizen des Hauses, fanden dort den Kastlan Gasser und einige hervorragende Anhänger Augustini's, welche sofort arretirt und nach Brig abgeführt wurden — im Ganzen 16 Mann. Mehrere aus ihnen waren verwundet, wurden aber nach und nach gegen eine zu entrichtende Geldbuße wieder in Freiheit gesetzt. Aus Verdruß und Scham über den Verrath und den schlimmen Erfolg des Unterfangens verließen die Meisten das Vaterland und begaben sich nach Italien; sechs der feigsten Spitzbuben, sagt die Chronik, flüchteten sich nach Lax, wo sie etwelche Wochen versteckt blieben.

3. Unser Held Augustini aber suchte in der Kirche von Mörell eine Zufluchtsstätte gegen seine Feinde, wurde jedoch bald entdeckt und strenge bewacht, da das Heiligthum als unverletzlich geachtet ward. Endlich fanden sich vier Männer aus der Pfarrei Mörell ein, welche für ihren hohen Flüchtling und „Antizehnenhauptmann" Bürgschaft und „Trostung" leisteten, um die Kirche von einer bewaffneten Macht zu befreien, und des Spektakels los zu werden. Man brachte den Verfolgten ins Pfarrhaus in Verwahr; allein während der Nacht entkam er glücklich durch's Gebirge, und fand sich am folgenden Tage in Vispach — auf neutralem Boden. Zu Brig wurde der Herr Marquis „vogelfrei" erklärt, und es ward unter Strafe des Galgens verboten, daß Jemand künftig bei Besetzung eines öffentlichen Amtes für Herrn Augustini das Wort ergreife. Von Leuk aus protestirte der fehlgeschlagene Zehnenhauptmann gegen die seine Person kompromittirenden Maßregeln und Beschimpfungen, allein das Volk ließ sich dadurch in seiner Ruhe und in seiner Anschauungsweise nicht weiter stören. Bis auf den heutigen Tag verewigt ein „Gassenhauer" die Niederlage und die Flucht der Augustinianer, der mit folgender Strophe beginnt:

O mi lieber Augusti,
Wo bist du nächti g'sy?
Z'Merell im Sakristy u. s. w.

Später siedelte sich Augustini in Leuk an, verheirathete sich mit einem Frl. von Willa — und verstand es, nach und nach die eingebüßte Volksgunst wieder zu gewinnen. Seine reiche Begabung, seine Rednergabe, Sprachkenntniß und diplomatische Gewandtheit 2c. erwarben ihm die ersten Aemter der Republick. Unter der fränkischen Herrschaft gieng er mehrmals als außerordentlicher Gesandter nach Paris, wo ihm sein Höflings-Talent die Gunst des großen Kaisers — und den Titel eines „Marquis von Augustini" eintrug. Er hinterließ nur zwei Töchter — so daß mit seinem Namen bereits auch seine Thaten verklungen sind.*)

4. In diesem Jahre kamen über 400 französische Geistliche in's Land, welche die Revolution zuerst aus Frankreich, dann auch aus Savoyen vertrieben hatte. Dieselben fanden bei Herren und Bauern Mitleid und liebevolle Aufnahme und Pflege, mußten aber am Herbst der großen Theuerung wegen weiter ziehen. —

5. Auf die Fastnachtstage des Jahres 1794 verordnete der hochw. Bischof Blatter auf die Weisung des h. Vororts Zürich hin ein vierzigstündiges Gebet in der ganzen Diözöse. Man fürchtete nämlich einen Ueberfall der Franzosen auf die Schweiz, den man in allen Kantonen vorerst durch Gebet abzuwenden suchte, nach der frommen Väter Sitte, dann erst auf die Kraft und den Erfolg des Armes und der Waffen vertrauend.

Pabst Pius VI. belobte diese Verordnung durch Verleihung eines Jubel-Ablaßes auf die zwei folgenden Osterwochen, wobei das Volk große Theilnahme und religiösen Eifer an Tag legte.

Im Mai-Landrath desselben Jahres wurde eine Mahnung an die Vögte und Behörden von St. Moritz und Monthey erlassen, gegen diejenigen mit aller Strenge einzuschreiten, welche durch Wort und That gewagt hatten, den in Savoyen eingedrungenen Franzosen Sympathien zu bekunden; allein man fand es für gut, diese

*) Wir hielten uns bei diesen biographischen Skizzen an eine bezügliche Chronik von Ritter, die allerdings etwas von Parteigeist gefärbt zu sein scheint; weßwegen wir auch die grellsten und kompromittirendsten Stellen zu mildern — oder gänzlich wegzulassen — für gut befunden haben.

A. d. H.

Mahnung dem Volke einfach zu verkünden, an einer Rüge für Zuwiderhandelnde wollte sich Niemand betheiligen. In der ganzen Schweiz hörte man frankenfreundliche Stimmen, ohne daß die Behörden es wagten, dagegen aufzutreten. Der Kern der Republik war schon angefressen, das Fundament der Unabhängigkeit untergraben; Frankreich hatte überall seine Spione, seine Freunde — und seine Handlanger; der Sturz konnte nicht ausbleiben; nur auf den günstigen Moment mußte man noch warten. — Schon im Christmonat dieses Jahres bedrohte eine französische Armee von 4000 Mann unter Barruche das Wallis bei Bouveret — und beabsichtigte nichts weniger, als den versammelten Landrath zu überfallen, — und gefangen zu nehmen. Dieser Plan wurde aber noch rechtzeitig entdeckt — und vereitelt.

6. Nebst den französischen Priestern fanden auch vertriebene und verfolgte Ordensleute aus Frankreich und Savoyen auf Verwendung des Bischofs im Wallis eine Zufluchtsstätte. So hatte sich eine Familie von 12 Trappisten zuerst in St. Peter de Clage angesiedelt, mußte sich aber in Folge der ungesunden Luft und des schlechten Wassers nach Entremont zurückziehen, wo sie in der Nähe von St. Brancher mit Unterstützung der Fürstin Condé ein Kloster bauten. Aber auch aus dieser wilden Bergschlucht vertrieb sie die Wuth der Jakobiner einige Jahre später wieder. Einige Schwestern der hl. Klara wohnten im väterlichen Hause des Bischofs in Visp ach, andere aus Thonon, Evian und Auxeres vertriebene Ordensschwestern nährten sich zu Veyras durch Handarbeit, andere durch Ertheilung von Jugendunterricht zu Sitten — und anderswo. Bischof Blatter wurde vom hl. Vater für diese den armen Emigranten bewiesene Gastfreundschaft und liebevolle Theilnahme in zwei öffentlichen Allokutionen ehrenvoll belobt und gesegnet.*)

*) Am Dienstag in der Bittwoche (27. Mai) fiel ein solcher Schnee, daß am Mittwoch Niemand von oberhalb Naters nach Glis kommen konnte; der Bittgang fand erst am 30. statt; am 15. Juni fiel wieder starker Schnee und die Feldfrüchten erlitten schweren Schaden.

Fünftes Kapitel.

Der Aufstand zu Mörell.

(1795.)

1. Wegen der zunehmenden Theuerung und in Erwartung ernster Dinge, d. h. im richtigen Vorgefühle eines bevorstehenden Krieges mit Frankreich — wurde im Weihnacht-Landrath verboten, künftig Rindvieh aus dem Lande zu treiben. Die Ausfuhr und der Handel in dieser Waare war — und ist noch stets eine der ergiebigsten Erwerbsquellen der Bezirke Goms — und Mörell. Da man aus Furcht vor der Strafe nicht offen gegen das landesherrliche Verbot zu handeln wagte, suchte man auf Schleichwegen dasselbe zu umgehen. Einige Rinderhändler von Binn luden ihre bekannten Käufer aus Italien ein, ihnen auf unbekannten und gefährlichen Bergpfaden entgegen zu kommen, und versprachen ihnen, die Rinder an bestimmter Stunde, Ort und Stelle auszuliefern. Fünf Tage und Nächte irrten die Schmuggler mit dem armen Vieh auf dem Hochgebirge herum, und kamen nur nach erlittenem Schaden und unsäglichen Strapatzen mit ihrem Leben davon. Ein Kaufmann aus Genua war bis nach Symplon gekommen, um die Waare in Empfang zu nehmen, wurde aber dort entdeckt, arretirt — und nach Brig abgeführt, wo man ihm fünfzig Goldstücke als Bußgeld abnahm, und ihn baar und ledig nach seiner Heimat zurückwies. Die Gemeinden Mörell, Lax, Fiesch und Binn, welche sich durch den landräthlichen Beschluß und die strenge Handhabung desselben am meisten beeinträchtigt fühlten, protestirten gegen diese scharfen Maßregeln in einem freien Lande. Als aber ihre Vorstellungen nicht die gewünschte Berücksichtigung fanden, ließen sie ihren Aerger und ihre Erbitterung gegen ihre eigenen Abgeordneten aus. Diese guten Herren trugen aber an dem verpönten Verbot die kleinste Schuld, da ihre Stimmen durch die große Mehrheit der Interessirten kraft- und erfolglos geblieben waren. Sie mußten sich dennoch öffentliche Beschimpfungen, Drohungen und selbst Thätlichkeiten von Seite

eines erbitterten, in seinen Freiheiten gekränkten Pöbels gefallen lassen. — Nur die von Außen stets wachsende Gefahr konnte die aufgeregten Gemüther mit ihren Behörden und deren Verordnungen wieder aussöhnen.

2. So war bei langer Ruhe- und Friedenszeit innerer Span und Hader stets die Geisel der Völker, und manches Reich und manche Republik dankte dem Anrücken eines äußern Feindes seine Einigung und seine Kraft nach Innen; und so auch seine Erhaltung und seine Fortdauer, sein Gedeihen auf Jahrhunderte hinaus.

Sechstes Kapitel.

Vorläufer des Krieges.

(1795—1798.)

1. Um diese Zeit wurde in der Schweiz wieder ein Regiment angeworben. Es hieß, dasselbe gehe nach England, um mit diesem gegen das revolutionäre Frankreich zu fechten. In der Wirklichkeit war es aber zum Schutze der Prinzen von Condé bestimmt, die in Frankreich noch großen Anhang besaßen, und die Jakobiner zu bemeistern wähnten. Die junge Republik war aber schon zu sehr erstarkt und hatte bereits die Bluttaufe empfangen. Das Unternehmen der guten Prinzen endete mit ihrer Niederlage — und Flucht. Schon im Mai-Landrath anerkannte Wallis auf den Rath Luzerns mit den übrigen eilf Kantonen die eine, unzertrennliche französische Republik, und that damit den ersten verhängnißvollen Schritt — zum Kriege. Der Knoten war schon geschürzt, seine blutige Lösung sollte nicht mehr lange ausbleiben; dafür sorgte fränkische Intrigue und List.

2. Wohl hatte auch die französische Republik die Unabhängigkeit der Schweiz und des Walliserlandes schriftlich anerkannt und deren Neutralität belobt; allein diese Anerkennung war leider an keine Zeit gebunden, und die Garantie für unsere Sicherheit blieb daher ebenso unsicher und wandelbar, wie der

französische Charakter. Sofort sandte der Konvent seine Agenten und Residenten in die Schweiz; auch Wallis erhielt den seinigen. In der Politik führt meist das Interesse und die Selbstsucht den Reigen — die Gerechtigkeit hinkt — so gut es geht — hinten drein! So war es auch hier der Fall!

3. In Folge dieser von Frankreich gewährleisteten Neutralität, verweigerte Wallis auf den ausdrücklichen Wunsch der „Tagherren" von Frauenfeld — dem General Bonaparte den Durchpaß nach der transalpinischen Republik. Dieß war genug, um die garantirte Unabhängigkeit und Neutralität von Seite der französischen Republik ernstlich zu gefährden.

Im Konvente zu Paris wurde von den Klubmännern sofort der Antrag gestellt „die gesammte Schweiz mitzunehmen". Gegen eine solche voreilige Zumuthung erhob sich aber eine bedeutende Zahl der ersten Redner, unter ihnen auch der Blutmann „Robespierre". Die Schweiz dankte es wahrlich einer besondern Gunst des Himmels, daß sie für dießmal mit dem bloßen Schrecken davon kam. Diesem Gefühle gab die hohe Tagsatzung auch den rechten Ausdruck, indem sie allgemeine öffentliche Dankfeste — und zugleich Bittgebete verordnete, um fernere Uebel von dem theuern, freien Vaterlande abzuwenden. Ja die Noth lehrt beten! dieses alte Sprichwort hat sich besonders auch während diesen düstern Tagen bewährt.

4. Es konnte diese auffallende und ungewohnte Anordnung von Seite einer eidg. Tagsatzung bei dem Schweizervolke einerseits wohl den gewünschten Anklang finden, war aber anderseits auch geeignet, ernste Besorgnisse für die nächste Zukunft zu erwecken. So lange unsere gnädigen Herren, hieß es in den untern Schichten, so fromm und betselig sich gebärden, ist's mit unserer Ruhe und Sicherheit noch nicht im Reinen. Es wurde viel und ohne Unterschied der Konfession gebetet — aber zu gleicher Zeit auch überall zum Kriege gerüstet. Man erinnerte sich des großen Beispiels der Väter, welche ihre Siege über die mächtigsten Feinde durch diese doppelte Waffe — durch Gebet und die Kraft des eigenen Armes — davon trugen. So verging das Jahr

1796 — zwischen Furcht und Hoffnung – in Stille, wie sie dem Sturm voranzugehen pflegt.

5. Was man gefürchtet, das kam. Schon im Februar des Jahres 1797 wurde der neutrale Boden der Schweiz durch ein fränkisches Heer von 8000 Mann verletzt und überschritten. Diese Truppe passirte bei Pruntrut die Schweizergränze, um einer österreichischen Armee am Bodensee entgegen zu gehen. Bei Zürich an der Limmat stießen die beiden Feinde zusammen, und es entspann sich ein heftiger Kampf. Man wollte selbst auf unsern Hochalpen den Kanonendonner als dumpfen Widerhall gehört haben. Nach diesem ersten, unsere Neutralität zerstörenden Schritt von Seite Frankreichs war auch das Signal zum Kriege gegeben; man konnte sich auf's Schlimmste gefaßt machen. — Ohne sich die schmählichste Demüthigung gefallen zu lassen, gab es kein Mittel mehr, die erlittene Unbill zu sühnen, und die drohend heranschreitende Gefahr ohne Blutvergießen abzuwenden.

Die Gebete wurden jetzt verdoppelt, die Rüstungen mit erneutem Eifer fortgesetzt. Auf einer nach Aarau außerordentlich einberufenen Tagsatzung erneuerte man noch einmal feierlich den alten Bundeseid, mit einander zu leben und zu sterben! Es war dieß der 25. Januar des Jahres 1797.

6. Im Mai dieses Jahres verlangte Frankreich von Wallis wieder freien Durchpaß nach Italien. Bald darauf wurde Rom eingenommen, und der Papst Pius VI. in die Gefangenschaft abgeführt.

Am 17. des Monats Mai ließ Napoleon dem Wallis kund thun, daß er gewillt sei, den Symplon durch eine Heerstraße zu verherrlichen; am 30. ward der Landrath in dieser Angelegenheit außerordentlich nach Sitten einberufen, jedoch ohne definitive Erfolge.

Im Verlaufe dieses Frühlings kam der Prinz von Condé zweimal bis auf Siders, wo sich die abgedankten königlichen Generale in seinem Interesse versammelten. Er beabsichtigte nämlich, das in Spanien errichtete Walliser-Regiment in seinen Sold zu nehmen, und mit dessen Hülfe den verlornen Thron

Frankreichs wieder zu erobern, die vertriebenen Geistlichen zurückzurufen, — und die alte Ordnung der Dinge wieder herzustellen. Der gute Prinz kam aber um diese Zeit zu spät — oder zu früh. Die Revolution ging ihren Gang, und bekümmerte sich wenig mehr um die Prinzen einer — veralteten Dynastie.

Im Monat Juni fürchtete man eine Invasion der Franken in's Wallis, ohne jedoch eine Schutzwache aufzustellen. Man hatte sich bereits an diese Schlagwörter gewöhnt, und somit auch unzeitige Furcht abgelegt. Indessen begab sich Hr. Landeshauptmann Sigristen sofort nach Frauenfeld, um Verhaltungsregeln von den Tagesherrn zu erbitten; allein er fand dort selbst nur Rathlosigkeit und Zwiespalt! Auf diese traurige Botschaft hin verordnete der Bischof von Sitten neue Andachtsübungen in den Pfarreien seines Sprengels. Auch die Landrathsherren blieben länger in der Hauptstadt als gewöhnlich. Dieß erregte bei dem Volke Verdacht und begründete Besorgniß. Man witterte Gefahr von Westen her.

Mangourit, der damalige fränkische Resident im Wallis, stand mit mehrern Landesvätern auf ziemlich vertrautem Fuße, was bei dem Volke billiger Maßen Mißtrauen erregte. Mehrere Zehnen riefen ihre Abgeordneten sofort heim; so groß war dazumal die Macht des Volkes im Walliserlande. Es war auch wirklich keine bloße Vermuthung oder Argwohn. Die Magie der französischen Zunge — und des französischen Goldes hatte sich trefflich bewährt.

Sofort reiste Hr. Sigristen und Hr. Roten nach Aarau, um, wie man dem empörten Volke sagte, mit den Eidgenossen ein neues Bündniß abzuschließen. Der Rest der Landrathsherren wartete indeß in Sitten auf ihre Rückkunft, allein vergebens. Die hohe Gesandtschaft kam erst am 21. Januar wieder, und traf die Landesväter zerstreut, das Mißtrauen bei dem Volke auf einen Besorgniß erregenden Grad angewachsen. Ein Witzling meinte, die beiden Gesandten hätten indeß Zeit gehabt, nach Paris zu reisen, und Hilfstruppen vom Direktorium zu begehren, um die halsstarrigen Oberwalliser-Bauern zu schulmeistern! —

Man sieht, die Aufregung unter dem Volke war groß und allgemein. Ueberall witterte man Verrath und Franzosenfreundschaft, wo nicht mit vollen Segeln einem verhängnißvollen Kriege mit Frankreich zugesteuert wurde. So ist der Mensch, der kurzsichtige, ein Spielball des Augenblickes; ein blindes Werkzeug des im verborgenen webenden und wirkenden Schicksals, das wir Christen besser Vorsehung nennen.

Siebentes Kapitel.

Kriegswuth im Oberwallis.

1. Wallis war seit mehr als zweihundert Jahren eine ächt demokratische Republik, ein Freistaat im eigentlichen Sinne des Wortes. Die Einsichtigern und Jene, die etwas über die Grenzen des engern Vaterlandes hinausschauten, sahen sehr gut ein, daß das Oberwallis trotz seinen strategischen Vortheilen — der fränkischen Macht auf die Länge nicht erfolgreichen Widerstand leisten könne. Deßwegen riethen auch einige nüchterne Herren, geistlichen und weltlichen Standes, von dem tollkühnen Unterfangen ab, wurden aber von der großen Masse der Kriegslustigen überschrien. Die Gewalt, welche die Verfassung in legislativer und administrativer Beziehung den Zehnen und dem Volke einräumte, machte, daß jeder Versuch der Einzelnen auf friedliche Beilegung an dieser Klippe scheiterte. Anfangs ward die Spitze dieser Volksrechte gegen die Macht des Bischofs gerichtet — jetzt wandte sie sich auch gegen das Ansehen und den Einfluß der weltlichen Regierung, sie artete in Demagogie aus. Man sprach es jetzt lauter aus, als jemals: „Wir Bauern sind die Herren im Lande, wir befehlen!"

Einige Aufwiegler aus der Volksklasse — standen mit den Urkantonen in lebhaftem Verkehr, und fanden sich von dort aus zum Widerstand aufgemuntert und ermuthigt. Die Bauern wurden von dieser Seite her aufgestachelt, den Herren zu mißtrauen, die Sache selbst an die Hand zu nehmen, indem viele sogenannten Patrioten vom Adel, von den Franzosen bestochen seien und sich verpflichtet haben, das Land zu verrathen und dem Feinde in die Hände zu liefern.

2. Diese Aussagen mochten unter gehöriger Beschränkung nicht jeden Grundes entbehren, und fanden bei der Masse um so günstigeres Gehör, als sie gerne geglaubt wurden. Auf diese Gefahr hin entstand ein sogenannter patriotischer Verein, ein „Bauernbund", dessen Komite Alle, denen Religion und Freiheit noch theuer und lieb, aufforderte, sich zu erheben, und gegen die verhaßten Franzosen in's Feld zu ziehen. Man dürfte um so eher auf Erfolg hoffen, als die ganze übrige Schweiz sich schon mit dem gleichen Feinde erfolgreich geschlagen haben — u. s. w.

Jeder einsichtigere „Herr", der diese Ansichten nicht unbedingt zu theilen, oder ein Bedenken gegen den Krieg mit Frankreich zu äußern wagte, wurde abgefaßt — in sichern Verwahr gesetzt, verbannt — und seiner Güter verlurstig erklärt. Wer aber aus dem Volke nicht gemeine Sache mit dem großen Haufen machen wollte, ward durch allerart Zwangsmittel dazu bewogen. — Zu diesen Unentschlossen, Bedenklichen zählte anfangs ein guter Theil der Bürger von Brig und Vispach; unterhalb Leuk machten diese die Hälfte aus. In Goms und Raron dagegen war man von dem Franzosenhaß so geblendet, daß man der Stimme der Vernunft und der Wahrheit kein Gehör mehr lieh. Man war so weit gegangen im Mißtrauen gegen die Herren, daß der Landrath durch hundert Mann bewacht, und die Verdächtigen geradezu ferne gehalten wurden.

Man sagte nemlich: „das Oberwallis sei noch von keinem Feinde besiegt worden, könne mithin auch ferner nicht besiegt werden!" Von diesem stolzen Bewußtsein geblendet, ließ man sich ohne weiters in die Fluthen eines unseligen Krieges hineintreiben. Das wilde Kriegsgebrüll übertönte vielerorts die Stimme der Mäßigung und der Besonnenheit. Dem kaltblütigern Theile der Bevölkerung wurde der Patriotismus und der Franzosenhaß nicht selten mit Fußtritten à posteriori — und mit Ohrfeigen eingetrillt, und zugleich die Ueberzeugung beigebracht, daß es unmöglich sei, eine so gerechte und hl. Sache — verlieren zu können. Indeßen dürfen wir im Grunde dieses anscheinend verdammenswürdige, weil blinde und gewaltthätige Benehmen der Mehrheit gegen die Minderheit nicht verurtheilen. Die reine Liebe zur Religion der Väter und zur angestammten Freiheit war die Quelle dieser Exzesse, die unter den gegebenen Umständen selten zu vermeiden sind, und der guten Absicht wegen Nachsicht und Entschuldigung verdienen.

3. Bei der schuldvollen Rathlosigkeit der Regenten, dem hartnäckigen Festhalten am Alten und Hergebrachten, bei der Unverständigkeit und dem Mangel an sittlichem Selbstständigkeitsgefühl der veralteten Aristokratie thut es wahrhaft wohl zu sehen, wie die Begeisterung die große sog. niedrige Massen ergriff und durchdrang, den Heldenmuth der Väter beim Herannahen der Gefahr in den Enkeln wieder auflebte, und selbst Frauen und Jungfrauen zum Zeugniß ihrer unwandelbaren Treue zu ihren Männern und zur Ehre des Landes — zu den Waffen griffen. Dagegen schmerzt es und thut weh', wenn uns Männer begegnen, die statt sich selbst zu helfen, den fremden Feind in's freie Land lockten, um den verschiedenartigsten Wünschen Genüge zu leisten. Noch bemühender ist's, wenn man erfährt, daß dieser selbstgefällige, stolze Feind von Vielen mit Bewunderung angegafft, gehaßt und gefürchtet wurde; ja daß es entartete Töchter genug gab, die es sich zur Ehre rechneten, von diesen Leuten aufgesucht, geliebt — und geschändet zu werden! — Es ist endlich ein Beweiß von großer Kurzsichtigkeit und politischer Verblendung, wenn man wähnt, den Teufel durch Belzebub austreiben zu können; es ist eine schlechte Ausrede, wenn man sich der eigenen Unfähigkeit anklagen muß, um das Herbeiholen fremder Hülfe zu beschönigen. Wer sich nicht selber helfen kann und will, verdient eben noch nicht — frei zu sein!

4. Indeßen finden wir mitunter auch herrliche Zeugnisse ächter Vaterlandsliebe bei den obersten Behörden der Kantone.

So erläßt z. B. die Regierung von Bern einen begeisterten Aufruf an das Volk, in welchem folgende Stelle vorkommt:

„Wachet auf, ihr Söhne Helvetiens! Euch droht die Gefahr, auf einmal all' euer Glück zu verlieren. Wenn ihr fremde Feinde einbrechen lasset, so werden eure Häuser geplündert, gebrandschatzt, — eure Weiber und Töchter geschändet, eure Kinder, euer Vieh dem Muthwillen unbändiger Söldner ausgesetzt. Dazu die unerschwinglichen Abgaben; ja man würde euch gar an der Ausübung eures Gottesdienstes hindern! O welche Schmach, welche Zeiten! Könnte noch ein Verworfener unter euch sein, der nicht lieber sterben wollte, als solches Unglück erleben u. s. w."

5. Auch im Wallis mußte die Oberbehörde endlich dem Volkswillen und dem stürmischen Drängen von Unten herauf billige Rechnung tragen, und die Kriegsfahne aufhissen. Wir sind weit entfernt zu glauben, als wäre es den mit der Leitung des Staatsschiffleins betrauten Herren um die Rettung des Vaterlandes aus fremder Gewalt nicht voller Ernst gewesen. Es liegen unzweideutige Beweise vor, daß man kein Mittel unversucht ließ, das Volk über die traurigen Zustände des Landes und die seiner Freiheit und Selbstständigkeit drohende Gefahr in Kenntniß zu setzen. Waren diese Bestrebungen nicht überall mit dem nothwendigen Vertrauen unterstützt und mit dem gewünschten Erfolge gekrönt worden, so lag die Schuld gewiß nicht so ganz auf Seite der Behörden und Führer, als vielmehr in der Zerrüttung und der Zwietracht der schweizerischen Bevölkerung selbst. Es ist eine alte Unart des Volkes, die eigenen Mängel und Fehler auf seine Vertreter und Lenker abzustellen, und dadurch dem Feinde in die Hände zu arbeiten.

Achtes Kapitel.

Der Resident Mangourit und sein Wirken.

(1798.)

1. Resident Margourit war ein schlauer, verschmitzter Franzose, der seine Rolle erfaßt und mit außerordentlicher Geschicklichkeit abspielte. Sein Uebermuth und seine Begehrlichkeit steigerte sich mit dem Erstarken der fränkischen Republik und deren Annexionsgelüste. Als treuer Handlanger des Convents vollzog er jede ihm von Paris aus zugekommene Weisung mit vieler Umsicht und seltener Taktik, that auch mitunter auf eigene Faust hin Schachzüge, welche ganz geeignet waren, dem langweiligen Spiel ein Ende zu machen. —

Uebertriebene Schilderungen der feudalen und somit unhaltbaren Zustände im Wallis an das französische Direktorium und verführerische — weil viel verheißende Proklamationen an das Walliservolk — sollten zusammenwirken, um die vielerseits gewünschte oder gefürchtete Katastrophe herbei zu führen.

2. Als aber all' diese seinen Kunstgriffe nicht schnell genug ihre Wirkung thun wollten, nahm der Herr Resident seine Zuflucht zur Lüge. — Vorab wurde der Bischof mit seinem Klerus als Feinde der Freiheit und des Volkes hingestellt und gebrandmarkt, wahrscheinlich weil sie zuerst seine bösen Absichten und Tendenzen entdeckt und offen ausgesprochen hatten. Alle jene, welche seinen Plänen, d. h. einer Hingabe an Frankreich feindlich gesinnt waren, wurden geradezu als Rebellen und Verräthrr am Volksglück bezeichnet. Sobald nun die fränkischen Truppen schlagfertig an der Schweizergränze standen, zog unser Resident noch andere Saiten auf, und warf die Maske, die ihn bisher zur Hälfte gedeckt hatte, ganz weg. Er fieng nun an, im Namen der „großen Nation" den Herren und Meister zu spielen im Lande. Die meisten Gemeinden des Oberwallis schickten Gesandtschaften an den übermüthigen „Landvogt" um mit ihm zu — akkordiren! — sonst aber in Gottes Namen das Unter-

wallis fahren zu lassen — und wenigstens den Theil oberhalb der Morse zu retten. Was aber Hr. Mangourit den guten Leuten heute zugesagt, leugnete er ihnen morgen wieder weg, und führte sie bei der Nase herum, bis ihre Geduld zu weichen begann. Vorab war es der Zehnen Raron, der sich dem stolzen und eigensinnigen Despoten widersetzte. Dafür wurden seine Bürger mit dem Titel: „Rebellen" beehrt und auf alle erdenkliche Weise geneckt — und gekränkt.

Uebrigens war der neue Geßler stets von einem Schwarm elender Schwänzlinge umgeben, die bereit waren, ihm seine schwierige Aufgabe zu erleichtern. Wer sich in dieser Umgebung, in diesem Zauberkreis — nicht zusammennahm, der wurde überredet und für die heilige Sache der Freiheit! gewonnen, d. h. er wurde ein Freund Frankreichs und der neuen Ordnung.

3. Die Rittersche Chronik spricht sich sehr naiv über diese Kabale und Eroberungskunst des französischen Residenten und seiner Trabanten aus. „So hatte man, heißt es, schier alle Verständigen, die Gewaltshaber und Wahlmänner umgekehrt und zu Grunde gerichtet. Selbst ein großer Theil der „gesalbten" Beamteten wurde durch Mangourits Handlungen verdorben, so daß einige von ihnen die angeordneten Gebete in der Kirche unterließen und über die Prozessionen spotteten und lachten. Man versprach ihnen weiß Gott was für Güter, wenn der Krieg einmal beendigt sei und die Bauern unterjocht. Auch versprach man vielen Beamteten und ansehnlichen Männern Belohnungen, Stellen und Aemter, wenn sie mithelfen. Einige mögen schon etwas gekriegt — haben — meint der gute Chronist, im Uebrigen war viel Lärm und wenig Gehalt: multum clamoris et parum lana! Indessen blieb etwas hangen, und die Verwirrung, das gegenseitige Mißtrauen und die Erbitterung erreichte den höchsten Grad, und war auch geeignet, der guten und gerechten Sache den Sieg zu erschweren — oder ganz unmöglich zu machen, — wie die Folge zeigen wird.

4. In der Nähe von Genf harrten bereits 20,000 Franzosen unter General Monnard auf den Befehl des Direktoriums, um sofort in die Waadt einzurücken, von da aus Wallis zu besetzen, und die unterdrückte Bevölkerung zu befreien.

Um diese vom Westen her drohende Gewitterwolke aufzuhalten — oder abzuwenden, sandte man den Hrn. Bannerherr Barberini von Sitten als außerordentlichen Commissär in's Unterwallis, und ließ den Leuten anzeigen, daß die 7 Zehnen bereit seien, alle möglichen Opfer zu bringen, und die weitgehendsten Zugeständnisse zu machen. Sollte man wünschen, daß die Gemeinden frei erklärt werden und an der Regierung theil nehmen sollen, so haben sich Abgeordnete auf den 29. Januar in Sitten einzufinden, wo sich ein außerordentlicher Landrath versammeln und ihre Wünsche und Anträge entgegennehmen werde u. s. w. Nach Ritter hätte das Volk von Oberwellis schon vor einem Jahre diese Conzessionen an die Unterwalliser zugestanden; Mangourit aber wollte noch mehr; er wollte das ganze Wallis zu einer französischen Provinz machen.

Ueber den fortwährenden Unterhandlungen und Gesandtschaften vergaß man fast die Kriegsrüstungen. Mangourit soll sogar durch vertraute Agenten die Feuersteine und den Pulvervorrath bei den Krämern im Oberwallis aufgekauft, und nach Frankreich spedirt haben.

Landeshauptmann Sigristen, von Aarau zurückgekehrt, war jetzt zum Kammerdiener des französischen Residenten herabgesunken; Hildebrand Roten, der Landschreiber, begab sich mit schwer beklommenem Herzen nach Hause, von beiden Parteien mit Mißtrauen verfolgt, weil er, von der Sachlage genügend unterrichtet, weder zum Kriege rathen wollte, noch offen davon abmahnen — durfte.

5. Als an einer Landesgemeinde von den Patrioten der Krieg beschlossen wurde, sprach Roten bestürzt zu seiner Frau: „Wir sind verloren!“ Dennoch wurde er später von den siegreichen Franken als Verräther und Aufhetzer nach Bern abgeführt. Gegen diese Anklage rechtfertigte er sich in einer längern

Schrift, welche keinem Zweifel mehr Raum übrig läßt. Der Argwohn und das Mißtrauen verfolgte alle einsichtigern und gemäßigten Männer, die der Vorsicht und dem Frieden das Wort sprachen. Zu diesen zählte auch der Landschreiber Roten von Raron.

Was man wünscht und hofft, das glaubt man auch gern. Daher mochte es kommen, daß viele Leute auf eine Dazwischenkunft Oestreichs rechneten. Andere setzten ihr Vertrauen auf die Hülfe von Oben, und der Bischof mahnte wieder ernster als je zum Gebete. Man pilgerte häufig nach dem Gnadenorte auf dem Glisacker; die Prediger forderten vielseitig zum Kriege auf, weil sie von Oestreich Rettung hofften; diejenigen, welche nicht in diesem Sinne das Wort Gottes verkündeten, kamen sofort in den Verdacht der Franzosenfreundschaft. Die Begeisterung ward bald eine allgemeine. Zeichen am Himmel und auf der Erde prophezeiten Krieg und Sieg. Viele trugen schon eine Cokarde — ein Marienbild am Hut und einen Rosenkranz am Arm. — Indessen aber setzte unser Resident in Sitten sein wohlberechnetes Spiel fleißig fort, und spannte sein Netz über das schlichte Bergvölklein so klug aus, bis es sich darin verfangen hatte, und nicht mehr entrinnen konnte.

Neuntes Kapitel.

Neue Friedensversuche.

1. Als Antwort auf die oben erwähnten Conzessionen und Anträge schickten die Unterwalliser die Landvögte heim, und errichteten dafür Freiheitsbäume. Ein Volksausschuß von 18 Mitgliedern erhielt den Auftrag, alle Aemter neu zu besetzen, und die Leitung der öffentlichen Geschäfte an die Hand zu nehmen.

Unterm ersten Februar 1798 schickte die in Sitten stehende Kommission wieder eine Gesandtschaft in's Unterwallis mit der

Aufforderung, den Frieden zu erhalten und die ihnen dargebotene Bruderhand anzunehmen. Man erklärte durch eine Adresse an das Volk, daß Oberwallis im Gefühle der Menschlichkeit und dem Frieden zu lieb, auf alle Hoheitsrechte im Unterwallis gänzlich Verzicht leiste, und alle Bürger für alle Zeiten als freie und selbstständige Leute betrachten und behandeln werde. Man sprach zugleich die Erwartung aus, Behörden und Volk werden diesen guten und aufrichtig gemeinten Wünschen mit gleichen Gesinnungen der Versöhnung entgegen kommen u. s. w.

2. Es war zu spät! — Hätte man dergleichen Zugeständnisse nur um ein Jahr früher gemacht, würden selbe ihre Wirkung kaum verfehlt haben. Als man sich aber erst in der eilften Stunde — als kein anderer Ausweg mehr offen stand, dazu entschließen konnte, waren sie nur noch geeignet, die Furcht und Schwäche der einstigen Oberherren bloß zu stellen.

Am 2. Februar erklärte das Central-Comite von Monthey, daß das Unterwallis seine Unabhängigkeit der französischen Republik zu danken habe, welche allein auf Gerechtigkeit gegründet, fürderhin ein Ersatz biete für die ehemaligen Kränkungen, und ein Zeichen sei wahrer Rechtsgleichheit nnd Friedensliebe .... 2c. Es klang dieß wie bittere Ironie auf die gemachten Anträge, und verkündete deutlich das Hereinbrechen eines neuen Zeitabschnittes in der Geschichte von Wallis. —

3. Auf Mitte Februar wurde ein außerordentlicher Landrath einberufen. Es erschien dabei kaum die Hälfte der Mitglieder. Dieß warf ein trauriges Licht auf die damaligen Zustände und die herrschende Stimmung in den verschiedenen Bezirken.

In diesem Landrathe wurde ein weiteres Manifest an das Unterwalliservolk erlassen, in welchem die letzten Zugeständnisse in allen Stücken feierlich bestätiget waren. Dieses Aktenstück wurde am 22. Februar durch eine eigene Gesandtschaft an das Central-Comite von St. Moritz befördert, allein ohne den erwünschten Erfolg. Die Köpfe waren schon von Freiheitsschwindel trunken, die Gemüther von Hoffnungen und Rachelust erfüllt, so daß eine freundschaftliche Ausgleichung kein Gehör mehr finden konnte. Der letzte Friedensversuch war gescheitert und der Krieg somit unvermeidlich, wenn Oberwallis sich nicht der schmählichsten Demüthigung unterziehen wollte.

Es war wirklich schwer einen andern Ausweg zu finden. Die Frucht war reif; sie mußte fallen. Alle Gebete und Conzessionenkonnten die Ereignisse in ihrem ewigen Gange nicht mehr aufhalten. — Es läßt sich nicht spielen mit der Freiheit und den angebornen Rechten eines Volkes; die Stunde der Rache wird früher oder später gewiß schlagen. Für Wallis hatte sie geschlagen!

Zehntes Kapitel.

Frankreich will den Krieg.

1. Schon im Jahre 1796 hatte beinahe ganz Europa die französische Republick anerkannt, und so indirekt den Sturz der Dynastie gebilligt. Zum Schutze und zur Sicherheit dieses neuen Staatsgebäudes gründete der General Napoleon Bonaparte noch die batavische, die cisalpinische und ligurische Republick. Der Plan, den man um diese Zeit in Paris für die künftigen Schicksale der Schweiz entworfen hatte, war nur zum Theile noch bekannt, ließ sich aber mit jeder Woche leichter ganz durchschauen. Der korsikanische General war eben über's Meer gefahren, und schlug sich in Egypten herum, was indessen Frankreich und der Schweiz den Frieden sicherte. Der Beschluß war gefaßt, nur die Umstände verzögerten noch dessen Ausführung.

2. In der Waadt war bereits die Oberherrschaft Bern's durch Mitwirkung französischer Bayonette gestürzt, und die Freiheitsbäume in großer Zahl aufgepflanzt. Kaum war dieß Werk vollendet, kam die Reihe auch an Wallis. Der Herr Resident Mangourit hatte der Revolution nach Kräften in die Hände gearbeitet. Seine nächste Umgebung bestand meist aus Leuten, deren Frechheit sich mit der Hoffnung auf eine Umgestaltung

der Dinge stets noch steigert, weil sie bereit sind, Alles auf's Spiel zu setzen und stets nur Gewinn und Vortheil erwarten — weil sie nichts zu verlieren haben.

3. Solche Freiheitshelden waren es meist, welche unterm 28. Januar im Unterwallis ein Freudenfest veranstalteten, als Frankreich ihren Bestrebungen Hülfe und bewaffnete Unterstützung zusicherte.*) In St. Moritz wurde indessen eine Landsgemeinde einberufen, um über die vom Oberwallis gemachten Anträge zu berathen. In einer Proklamation wurde von einigen Freunden des Friedens und der Ordnung dem Volke, das sich übrigens nicht von den obern Zehnen trennen wollte, folgende Punkte zur Genehmigung empfohlen:

1. Vorläufige Einberufung einer Generalversammlung des gesammten Walliservolkes;
2. Entwurf einer gemeinsamen Verfassung und dadurch die Vereinigung der Parteien anzubahnen.

Auf diesem Wege hoffte man, die dem Vaterlande drohende Gefahr abzuwenden, oder doch dem Feinde von Außen mit vereinten Kräften Widerstand leisten zu können, der Religion und der rechtmäßigen Obrigkeit die gebührende Achtung und den nöthigen Schutz zu verschaffen. In der That fanden diese wohlgemeinten Vorschläge und Gesinnungen im ganzen Lande eine günstige Aufnahme und Würdigung. Einige Streithähne und Aufwiegler abgerechnet, freute sich Alles dieser glücklichen Wendung, indem wirklich Hoffnung auf eine gütliche Beilegung des Haders vorhanden war.

3. In der erwähnten Versammlung wurde ferner noch ein General-Komite von vier Mitgliedern erwählt, und beschlossen, daß am Sonntag den 11. Februar alle Gemeinden in ihren resp. Pfarreien sich versammeln sollen, um sich auszusprechen, ob sie das besagte Komite bestätigen oder ob ein anderes zu wählen

---

*) Anfangs untersagte das Direktorium in Paris seinen Residenten in Genf und Wallis eine offene Mitwirkung zur Vereinigung der Waadt 2c. mit Frankreich; später that es das Gegentheil!

sei! — Dieses Komite war mit der Leitung der öffentlichen Geschäfte betraut. Stimmrecht und die Steuern sollten durch alle Bürger in gleichem Verhältniß ausgeübt — und entrichtet werden. Indessen aber sollten die bestehenden Gesetze, Statuten und Reglemente in Kraft bleiben.

Die Landesgemeinde sprach sich endlich feierlich aus, und erklärte alle Jene des „Bürger"-Namens für unwürdig, die sich an Religion, Obrigkeit und Eigenthum vergreifen sollten. Das Volk wurde aufgefordert, sich beleidigender Worte und aufwieglender Umtriebe zu enthalten. Zuwiderhandelnde sollen aus dem „Bruderbunde" ausgestoßen werden! Die Gemeinden versprachen sich sogar gegenseitige Unterstützung zur Ausführung dieser Beschlüsse.

4. Auf eine offizielle Anfrage: „ob das Unterwallis auf eine bewaffnete Dazwischenkunft Frankreichs im Kriegsfalle zählen dürfe?" antwortete der Resident Mangourit: „das vollziehende Direktorium in Paris werde die bedrohten Rechte der Unterwalliser zu schützen wissen!" — Uebrigens machte sich der Hr. Resident sogar anheischig, Namens des gesammten Landes Wallis als ausserordentlicher Kommissär nach Paris zu reisen, um dort die Differenzen beizulegen. „Indessen," sagte der verschmitzte Diplomat, glaube ich nicht, daß das Oberwallis die zugestandenen Rechte und Freiheiten dem untern Landestheile wieder zu bedrohen wage, sollte dies geschehen, werde ich geeignete Maßregeln treffen, um eure Sache zu schützen, und den religiösen „Meinungen" auf welche ihr einen Werth setzet, Achtung zu verschaffen .... u. s. w." — Von dieser amtlichen Erklärung des französischen Residenten erhielt der Landeshauptmann von Wallis — der schweizerische Resident — und der General Brünne — wortgetreue Abschriften.

Sofort schlug die öffentliche Stimmung im Unterwallis wieder um. Von Seite der Revolutionsfreunde hörte man von Blut und Plünderung sprechen; allein es gelang den Freunden der Ordnung durch unentwegte Festigkeit und Energie, solch' gesetzwidrigen und leidenschaftlichen Ausschreitungen Zügel anzulegen, und für einstweilen Thätlichkeiten zu vermeiden. Das Central-Comite in Monthey wünschte zwar eine gänzliche Umgestaltung der Dinge im Wallis nach den Vorschlägen und Mustern der französischen Republik — war aber dabei doch wirklich bestrebt, unzeitigen Ausbrüchen der Leidenschaft entgegen zu arbeiten, und die glimmende Kriegsflamme niederzuhalten, — bis der rechte Augenblick zum Handeln gekommen sein würde!...?..

5. In der äußern Schweiz waren die alten Formen bereits zerbrochen; die neuen Grundsätze hatten jedoch noch nicht so tiefe Wurzel geschlagen, um bleibende Zustände zu sichern. Das Fluthen der Meinungen, der stete Wechsel und das Schwanken der neuen Beamten lähmte die Macht der Gesetze und steigerte den Muth und die Frechheit der Hitzköpfe und Freiheitsschwindler. Frankreich, das diese Strömung der Geister herbeigeführt hatte, glaubte nun einen Schritt weiter gehen zu dürfen, und suchte sich vor Allem für seine „guten Dienste" schadlos zu halten — durch moralischen Einfluß, durch seine Bajonnette und durch — Geld, welches es auf Zinsen lieh'. Um diese Zwecke zu erreichen, d. h. um sich die Oberhohheit in der gesammten Eidgenossenschaft zu sichern, ging sein Streben nach einer Einheitsregierung nach französischem Zuschnitte und nach Entzweiung im Innern der Schweiz, wodurch eine planmäßige gemeinsame Vertheidigung vereitelt, — und ein scheinbarer Grund zur Intervention, zum Kriege — gefunden wurde. In letzter Absicht aber waren es die reichen Kassen der Kantone und Gemeinden, welche die üppigen und bereits dem Müßiggange ergebenen Franken lüstern machten und in's Land des Friedens lockten. Deswegen ging's zuerst auf das reiche Bern los; nach tapferm, aber kurzem Widerstande fielen Solothurn, Freiburg und das mächtige alte Bern in die Hände der übermüthigen Sieger. Die glänzende Beute ging auf endlosen Wagen-Reihen über die westliche Schweizergrenze, um in dem bodenlosen Schlund — zu verschwinden, der schon viele tausend Millionen verschlungen hatte — und noch ferner verschlingen sollte.

6. Die Trauerkunde dieses Ereignisses gelangte erst vier Tage später nach Wallis, wo die großen Erfolge der Franken allgemein dem „Verrathe" zugeschrieben wurden. Man glaubte überdieß, dieser Verrath sei schon auf der Tagsatzung in Aarau angezettelt worden, und die Abgesandten von Wallis hätten sich ebenfalls daran betheiligt. Deßwegen kamen schon am 9. März sechs Bauern zu dem Landschreiber Roten nach Raren, traten an sein Bett, das er wegen Podagra hüten mußte, und nannten ihn geradezu — einen Verräther, der in Aarau das Wallis an Frankreich verkauft habe. Kaum schützte ihn seine Krankheit und die Bitten seiner Frau vor Mißhandlung. Man rieth ihm endlich, sofort das Land zu verlassen, damit sie nicht ihre Hände mit seinem Blute beflecken müßten. Andere dagegen wollten ihn strenge bewachen lassen, damit er nicht entwischen könne. — Hr. Roten betheuerte seine Unschuld und gab sein Ehrenwort, nicht zu entfliehen, sondern eher den Tod im Vaterlande zu dulden, wenn er schuldig befunden würde; dagegen weigerte er sich beständig einen Krieg mit Frankreich zu unterstützen, und die Bauern „auf die Schlachtbank — zu führen."

Dafür wurde er später von den Franzosen als Volksaufwiegler in verschiedenen Gefängnissen herumgeschleppt. — Das ist der Mensch in seinem Wahn! Jeder Anschein von Verdacht genügt, um die ganze Wuth der Rache an dem unglücklichen Opfer auszulassen und zu kühlen. —

Eilftes Kapitel.

Die Repräsentations-Versammlung in St. Moritz.

(16. März.)

1. Am bezeichneten Tage traten die Gesandten von Oberwallis und die Mitglieder des General-Komite's zusammen, und

bildeten im großen Saale der „Bannerie" in St. Moritz die sogenannte provisorische „Repräsentations-Versammlung" (assemblée représentative provisoire) der Republik Wallis. Der Resident Mangourit eröffnete dieselbe in feuriger und schwungvoller Rede, der wir folgende Stelle in treuer Uebersetzung entnehmen: ....

Titl.! Dieses nach Einigung strebende, rührende Schauspiel wird in stetem Andenken fortleben! Jeder Entschluß sei das Wort der Vernunft und nicht der Gewalt; er koste weder Blut noch Thränen!.... Die Geschichte wird es mit Freuden verzeichnen, wie die Freiheit in eueren Gegenden tiefe Wurzeln geschlagen; wie sie in Mitte eines der tapfersten und tugendhaftesten Völker sich einen bleibenden Sitz auserkoren hat. Dieß hat man bis jetzt nicht genugsam erkannt, indem man euch manchen Orts tief herabsetzte. Bisher hattet ihr den Namen Republikaner, jetzt seid ihr's! (sic) Ein Muster für Europa's Freistaaten und Königreiche.... Auch das Oberwallis triumphirte endlich über die Oligarchie.... Sechs Hundert Freiwillige aus diesen Thälern halfen durch ihre Tapferkeit die Freiheit der Waadtländer erringen.... u. s. w."

2. Diese letzte Anspielung bezieht sich auf eine militärische Operation, die am 3. März in der Waadt ausgeführt wurde. Während man nemlich im Wallis an einer neuen Verfassung arbeitete, fiel ein Trupp deutsche Berner in das Gebiet von Ormont ein. Waadt rief Wallis um Hülfe an. Diesem Rufe folgte auf energisches Verwenden Mangourits ein Korps von 600 Mann, und eilte dem freundnachbarlichen Lande zu, um für die bedrängte Freiheit desselben mit Gut und Blut einzustehen. Auf verborgenen und schwierigen Pfaden erstiegen die Walliser die Höhen von Ormont, und trieben ohne viel Blutvergießen den Feind über die Grenze zurück.

Mangourit zeigte sich bei diesem Anlasse wieder deutlich als das, was er eigentlich war — nemlich als Herr und Regent im Lande, wobei sich seine Freunde nicht wenig zu gute thaten. Er verordnete auch, daß alle französischen Emigranten das

Wallis unverzüglich zu verlassen haben, nur 70 jährige Greise und ältere — fanden Gnade. Das Militär wurde auf's „Piket" gestellt, um allfälliger Unordnung vorzubeugen. —

3. Am dreizehnten März 1798 wurde in der Stadt Sitten der erste Freiheitsbaum unter großem Jubel aufgepflanzt und die Kokarde der Gleichheit auf die Hüte aller ächten „Citoyens" befestiget. Der Bischof und das Kapitel mußten ihren „verjährten Privilegien" entsagen und auf die weltliche Herrschaft Verzicht leisten. Das Wallis wurde in zehn „Kantone" eingetheilt, und ihre Rangordnung durch das Loos entschieden. Die Verfassung war übrigens nur eine Kopie der helvetischen und französischen, wie sie ein Herr Ochs von Basel für die Schweiz ausgeheckt hatte.

Am 20. März setzte ein eifriger Anhänger der neuen Ordnung selbst einem Muttergottesbilde in der Kathedrale zu Sitten die Kokarde auf, was wir zur Charakterisirung des Zeitgeistes hier zu notiren für gut finden.*)

Alles aber war im Grunde das Werk Mangourits, des französischen Residenten im Wallis — und seiner treuen Handlanger. Niemand strafte solche Frevel trotz des feierlichen Beschlusses der Landsgemeinde von St. Moritz. Selbst die Geistlichkeit wurde angehalten, die Kokarde aufzupflanzen. So reizte und fanatisirte man das Volk, um es für die Dinge, die da noch kommen sollten empfänglich zu machen.

4. Ein dreigliedriges Vollziehungs-Komite arbeitete strenge an einer neuen Gesetzgebung. General Brüne aber erklärte zu gleicher Zeit (16. März) das Wallis als „Rhodanische Republik", und sieben Tage später wurde dieselbe an die eine und unzertheilbare helvetische Republik angekettet. Wallis sandte eine Deputation nach Bern, um mit Wahrung der eigenen Unabhängigkeit — ein Bündniß mit der Schweiz zu erzielen. Brüne ließ

---

*) In St. Moritz wurde der Freiheitsbaum schon am 28. Januar, in Monthey, Martinach und Entremont am 1. Februar, im Illierthal am 3. desselben Monats, aufgerichtet.

ihnen aber die Weisung zukommen, daß das Wallis für sich zu arm und zu schwach sei, einen aparten Haushalt zu führen, und es daher gut thue, sich in dieser wichtigen Angelegenheit an das Direktorium in Paris zu wenden. Die Gesandtschaft aber entschuldigte sich gegen eine solche Zumuthung durch den Mangel an nöthigen Instruktionen und Vollmachten. Für einen definitiven Anschluß an die Schweiz stießen die Herren in Bern auf materielle, politische — und religiöse Schwierigkeiten, welche doch früher die Urkantone leicht überwunden hatten. Es war aber wieder französische Intrigue im Spiel, und diese wußte die heiligsten Wünsche des Volkes zu vereiteln. —

In Sitten schritt man sogleich zur Wahl der neuen Behörden, und Alles schien sich der wie vom Himmel gefallenen neuen Ordnung der Dinge weidlich zu fügen, so daß man den gefürchteten Krieg in weite Ferne gerückt wähnte; — allein es war dies eben leider nur eine falsche Genesung, — eine Genesung — zum Tode!...

Zwölftes Kapitel.

Wieder ein Strich durch die Rechnung.

1. Gleich auf die erste Nachricht von Bern's Fall sandte Bischof Blatter Domherren in die obern Zehnen, um hier das kriegslustige Volk über dieses traurige Ereigniß wahrheitsgetreu aufzuklären, und demselben — wo möglich, die Ueberzeugung beizubringen, daß es sich durch einen offenen Krieg mit den Besiegern des starken Bern in großes Unglück stürzen würde. — Nach Leuk kam Hr. Großdekan Oggier von Varen, um in dem angedeuteten Sinne zu wirken; allein er wurde vom Volke verhöhnt, und mußte seine Mission aufgeben. Domherr Zurkirchen predigte in dem aufgeregten Raron den Frieden, und rieth zur Annahme der helvetischen Verfassung. Er wurde von Herrn Roten und Citoyen Zenhäusern, — Pfarrer daselbst,

kräftig unterstützt, allein ohne Erfolg. Das mißtrauische Volk nannte diese Herren Abtrünnige, Ketzer, Verräther, Franzosen u. s. w. Acht Wochen später wurde dieser Pfarrer von den Franken als Volksaufwiegler in die Gefangenschaft abgeführt.

2. Einige angesehene Bauern des Bezirks Raron verlangten nun von Hrn. Roten ein Schreiben, worin ihre Absicht, Religion und Freiheit mit den Waffen zu vertheidigen, ausgesprochen wäre, und das zugleich eine Einladung an die übrigen Zehnen enthalten sollte, mit ihnen gemeine Sache zu machen ꝛc. Hr. Roten mußte endlich dem ungestümen und verhängnißvollen Drängen nachgeben und ein solches Aktenstück abfassen und eigenhändig unterzeichnen, um Mißhandlungen vorzubeugen. Mit diesem „Billet de guerre" eilten die Stürmer sogleich von Zehnen zu Zehnen, von Gemeinde zu Gemeinde, und stachelten das Volk allenthalben zum Widerstand auf.

Am eilften März erging vom Comite in Sitten die Aufforderung des Residenten Mangourit an die Zehnen, innert vier Tagen die helvetische Verfassung zu proklamiren. Das Volk wurde in Landsgemeinden zur Abstimmung versammelt. In Raren ging es stürmisch zu. Unglücklicher Weise kam gerade um diese Stunde ein Mann von Leuk her gelaufen, mit einem Brief von einem gewissen Peter Sewer, den die Regierung mit Depeschen nach Bern geschickt hatte, und der eben von dort zurückgekehrt war. Dieser berichtete nun in dem genannten Briefe: „Daß Bern nur durch Verrath besiegt worden sei — da der französische General den weinenden Weibern und Kindern ausdrücklich gesagt habe, daß sie durch ihre Herren verrathen worden seien und daß Frankreich schon vor fünf Jahren die Schweiz hätte nehmen können, wenn es danach gelüstet hätte u. s. w."

Aus dieser „Mähr'" zogen nun die guten Bauern den folgerechten Schluß: also ist das Land schon vor fünf Jahren verkauft worden; die Herren sind Verräther und müssen unschädlich gemacht werden!. Argwohn, dieses Kind der Hölle, gab hier wieder den unseligen Ausschlag.

3. Die allgemeine Stille, mit welcher die Verlesung des Sewerschen Schreibens von der Versammlung angehört wurde, verwandelte sich augenblicklich in einen schrecklichen Tumult. Die mit der Leitung der Landsgemeinde betrauten Herren wurden mit einer Fluth von Schimpfworten und Insulten überschüttet. Bannerherr Roten konnte sich kaum der Volkswuth durch die Flucht entziehen. Von Annahme der helvetischen Verfassung konnte unter solchen Umständen keine Rede mehr sein.

4. Die Kundschafter mit dem erwähnten Kriegsmanifest fanden auch in den übrigen Zehnen ziemlich guten Anklang, denn gleich nach ihrer Rückkehr begaben sich einige Rädelsführer zu der Gattin des Hrn. Roten, und forderten die aus dem Salzdebit erlösten Gelder und die Gemeindskasse heraus — „denn wenn man „kriegen" wolle, müsse man Geld haben", bemerkten die Bauern ganz richtig. Das überraschte Weib brachte ihnen die vorhandene Baarschaft, und war froh, der Leute so schnell wie möglich los zu werden.

5. Im Zehnen Brig wurde die helvetische Konstitution angenommen, und die Wahlmänner aus der Urne gehoben.

Am 12. März kam der Resident Mangourit von St. Moritz nach Sitten, und schlug seinen Sitz dem Rathhause gegenüber auf. Die französische Fahne wehte aus seinem Fenster und verkündete dem Walliservolke sein künftiges Schicksal deutlich genug, allein die Verblendung war zu groß, um diese Zeichen verstehen zu können.

6. Der gute Bischof fand sich in großer Besorgniß und Verlegenheit. Er sollte überall zwischen der Regierung und dem Volke die Rolle des Vermittlers spielen. Das Direktorium von Paris ließ indessen das Wallis durch den Mund seines Residenten über seine künftigen Geschicke beruhigen — weil man die Frucht noch nicht reif genug befunden hatte. Für diese tröstlichen Zusicherungen dankte der Bischof dem Hrn. Mangourit in einem eigenhändigen Schreiben. Der Resident antwortete: „Ambrosius schloß einst dem Kaiser Theodosius die Pforten der Kirche; Sie öffnen dieselben, damit durch Annahme der neuen Verfassung die

wahren Bürgertugenden in dieselbe einziehen mögen. Sie haben nach Kräften zur Beruhigung des gereizten Volkes beitragen — Ehre Ihrer Menschlichkeit! — . . . Schinner, einer Ihrer Vorgänger, hatte Freude am Blutvergießen; Sie aber schrecken vor den Gräueln einer Empörung zurück . . . . . . Die neue Konstitution sichert Ihrer Heerde die religiösen Meinungen (les opinions réligieuses) . . . Ihr Benehmen als Bürger wird Ihnen auch die Achtung aller Freunde der Weisheit, der Freiheit und des Friedens auf immer zusichern!" . . . So der Resident Mangourit.

Dreizehntes Kapitel.

Ein Kriegsrath in der Suste.

1. Bald nach diesen traurigen Ereignissen in Raron wurde ein Kriegsrath in der Suste bei Leuk gehalten. Alle Zehnen des Oberwallis waren durch Abgeordnete vertreten. Nach langer, mitunter sehr lebhafter Debatte kam es endlich zur Abstimmung über die große Frage: Ob man den Krieg wolle — oder nicht?

Die große Mehrheit der Bauern antwortete bejahend, und so ward der Krieg mit Frankreich und dessen Handlangern beschlossen! Alle Gründe, welche dagegen angebracht wurden, vermochten die kriegslustige Mehrheit nicht von ihrem Beschlusse abzubringen. —

2. Die helvetische Verfassung wurde am 10. April angenommen, nach dem einige Artikel derselben den Verhältnissen des Landes angepaßt waren, und Wallis bildete somit ein Theil der einen und unzertheilbaren helvetischen Republick. Unter dem Volke regte sich aber sofort wieder Verdacht gegen dieß Geschenk, eben weil es von Frankreich her kam. — „Ich fürchte die Danäer, und doppelt wenn sie schenken!" Dieser alte Kernspruch bewährte sich auch ganz besonders in diesen Tagen des

Mißtrauens, und beunruhigte die Gemüther. Man wandte sich an das Direktorium, und verlangte bessere Garantie für die Religion und Freiheit der Väter. Man verwies die Bittsteller auf die dem Bischof und dem Central-Comite durch Vermittelung des Residenten gegebenen Versicherungen, und empfahl dem Volke Vertrauen in seine gesetzlichen Behörden — und Mäßigung in seinen Wünschen und Begehrlichkeiten.... Es solle die Religion der Väter im Wallis gewährleistet und geschützt werden, wie es die Verfassung zur Pflicht mache.

3. Der Resident Mangourit erließ unterm 19. April eine Proklamation an das Volk, und forderte dasselbe auf, seine Vertreter in den Landrath und in das Obergericht zu senden. Die religiöse Frage betreffend, werde man sich so viel wie möglich indifferent verhalten, und Jeden bei seinen Anschauungen und Meinungen ruhig gewähren lassen. Wallis sei nun ein Theil der helvetischen Republick und möge sich damit beruhigen rc.! Diese ironische Sprache erregte unter dem Volke wieder große Unzufriedenheit, selbst die Freunde der neuen Ordnung fühlten sich verletzt. Diese Unzufriedenheit gab sich auch in der Waadt vielseitig kund, und steigerte sich von Tag zu Tag, und man sprach es offen aus: Die Waadt habe blos ihre Oberherrn ausgetauscht! — Die doppelsinnige Verfassung sammt ihren Handhabern mußten sich dem Volke mit den Waffen aufdringen, was eben auf eine kurze Dauer schließen ließ.

4. Die Ereignisse folgten sich nun rasch aufeinander. Am 12. April wurde die helvetische Centralregierung eingesetzt; am 19. desselben Monats ein helvetisches Direktorium ernannt. Dieses unter dem Schutze französischer Bayonnette stehende Direktorium wollte nun die noch getrennten Kantone Thurgau, St. Gallen, Appenzell rc. zum Beitritt und zur unbedingten Annahme der helvetischen Verfassung zwingen. Aus letzterm Grunde sollte auch das Oberwallis mit Truppen besetzt werden. Das Verwaltungskomite in St. Moritz trat aber in's Mittel, und erklärte den hohen Herren in Aarau, daß Gewalt hier nicht

am Platze sein dürfte, und daß es an den Folgen solcher Maßnahmen keinen Antheil nehmen wolle.

Am gleichen Tage (20. April) wurden im Unterwallis die neuen Beamten gewählt, und am 21. versetzte das Verwaltungskomite seinen Sitz von St. Moritz nach Sitten, um dort am folgenden Sonntage die Wahlen der höhern Behörden vorzunehmen. Zu diesem Zwecke wollten auch die Wahlmänner aus Goms, Brig und Visp nach der Hauptstadt sich begeben, wurden aber bei Raron von einem Korps von 100 Mann aufgehalten und bewacht. Die von Visp konnten jedoch auf Umwegen entwischen, und nach Sitten kommen. Sobald sich dieser Vorfall im Unterwallis verbreitet, eilte der Resident Mangourit herbei, und befahl sofort zu den Wahlen zu schreiten. Da fand es sich, daß die Gesandten von Raron nicht erschienen waren —; die von Goms und Brig wurden indessen entlassen, und in Sitten sehr zuvorkommend aufgenommen.

Man berieth sich nun, ob man sofort Truppen nach Raron absenden — oder zuwarten wolle, bis man nähere Erkundigungen eingezogen habe. Endlich wurde beschlossen, den Widerspenstigen acht Tage Zeit zu besserer Besinnung auszusetzen. Unterm 27. wurden sie von Mangourit eingeladen, ihm zu erklären, was die Ursache einer solchen Widersetzlichkeit sei, und gab er ihnen zu bedenken, welch' traurige Folgen dieselbe nach sich ziehen müsse. „Nicht genug, sagt er, daß Raron keine Wahlmänner erkiesen, hielt es noch jene der obern Zehnen mit Gewalt zurück, ihre Pflicht zu erfüllen. — Trüge ich nicht Nachsicht mit eurer Verblendung, so würde ich euch eurem Schicksale überlassen. Ein Fähnlein sieggewohnter Truppen würde genügen, euch aufzureiben! Bürger von Raron, ich bedaure eure Verblendung, und rufe euch zur Besinnnung zurück. Mein ganzes Bestreben im Wallis geht auf dessen Wohlfahrt aus. Wie könnte ich Bürgerblut verspritzen lassen? Für die Verirrten wie für die erklärten Widersacher flehe ich stets um Gnade und Nachsicht. Ich habe den bewaffneten Schutz, den mir General Schauenburg in's Wallis mitgeben wollte, abgelehnt, mich der einzigen Macht eures Vertrauens — anheimstellend. Meine Zuneigung zu euch ist noch stets dieselbe. Darum hört auf meine Stimme, und entfernt jene Rathgeber aus eurer Mitte, welche unter der Larve des allgemeinen Besten nur ihr eigenes Interesse verberaen — und euch zu Grunde richten. . . . "

Diesen honigsüßen Worten fügt der Resident zu Schluße eine ernste Drohung bei, welche um so größern Eindruck machen mußte, als selbe in der Schweiz bereits manchenorts wirklich vollzogen wurde — er drohte mit dem Standrecht! . . . .

Auf eine solche Einladung hin, säumte nun Raron nicht länger, seiner Verpflichtung nachzukommen, hob seine Wahlmänner aus — und diese trafen am 30. April in Sitten ein.*)

5. Im Obergoms stellte sich der riesige Sebastian Weger von Geschinen an die Spitze der Bewegung und wußte die Bedenklichen durch „Ohrenfeigen" und dgl. von der Gerechtigkeit und Nothwendigkeit eines Krieges mit Frankreich zu überzeugen. Daher mag es auch kommen, daß man von hier aus nicht „Wahl- sondern Wehrmänner nach Sitten schicken wollte, um den Residenten mit seinen Trabanten aus dem Lande zu jagen." Auch hörte man dort von den kühnen Thaten der äußern Schweiz erzählen, von einigen Erfolgen der Urkantone und der Grausamkeit der Franken, was die vorhandene Kampflust für Gott und Vaterland auf's Höchste steigerte. —

Vierzehntes Kapitel.

Aufbruch der Oberwalliser.

1. Goms ist die Wiege der Freiheit im Wallis. Fast überall finden wir die Bewohner dieses Hochthales an der Spitze,

*) Wie aus der Folge erhellt, hatten die Wahlmänner aus Oberwallis nur theilweise dem mangourit'schen Rufe entsprochen, und war dieß Ausbleiben der erste Anstoß zur gewaltthätigen Lösung der Streitfrage. —

wo es galt, die edelsten Güter des Menschen, Religion, Freiheit und Vaterland — zu schützen gegen ungerechte Eingriffe. Wie der junge Rohnefluß seine Wellen —, so ergoß sich auch der Geist der Freiheit und Unabhängigkeit von den Höh'n in die Niederungen hinab, belebend, erfrischend, befruchtend. — Die Enkel blieben den Grundsätzen ihrer Ahnen treu, und zeigten sich ihrer würdig in den Tagen schwerer Prüfung.

2. In den ersten Tagen des Maimonats 1798 sammelte sich der erste und zweite Auszug von Obergoms unter der Leitung des oben erwähnten Sebastian Weger. Der Zug gieng landabwärts, von Gemeinde zu Gemeinde neuen Zuwachs gewinnend — bis auf Ernen, den Hauptort des Untergoms. Hier fanden die Krieger sehr wenig Anklang, weil die einsichtigen Herren Sigristen, Jost, Steffen und Andere die Leute über den verhängnißvollen Schritt besser aufgeklärt hatten. Vorzüglich war es der stämmige Volksmann Hans Bortis von Fiesch, der sich dem kühnen Unterfangen widersetzte. Man verließ Ernen erst am späten Abend, und schlug das Nachtquartier in Lax auf, um den Leuten Zeit zur besseren Entschließung zu lassen. Bortis und andere Widersacher wurden ergriffen und mit Gefängniß und — Tod bedroht. Am folgenden Tage zog der ganze Trupp wieder nach Ernen. Hans Bortis hatte sich eines Besseren besonnen, und wurde dafür zum Kommandanten der Gomer-Miliz ernannt. Durch ungestümes Drängen und Drohen brachte man es endlich dahin, daß sich die wehrpflichtige Mannschaft der untern Pfarrei dem Zuge anzuschließen für gut fand.

Am 4. Tag Mai marschirte man bis auf Brig, nachdem auch die kriegslustige Jugend des Drittels Mörell mit in's Schlepptau genommen ward. Auch die Bevölkerung folgte größtentheils der Bewegung, und machte mit. Indessen gab es dort einige Störungen, so daß mehrere Individuen verhaftet werden mußten. Am 5. bewegte sich der Zug gen Vispach. Hier wurde das Volk meist zum Mitziehen gezwungen; die auf diese Weise zum Krieg getriebene Mannschaft that aber dafür auch keinen Schuß gegen den Feind. Der sich so nennende „Graf Ferdinand

Venetz von Saas" — früher Offizier in französischen Diensten, übernahm nur aus Furcht vor Mißhandlung das Oberkommando über diese tapfere Miliz; — die Leute zeigten sich übrigens einander würdig! *) Raren und Leuk waren natürlich schlagfertig und die „Auszüger" marschirten noch am 5. Mai zusammen bis zur Rhonebrücke oberhalb Siders, wo sich ein Theil der umliegenden Bergleute zu ihnen gesellte. Sofort wurde ein förmliches Lager organisirt und der Feldzug erst ernstlich in Erwägung gezogen.

3. Indessen wartete das Wahlkollegium in Sitten umsonst auf die auf den 3. Mai einberufenen Abgeordneten der fünf obersten Zehnen — Leuk, Raron, Visp, Brig und Goms. Wenigstens waren sie gar nicht vollzählig erschienen. Als man nun über die Vorgänge im Oberwallis Kunde erhielt, schrieb das provisorische Vollziehungs-Direktorium an die Behörden von Monthei, sofort 400 Mann von 20 bis 50 Jahren auszuheben, und es solle das Loos dabei den Ausschlag geben. Jeder Soldat erhalte täglich 3 Batzen an Geld, 38 Unzen Fleisch, 28 Unzen Brod — und einen Schoppen Wein — als Entschädigung. Die gleiche Aufforderung sollte in allen Zehnen des Unterwallis in gleicher Weise bekannt gemacht — und zur Ausführung gebracht werden. Jeder Soldat hatte jedoch für 4 Tage Mundvorrath mit in der Tasche zu tragen, überdieß aber durfte von den Gemeinden keinerlei Zulagen gemacht werden. Die bei dieser Aushebung verschonte Mannschaft ward auf's Piquet gestellt. Sofern die Gemeinden die erforderliche Ausrüstung nicht besorgen konnten — oder wollten, fiel die Beschaffung derselben dem Milizen selbst zur Last; dagegen hatten die Gemeinden den Sold vorzuschießen und wählten die Bataillonskomandanten. Die Truppen sollten sich unverweilt nach Sitten begeben, und dort ihre weitern Befehle vom helvetischen (?) Direktorium gewärtigen. — „Es drohe dem Vaterlande ernste Gefahr" — meinten die guten Herren in Sitten ganz naiv und wahr.

---

*) Vgl. Chronik von Ritter, Manuskript Nro. IX.

Um Mitternacht war diese Aufforderung schon nach allen Gemeinden versendet, und am Morgen des fünften Mai an den 4 Ecken der Burg zu Monthei angeschlagen, nachdem sie dem zusammengetrommelten Volke verkündet worden war.

4. Wie es scheint, war man anfangs von dem bewaffneten Aufbruch der Oberwalliser nicht genügend unterrichtet, und man verstand unter der „drohenden Gefahr" blos die Weigerung einiger Wahlmänner, dem Rufe nach Sitten Folge zu leisten. Daher verbreitete sich im Unterwallis auch das Gerücht, man bezwecke mit der einberufen Miliz nichts anders, als diese renitenten Wahlmänner abzuholen, die Freiheitsbäume aufzupflanzen — und der Einführung des neuen Systems eine militärische Feierlichkeit beizugeben. Ein anderes Gerücht sagte: Die Oberwalliser gereue ihr gegebenes Wort, und seien sie im Anzuge, die alte Oberherrschaft im Unterwallis wieder herzustellen und die Landvögte wieder einzusetzen — u. s. w.

5. Am 5. Mai Abends wurde man in Sitten über die Sachlage aufgeklärt. Die Regierung sandte sofort 10 Scharfschützen zur Rekognoszirung nach Siders ab. Um Mitternacht kamen drei derselben wieder in Sitten an, und meldeten, daß sieben ihrer Kollegen sich über die Sidnerbrücke gewagt, und von den „Obern" gefangen genommen worden seien, die dort ein regelmäßiges Lager aufgeschlagen hätten.

Auf diese Nachricht hin verließ der Federheld Mangourit sofort die Hauptstadt, und konnte erst in Martinach eingeholt werden, wo er an einer Proklamation arbeitete, und das Volk von Unterwallis stürmisch aufforderte, eilends zu den Waffen zu greifen, und die Herren in Sitten vor dem drohenden Untergange zu retten: Die „Rebellen" liegen schon schlagfertig vor den Thoren! Nur auf dringendes Bitten und Zureden konnte der Resident zur Rückkehr nach Sitten bewogen werden. Hier waren schon am 5. Nachmittags 30 Mann aus dem Unterwallis mit 2 Kanonen eingetroffen; am 6. folgten 220 in etwas unmilitärischer Zucht. In Sitten übernahm der dort als Wahlmann anwesende Hr. de Bon's von St. Moritz das Kommando dieser Truppe, und suchte selbe, so gut es ging, zu organisiren und schlagfertig zu machen. Dieser Hr. Kommandant gibt uns in einer Vertheidigungsschrift einige interessante Aufschlüsse über die aufgeregten und verwirrten Zustände dieser Zeit.

Herr de Bon's schreibt den Ausbruch der Oberwalliser dem irrigen Glauben bei, als würde auch das Unterwallis mit ihnen gemeine Sache machen, um eine oktroyirte Verfassung zu stürzen und die fremde Herrschaft aus dem Lande zu treiben. Nach ihm langten die Wehrmänner der 5 deutschen Zehnen etwa 3000 Mann stark und gut bewaffnet und montirt in Siders an, ohne daß Jemand auf einen solchen Schlag gefaßt war; das Eringerthal hielt aus freien Stücken mit und das gemeine Volk in Sitten ließ sich ebenfalls hinreißen, und griff zu den Waffen. Viele Leute wurden zum Feldzuge durch allerart Drohungen an Leib und Gut gezwungen. Ueberdieß sei dem Volke berichtet worden, die Franzosen hätten im Kanton Schwyz eine gänzliche Niederlage erlitten und die Sieger marschiren direkt auf Aarau, um die Central-Regierung zu stürzen; Waadt und Bern haben sich vereint wieder erhoben, und wollen mit den Franken über die Grenze hinaus. Mit Hülfe der „Kaiserlichen" werde es gelingen, bis Paris zu avanciren, und das Direktorium abzusetzen u. s. w. Dazu gesellte sich noch religiöser Wahn und Aberglauben. Mit dem Muttergottesbildchen als Kokarde auf dem Hut — glaubten diese guten Leute, werden sie die größte Macht der Erde überwinden, und das Vaterland — retten!

So blendet religiöser Fanatismus und Aberglaube ein ganzes Volk, und stürzt es in namenloses Elend. Die Hoffnung auf fremde Hülfe hat schon manchen unseligen Krieg veranlaßt; weh' dem freien Volke, das bei Fürsten und gekrönten Häuptern sein Heil sucht, und von dem Wahne befangen ist, man könne die Teufel durch Beelzebub — austreiben! Vertrau auf Gott und hilf dir selbst; das war der Wahlspruch der alten Schweizer, der sich stets als wahr erwiesen.

Fünfzehntes Kapitel.

Vorgänge in Siders und Sitten.

1. Die Oberwalliser-Truppen rückten am Sonntag Morgens auf Siders vor, und zwangen dort den 27jährigen Hrn. Eugen von Courten zur Uebernahme des Oberkommandos, indem man ihm deutlich zu verstehen gab, daß man im Weigerungsfalle sein Haus in Asche legen werde. Als der junge Feldherr sein Pferd bestieg, sagte er zu seiner weinenden Braut: Wir sind verloren! Mit Thränen in den Augen schied er von dannen. Die Kolonne setzte sich in Bewegung, durchschweifte während der Nacht die Bergabhänge von Lens und Ayent, und besetzte das Dorf und die Anhöhen von Saviese — oberhalb Sitten. Ihre Vorwachen wurden bis zur Morse vorgeschoben. So kamen sie den Milizen des Unterwallis zuvor, und beherrschten die Hauptstadt.

2. Mit Erstaunen gewahrte man am 7. Mai Morgens, daß die Stadt von allen Seiten her blokirt und belagert sei. Es wurde sofort Anstalt getroffen, sich gegen die Rebellen zu vertheidigen. Um 8 Uhr waren alle Thore geschlossen, und mit bewaffneter Mannschaft besetzt.

Abends 6 Uhr kam Graf von Courten aus Siders — unser Kommandant, nach Sitten, und stellte das Begehren an den Kriegsrath: Alle Freiheitsbäume niederzuhauen, in Zeit von einer Stunde die Thore zu öffnen, und mit den „Obern" gegen Frankreich gemeine Sache zu machen! — .... Man besprach sich noch am gleichen Abend mit einigen Agenten der Oberwalliser, und suchte sie von ihrem tollkühnen und verhängnißvollen Unterfangen abzubringen. Die Unterhandlungen dauerten fast die Nacht über fort, und sollten am nächsten Tage wieder in St. Leonhard aufgenommen werden. Diese Frist aber benutzten die Obern, um die junge Mannschaft der Umgebung für ihre Sache zu gewinnen und unter die Waffen zu stellen. Vor allen zeigten sich die Leute von Saviese für den Krieg empfänglich, und standen bald mit ihren scharfen Mordwaffen ausgerüstet da.

Indessen gelang es Hrn. von Courten, seine Pläne durch-zu-setzen. Die Stadt Sitten ergab sich und öffnete ihre Thore. Am 8. Mai sollten die Milizen des untern Landestheiles die Residenz verlassen und nach Hause ziehen; den 7. Abends nahmen die Oberwalliser jauchzend Besitz von der Hauptstadt, stürzten sofort den Freiheitsbaum und das dabei stehende Wachthäuschen, die Bruchstücke beider den Flammen Preis gebend. Der Kommandant de Bon's hatte seine Truppe vor dem Rathhaus in Parade aufgestellt, und sah dem Spektakel ruhig zu. Da kam der Anführer der Obergomser, der Riese Sebst. Weger, setzte ihm seinen Degen auf die Brust, und hieß ihn durch seine Begleiter in Verwahr setzen. — Einige Soldaten wollten den Kommandanten in Schutz nehmen, und entwaffneten zu diesem Zwecke mehrere Oberwalliser, besannen sich aber bald eines Bessern, und gaben ihnen die Waffen zurück.

Hr. de Bon's protestirte sofort gegen die an ihm widerrechtlich verübte Gewaltthat, wurde aber mit der Antwort beruhigt, daß man Ursache habe, ihn als einen gefährlichen Mann zu betrachten, der unzweifelhaft das Unterwallis und die Waadt wider die Obern aufhetzen würde, sofern er Gelegenheit dazu fände; man müße ihn durch strengen Arrest unschädlich machen. Er saß denn auch wirklich bis zum 17. Mai in Verhaft, und hatte die Ehre, von den Franzosen in Freiheit gesetzt zu werden.

3. Der Resident Mangourit nahm gleich beim Einzug der Oberwalliser in Sitten wieder Fersengeld, und soll gar unterwegs die Uniform verloren haben. In St. Moritz verlangte die Verwaltungskammer von dem Flüchtlinge weitere Vollmachten — und einen sogenannten National-Präfekten, um unter Umständen freier und sicherer handeln zu können. — Ein gewisser Louis Pittier wurde auf dieß Verlangen mit der Würde betraut. Gleich nach dieser Wahloperation setzte Hr. Mangourit seine Reise nach der Waadt fort — um dort Schutz und Sicherheit zu finden. Dort war sein erstes Geschäft, mit seinen Ge-

sinnungsgenossen schwarze Pläne „gegen das unbezähmbare, nachtumhüllte, undankbare und fanatische Wallis" — zu schmieden, — was ihm auch theilweise gelungen ist!

Sechszehntes Kapitel.

Gefecht an der Morse und bei Riddes.

1. Schon am 5. Mai überschritten die Obern die Morse, den Grenzfluß zwischen Ober- und Unterwallis, in ihrer Meinung zwar nicht als Feinde, sondern um den Franken, den verhaßten, den Weg abzusperren. Sie betraten somit das Unterwallis als Brüder, und hofften dort gleiche Gesinnungen zu treffen; allein das alte Mißtrauen gegen die frühern Oberherrn war dort noch nicht erloschen, und die Verschiedenheit der Sprache und der Charaktere trug vielleicht dießmal das Meiste dazu bei, um eine Verständigung zu vereiteln, denn auch im Unterwallis war unter dem Volke der Haß und die Abneigung gegen die Franken fast allgemein. — Die in Sitten befindlichen Unterwalliser-Milizen verließen gleich nach dem Einzug der Obern unter Musikschall und Jubel die Stadt, und marschirten landabwärts. Auf dem St. Petersfelde stießen sie auf eine Truppe von 300 Mann, die ebenfalls nach Sitten beordert waren, beide Korps zogen sich aber jetzt gegen Riddes zurück; eine Hinterwache blieb in Ardon, wo die Nachzügler am 7. Halt gemacht, als sie vernommen, daß Sitten von den obern Zehnen blokirt sei.

2. Auf die Kunde, daß die Oberwalliser die Grenze bereits überschritten, eilte die erwähnte Nachwache von Ardon — nur 50 Mann stark, denselben entgegen. Nach kurzem Widerstande wurde sie aber zum Rückzug gezwungen. Ein Theil der Offiziere der Unterwalliser hatten ihre Soldaten im Stich gelassen, weil sie bei denselben wenig Sympathie für die Franzosen vorfanden. So mußten gemeine Soldaten das Kommando übernehmen.

Zwischen Ardon und St. Peter kam es wieder zu einem Gefecht, wo von beiden Seiten mehrere Soldaten gefangen genommen wurden, die man aber wieder laufen ließ; auch gab es beiderseits Verwundete; von Todten weiß man nichts. Man würde sich wahrscheinlich verständigt haben, hätten bei den „Untern" nicht vorzüglich hergelaufene Savoyarden das große Wort geführt, gegen welche die Oberwalliser einen alten, angebornen Haß trugen, und bei jeder Gelegenheit dieser Leidenschaft Ausdruck geben mußten.

Gegen Abend wollten die Obern auf Martinach vorrücken, fanden aber die Rhonebrücke bei Riddes abgerissen, und das linke Ufer von Waadtländern besetzt, die in der Nacht dort angekommen waren. Auf die offizielle Anfrage der Obern: Wer da? kam die Antwort herüber: „Freunde der französischen Nation!" Sofort wurde Feuer gegeben, und es entspann sich ein hitziges Gefecht über die Rhone, welches nur die einbrechende Nacht beendigte. Die Waadtländer zählten sieben Todte und viele Verwundete; die Oberwalliser nur 3 Verwundete. Man zog sich nach St. Peter zurück und verbrachte dort die Nacht vom 8. auf den 9. Mai.

3. Am Morgen erwartete man einen neuen Angriff, als plötzlich ein Eilbote mit der Hiobspost in's Lager geritten kam, es seien 8000 Franken mit 12 Stücken schwerem Geschütz im Anzuge. Diese Mähr verfehlte den Zweck nicht. Von panischem Schreck ergriffen flohen die guten Leute so schnell sie konnten landaufwärts. Bei Ardon gelang es jedoch dem Kommandanten von Courten die flüchtige Schaar aufzuhalten, um der ganzen Komedie auf den Grund zu kommen. Es stellte sich die Falschheit der Staffete bald heraus, und man erfuhr zugleich, daß eine Abtheilung Oberwalliser, welche am linken Rhoneufer operirte, die 400 Mann starke waadtländische Truppe bereits von ihrem Posten bei Riddes vertrieben habe. — Man schämte sich ein wenig der übereilten Flucht, kehrte um, schlug eine provisorische Brücke über die Rhone, und stieß in der Nähe von Saxon auf den Feind, der sich dort postirt hatte. Mit einer starken Salve

begrüßten die Obern ihren Gegner; der feurige Gruß wurde eben so feurig erwiedert. Es entspann sich ein blutiges Gefecht, das über eine Stunde dauerte. Mehrere hundert Feinde wurden getödtet — oder verwundet; die Obern zählten wieder nur sieben Verwundete! — Diese Verschiedenheit läßt sich erklären, wenn man weiß, daß die Anführer Pittier, de la Costa und Vallerton, Männer ohne Muth und Erfahrung waren, die noch nie Pulverdampf gerochen hatten. Vallerton nahm gleich anfangs „Reißaus" und hielt erst in — Savoyen wieder stand. Auch mehrere andere Führer ergriffen die Flucht, nachdem einige ihrer Leute gefallen waren. Viele Soldaten zeigten sich ebenfalls sehr kaltblütig und zurückhaltend, weil sie mit den Franzosenfreunden nicht einverstanden waren. In größter Verwirrung zogen sich die Geschlagenen nach Martinach — la Baliaz zurück. —

Nach diesen äußerst günstigen Erfolgen schloß sich das Volk von Gundis, Nendaz, Ardon und Chamoson ebenfalls an die Oberwalliser an, und war im Falle, ihnen sehr gute Dienste zu leisten. Die Leute waren in der Gegend wohl bekannt, und besetzten die Pässe bei Fully und über die Diablerets. Ein Trupp Waadtländer, welche die Oberwalliser auf diesen Pfaden umgehen wollten, wurden zurückgedrängt und unschädlich gemacht.

Wie man sieht, war das gute Volk, wie überall und zu allen Zeiten, auch hier wieder der Spielball der Leidenschaft, der Intrigue, des Interesses — und der Herrschsucht. Um zu diesem Zwecke zu gelangen, wird das Heiligste in den Staub gezogen, und alle Mittel scheinen gut, wenn sie zum Ziele führen.

Die schlauen Franken schmeichelten Anfangs diesem schlichten Bergvolke und versprachen ihm eine Freiheit, von der es bald genug hatte, und die es nicht an jene eintauschen wollte, welche es von seinen Vätern ererbt hatte. Niemand konnte ihm diese Anschauungsweise zur Sünde rechnen. Die Zeit hat zur Genüge die Richtigkeit seines Urtheils bewiesen. —

4. Der Kriegsrath in Sitten erließ nun unterm 10. Mai zur Behelligung dieser traurigen Mißverständnisse eine Erklärung

an die drei Zehnen Martinach, St. Moritz und Monthey, worin vorab das tiefste Bedauern ausgesprochen wird, über die Bestrebungen einiger Uebelgesinnten, dahin gehend, das Volk zu entzweien und das Vaterland dem Verderben zuzuführen. Es wurde ferner die Aussage, als wären die Obern in's Unterwallis gezogen, um dasselbe zu unterjochen, als eine böswillige Erfindung und Lüge bezeichnet —; dann heißt es wörtlich: „Wir erklären euch daher auf Ehre und Eid, daß wir gegen euch keine feindlichen Absichten hegen, sondern euch von nun an als ein freies und unabhängiges Volk anerkennen, wie wir es sind — als Brüder und Freunde! — Wir erklären ferner, daß wir die Waffen einzig zu dem Zwecke ergriffen haben, vereint mit euch — (wozu wir berechtigt zu sein glaubten) — unsere hl. Religion zu schützen, und unsere Unahängigkeit gegen auswärtige Feinde zu vertheidigen; darum laden wir euch ein, eure Waffen mit den unsrigen zu vereinen, und mit uns gegen den gemeinsamen Feind zu kämpfen — für Freiheit und Vaterland!“ ....

So sprachen die ersten Vertreter der sieben obern Zehnen noch in der eilften Stunde, um zu verhindern, daß ferner noch Bruderblut vergossen werde; doch es war zu spät, das Verhängniß ließ sich nicht mehr beschwören, es forderte seine Opfer!

Siebenzehntes Kapitel.

Der Zug nach Bagnes, Treffen bei Martinach.

1. Am 11. Mai wurde eine Abtheilung von 1000 Mann von Saxon aus über das Gebirgsjoch „Croix du Col“ nach dem Bagnesthale beordert, in der Voraussetzung, es möchte dasselbe schon von Waadtländern besetzt sein, um von da aus den vorrückenden Oberwallisern in die Flanke zu fallen, oder ihnen

den Rückzug abzuschneiden. Man hatte sich in dieser Meinung nicht getäuscht; schon auf der Höhe des Passes stießen die Obern auf eine feindliche Besatzung von etwa 800 Mann, die sich aber nach kurzer „Unterredung" ergaben, und dem Zuge anschlossen. Man stieg nun gegen das Entremont hinab, und wollte auf St. Brancher marschiren; allein die Brücke über die wild brausende Dranse war abgebrochen, und so sah man sich in der engen Gebirgsschlucht eingeschlossen — was eine etwas düstere Stimmung unter den Leuten hervorrief, die mit dieser Gegend unbekannt, und meistens der französischen Sprache unkundig waren. Man fand es für klug, sogleich den Rückzug anzutreten, was auch sofort geschah! — Die Nachricht, daß sich die Bagn'er bereits an die Obern angeschlossen, wurde im feindlichen Lager schon am gleichen Abend verbreitet, und erweckte großen Mißmuth und Niedergeschlagenheit.

2. Inzwischen machten die Oberwallisertruppen Anstalt, auf Martinach loszugehen. Am Nachmittag des 12. Mai stießen sie in der Nähe dieses Städtchens auf eine Armee von 3000 Franzosen und Waadtländer. Bei der sogenannten „neuen Mauer" kam es zu einem Treffen, und es hatten die Waadtländer-Ambulanzen wieder Gelegenheit, viele Todte und Verwundete vom Platze zu führen. Man kannte weder die Tragweite der Stutzer und Musketen — noch die eigenthümliche Kampfweise der Oberwalliser-Bauern, gegen welche eine regelrechte Kriegstaktik öfters zu Schande wurde und den Kürzern zog. Der Feind bekannte offen, daß er nirgends in so kurzer Zeit und auf diese Distanzen so viele Leute einbüßte, wie hier; man zog sich daher fechtend bis Martinach zurück; die Nacht brach ein, und machte dem Gefecht ein Ende.

3. Noch während der Nacht verbreitete sich das falsche Gerücht, daß die nach Bagnes beorderte Kolonne abgeschnitten und somit verhindert sei, sich mit dem Centrum wieder zu vereinigen. Diese Kunde wirkte sehr niederschlagend und entmuthigend auf die Gomer und Raroner, um so mehr, als die Leute von Visp bis jetzt noch keinen Schuß abgefeuert. Es trat eine all-

gemeine Verstimmung und Zwiespalt in's Lager der Oberwalliser, was eine gänzliche Auflösung herbeizuführen drohte. Die Lenker und Sidner scheinen vom Feinde auf dem rechten Rhone-Ufer blokirt worden zu sein, da von diesen hier keine Rede ist; wir finden sie erst am folgenden Tage wieder bei der Haupt-Kolonne.

Unter diesen ohnehin traurigen Umständen traf wieder die Kunde ein, Mangourit rücke mit einem starken Heer Franken und Waadtländer das Land herauf, und werde alles niedermachen, was sich zu widersetzen wage. Man berathschlagte sich jetzt ernstlich, was zu thun sei. Da trat die Entzweiung vollständig zu Tage. Man beschuldigte sich gegenseitig, und verwünschte die Anstifter und Rädelsführer des unseligen Krieges. Die Verwirrung erreichte den höchsten Punkt. Ein Theil der Truppen ergriffen sogleich die Flucht, die übrigen folgten bald nach; schon am 13. Abends traf die Hauptmasse in St. Peter, und am 14. wieder in Sitten ein.

4. Der Kommandant von Courten suchte die verwirrten Massen so viel wie möglich aufzuhalten, damit die Leute in Bagnes nicht zurückbleiben, und vom Feinde ereilt und aufgerieben würden. Auch vermied er so gut es gieng, unkluge Angriffe, zog sich aber dafür den Verdacht der Franzosenfreundschaft von Seite seiner ungeschulten Truppe zu. Solche Leute sind stets, und besonders bei mißlungener Anstrengung und drohender Gefahr geneigt, alle Schuld auf ihre Führer zu wälzen, ihnen Verrath und Unredlichkeit vorwerfend, um ihre eigene Feigheit und Treulosigkeit zu beschönigen.

Die Auflösung war nun eine vollständige geworden. Die Mannschaft aus den französischen Bezirken verließ mit Ausnahme jener von Bagnes, schon in Riddes — die Fahne, und zog heim; die Obern machten in Sitten wieder Halt, und warteten nähere Kunde über die Stärke und Bewegungen des Feindes ab. Ihr Kommandant, Hr. von Courten, mußte sich aus oberwähnten Gründen nach Italien flüchten, um der Volkswuth zu entrinnen! —

Es gereicht uns übrigens zum Vergnügen, sagen zu können, daß sich die Obern bei dieser Expedition in's Unterwallis wirklich gegen dessen Bewohner als Freunde gezeigt, und Alles bezahlten, was sie zu ihrem Unterhalt bedurften, ein Beweis, daß es ihnen dießmal mit ihrer Freundschaft ernst war. Es ist dieß Betragen um so höher anzuschlagen, als es selten vorkömmt, daß sich so improvisirte Soldaten gleich an militärische Zucht und Ordnung binden lassen.

Achtzehntes Kapitel.

Zweites Treffen an der Morse.

1. Die Wehrmannschaft der Oberwalliser war jetzt bereits auf 1400 Mann zusammengeschmolzen; der Oberkommandant flüchtig, und der Feind rückte in sechsfacher Uebermacht nach der Hauptstadt vor. Da war guter Rath theuer. Indem sich die Unterwalliser von der Fahne entfernt und nach Hause begeben hatten, überließ man sie nun ihrem Schicksale, und zog an die Morse, um die Grenze des Oberwallis zu schützen. Hr. Joseph von Courten zeigte sich bereit, an die Stelle seines Vetters Eugen von Courten zu treten und das Kommando zu übernehmen, allein auch er war in Ungnade gefallen, und wurde daher in strengen Verwahr gesetzt. — Der Oberbefehl wurde jetzt an den Herrn Grafen Venetz von Saas, und Herrn Moritz Perrig von Brig übertragen, von denen übrigens gesagt werden wollte, daß sie mit dem Glase besser umzugehen verständen, als mit — dem Schwert. — Sofort besetzte man die Anhöhen von Montorge, Chatleau-neuf und Seta; die Saviefer, etwa 40 Mann stark, bewachten das Dörfchen Chandolin — am Ausgange des Sanetschthales. So wähnte man in dieser Stellung dem mächtigen Feinde mit Erfolg widerstehen zu können.

2. Die in's Bagnesthal detaschirte Mannschaft kam erst am 15. Mai über Iserables wieder in's Rhonebecken zurück, und da die Brücke bei Riddes von den Franken bereits wieder zerstört war, mußte sie auf dem linken Ufer vorwärts ziehen, und einen Uebergang aufsuchen, den sie auch unterhalb Chateauneuf glücklich fand, und sich den übrigen Patrioten anschloß.

Die Franken und Waadtländer, unter dem General Lorges, erließen eine Aufforderung an die Oberwalliser, unter gesetzten Bedingungen den Frieden zu erhalten, und sich der gesetzlichen Ordnung zu fügen. Eine zweite folgte sogleich, und verlangte unbedingte Unterwerfung.

Die Obern blieben aber gegen alle Vorstellungen taub; sie wollten sich um jeden Preis einmal mit dem alten Erzfeind, den verhaßten Franken, schlagen, und setzten ihr Vertrauen auf die himmlischen Heerschaaren. Dieß Vertrauen, an sich gut, war unter den gegebenen Umständen geradezu Vermessenheit, und kann somit nicht ganz entschuldigt werden. Die beste Rechtfertigung ist daher immer in der guten und redlichen Absicht zu suchen, mit welcher die schlichten Bergleute den Krieg begonnen, und fortzusetzen entschlossen waren.

3. Diese Milizen schossen denn auch gegen alles Kriegsrecht auf einen feindlichen Parlamentär, und sandten sein „Ultimatum" ungelesen zurück. Darauf wurde natürlich sogleich der Angriff beschlossen, und die Umgegend von Gundis einer Rekognoszirung unterworfen. In St. Peter ergriff der Feind zwei Nachzügler aus Oberwallis, die arg mißhandelt wurden. Nachmittag kamen noch einige hundert Waadtländer und einige Reiter über Fully her, und schlossen sich der Hauptarmee bei Riddes an. Am 15. traf die Vorhut in St. Peter ein, und besetzte die Verbindungsstraßen bei Ardon und Chamoson.

Die Oberwalliser hatten ihre Vorposten bis Vetroz vorgerückt. Am 15. Mai gegen 11 Uhr setzte sich die 10,000 Mann starke feindliche Armee in Bewegung, und traf schon am Abend des gleichen Tages in St. Peter ein. Noch während der Nacht schloß sich General Lorges mit 4000 Mann derselben an, und ein Bataillon Waadtländer folgte gleich nach. Viele angesehene Unterwalliser baten sich von General Lorges die Gnade aus, sich nicht gegen ihre Mitlandleute schlagen zu müssen. Diese edle Bitte wurde ihnen auch gewährt; Lorges schickte sie heim.

4. Am 16. Mai um 6 Uhr Morgens zog die französische Armee durch das Dorf Ardon. Montferrat befehligte die 16. Halbbrigade; Lorges die 18. und 31. Kavallerie-Schwadron sammt der Waadtländer-Artillerie. Er stellte seine Leute am rechten Rhoneufer in Schlachtordnung auf; die übrige Mannschaft war auf den Abhängen von Gundis postirt; die Landstraße und die Ebene zu beiden Seiten blieb gegen alles Erwarten der „Obern" — unbesetzt.

So standen sich die Feinde schlagfertig gegenüber; — ungleich an Macht, gleich an Kampflust — und Erbitterung! Was die Franken an Zahl voraus hatten, das ersetzte bei den Patrioten einigermassen das Bewußtsein einer gerechten Sache, Entschlossenheit — und die vortheilhafte Stellung.

5. Es war das Auffahrtsfest, der 17. Mai des Jahres 1798, der verhängnißvolle und entscheidende Tag für Oberwallis. Die Sonne war herrlich aufgegangen und wie Feuerglühen leuchteten die Schneegebirge rings in's Thal hernieder. Eine heilige Stille lag über den Gefilden. Der Feldprediger, Franz Ebiner, las auf einem erhabenen Punkte des Montorgehügels die hl. Messe. Die ganze Mannschaft auf den umliegenden Höhen und Abhängen lag auf den Knieen, den Gott der Schlachten um Beistand anrufend. Wohl manches Herz mochte hier zum ersten Male so tiefe Andacht und so festes Gottvertrauen empfunden, so heiße Gebete zum Himmel emporgesandt haben; denn diese gottesdienstliche Feierlichkeit geschah im Angesichte des sich zur Schlacht anschickenden, mächtigen Feindes. Jeder fühlte sich hier zwischen Leben und Tod schwebend, als tausend Feuerschlünde dem kleinen Häufchen Vernichtung drohten! —

6. Um 7 Uhr Morgens geschah der Angriff von Seite der Franken. Monteferrat suchte die Höhen von Daillon zu gewinnen, um den rechten Flügel der Oberwalliser aus der sehr

vortheilhaften Stellung auf Seta — zu vertreiben, was ihm nach kurzer Anstrengung auch gelang. General Lorges verließ sofort seine Stellung auf dem rechten Flügel längs der Rhone, und griff das Zentrum an! Zwei volle Stunden dauerte der Geschützesdonner fort, und nach jeder Salve trugen die Wellen der Morse eine Menge Leichen der Rhone zu. Zahlreich fielen auch die in dichten Schaaren sich andrängenden Feinde unter dem kräftig genährten Feuer der Mußketen und Stutzer, ohne daß sie den hinter Felsvorsprüngen und Rebhügeln postirten Schützen mit all' ihrem glänzenden Kriegsgeräthe empfindlichen Schaden beibringen konnten.

Zweimal wichen die Franken von dem mörderischen Kugelregen zurück; zweimal drangen sie ergrimmter wieder vorwärts!

Man dachte bereits an einen ernsten Rückzug — als von den hochbeschneiten Gipfeln der Diablerets ein Trupp Franzosen, geführt von einigen des Pfades kundigen Leuten aus Ormont, in's Rhonethal niederstürzten, auf dem äußersten linken Flügel Posten faßte, und kräftig am Kampfe sich betheiligte. Lorges überschritt jetzt im Sturmschritt die Morse — und der Verrath kam ihm im entscheidenden Moment zu Hülfe! — Als die Patrioten die eben aus Sitten angelangten Pulversäcke öffneten, um ihre Stutzer und Musketen zu laden — und den Uebergang über die Morse mit dem Aufgebot der letzten Kraft zu vereiteln — fand man statt Pulver und Blei — einfach Sand aus der Rhone verpackt.

Die Besatzung von Chandolin und Seta mußte indessen dem ungestümen Andrang des Feindes weichen; dieser suchte sofort den Montorgehügel an der nördlichen Seite zu umgehen, und die an den südlichen Abhängen oberhalb der Landstraße kämpfende Hauptmacht der Oberwalliser im Rücken anzugreifen — oder einfach gefangen zu nehmen. — Aus Abgang an Munition waren auch die wenigen Kanonen der Patrioten verstummt. Der Posten vor Chateau-neuf wurde zu gleicher Zeit hart bedrängt, indem eine auf der Landstraße vorrückende feindliche Colonne denselben von der Hauptmacht abzuschneiden im Begriffe war. Lorges feuerte jetzt seine Leute mächtig an, die Positionen im Abhang des Montorgehügels mit dem Bajonett zu erstürmen, und stellte ihnen zu diesem Behufe reichliche Beute in Aussicht. Man war eben daran, diese Ordre auszuführen, als sich die verrathenen Freiheitskämpfer, von allen Seiten her bedrängt, zum Rückzuge genöthigt sahen. Die Munition war bereits gänzlich ausgegangen, und da ihre Stutzer keine Bajonette hatten, konnte man auf keinen weitern Erfolg mehr hoffen. Unter allen Umständen schien hier ein eiliger Rückzug mehr als gerechtfertigt.

7. Man zog sich daher fechtend bis auf die Rebhügel in der Nähe der Stadt zurück. Indessen ward auf ernste Requisition wieder ächte Munition ausgetheilt, und es wurde in obiger Stellung der Feind erwartet. Die Franken hatten die Höhe von Montorge erstiegen, und rückten sachte vorwärts. Eine Schaar Waadtländer stürtzte sich auf das wohlhabende Dorf Saviese, und plünderten dasselbe vollständig aus. In der Nähe von Sitten entspann sich jetzt ein mörderisches Handgemenge, nachdem den Obern die karg zugemessene Munition bereits wieder ausgegangen war. Hier gab es auf beiden Seiten viele Todte und Verwundete; auch wurden von den Obern Viele gefangen genommen, und sofort nach Chateau-Chillon abgeführt. Noch in dieser äußersten Krisis wandte man sich an die schon nach der Stadt geflüchteten Herren „Kommandanten," und bat um Munition; diese ließen sich in ihrer Kaltblütigkeit nicht stören; empfahlen die kampflustigen Leute Gott und seinen Heiligen, lobten den Heldenmuth und die gute Absicht ihrer Milizen, und labten ihre lechzende Zunge im „weißen Kreuz" zu Sitten. So lauten mehrere übereinstimmende Berichte von Augen- und Ohrenzeugen, obgleich es wie ein Mährchen aus „Tausend und einer Nacht" — klingen mag.

8. Nachdem auch die Kanonen verstummen mußten, und zum Theil in die Hände des Feindes gefallen waren, ergriffen die auf der Planta und den dieselbe beherrschenden Anhöhen postirten Patrioten die Flucht; auch die auf den Balustraden der Stadtmauer

Kämpfenden folgten bei dem stürmischen Andrange des Feindes in voller Verwirrung nach, die Stadt ihrem Schicksal überlassend.

Sofort wurde auf den Zinnen der Stadtmauer die weiße Fahne aufgezogen, und die Stadt ergab sich dem Sieger auf Gnade und Ungnade. Ein Soldat aus der Umgebung von Sitten, welcher von der erfolgten Uebergabe nichts wußte und die Bedeutung der weißen Fahne nicht studirt hatte, schoß vom Gundis-Thor aus auf einen Trupp heransprengender fränkischer Husaren, und tödtete einen Lieutenant derselben, Namens Hamisson. Dieß verbreitete große Bestürzung und gerechte Erbitterung unter dem Feinde. Man machte Halt und verlangte Aufklärung über diese schändliche That. Als Hr. de Rucé die Franken darüber aufgeklärt und beruhigt hatte, zogen die feindlichen Schaaren unter Sang und Klang in die unglückliche Stadt, um die süßen Früchte des so theuer erkaufen Sieges zu genießen.

Neunzehntes Kapitel.

Plünderung der Stadt Sitten.

(17. Mai 1798.)

1. Sitten war jetzt der Schauplatz nie dagewesener Gräuel. Kaum waren die Reiter innerhalb der Stadtmauer, als sie für den zufällig eingebüßten Lieutenant Hamisson schreckliche Rache übten. Sie stießen auf 20 bis 30 Mann, die ihre Waffen noch nicht niedergelegt; dieß war Grund genug, sie niederzusäbeln.*)

Einmal überwunden, bot man alle Kräfte auf, durch freundliches Entgegenkommen den schwer gereizten Feind zu besänftigen. Keller und Vorrathskammern wurden geöffnet, und Lebensmittel aller Art freiwillig zur Verfügung gestellt. Am

---

*) Ein Augenzeuge will nur drei Leichen gesehen haben. Auch ist es nicht erwiesen, daß man aus den Fenstern auf die Franken geschossen habe, wie falsch berichtet wurde. —

eifrigsten wurde natürlich dem edlen Saft der Reben zugesprochen. Sehr durstig und erschöpft kamen die Stürmer von Chandolin nach der Stadt, denn sie hatten ein schweres Stück Arbeit, bevor sie die mit gewaltigen Musketen versehene — und durch kräftige Weiber unterstützte Besatzung dieses Dorfes überwunden und zur Flucht genöthigt hatten.

2. Allein trotz dieser ausgezeichneten Gastfreundschaft, so man dem Sieger erwieß, vermocht derselbe seine Raub- und Rachelust nicht zu bezähmen. Zwölf wehrlose Männer wurden im Laufe des Nachmittags ermordet, und achtzehn Personen, darunter mehrere Weiber — verwundet. Trunkenheit und Verwirrung mochten vielleicht viel zu diesen widerrechtlichen Grausamkeiten beigetragen haben — und mögen daher für die Schuldigen — das entschuldigende Wort reden.

Vier volle Stunden sollten der Plünderung geweiht werden. Diese Frist wollte nun Jeder so gut wie möglich bennutzen, um sich für die bestandenen Strapatzen und Gefahren zu entschädigen. Jeder bemühte sich daher nach Kräften Tornister und Mantelsack mit eroberter Beute auszustopfen, nachdem der Magen seinen Tribut empfangen hatte. Anfangs schien ihnen keine Waare zu gering, bis sie auf etwas Werthvolleres stießen. In diesem Falle warf man das Geringere weg, um dem „Bessern" Platz zu machen. Geld war vorzüglich der Lieblingsgegenstand der civilisirten Franken, und dieses suchte man — wie billig, bei den Geistlichen. Allein dießmal entsprach der Erfolg den wahrscheinlich zu großen Erwartungen nicht; dafür wurden die gesalbten Herrn und Diener des Altars mißhandelt. So Bischof Blatter und Großdekan Imsang. Dem frommen Oberhirten wurde der Ring vom Finger gerissen, und mit schmählicher Mißhandlung bezahlt; Imsang erlag nach 4 Tagen den erhaltenen Wunden. Den greißen Stadtpfarrer Gottsponer riß man vom Altare, während er das hl. Opfer verrichtete, und setzte ihn in Verwahr. Zwei junge Priester, welche sich bei dem Pfarrgottesdienste befanden, wurden nebst mehrern andern Personen mit Flintenschüssen selbst im Heiligthum verfolgt, und mußten sich acht Stunden lang im Thurm der Kathedrale versteckt halten, um der Wuth ihrer Verfolger zu entgehen. Auch P. Riondet, der Vikar der Väter Kapuziner, wurde schwer mißhandelt.

2. Im Plündern sollen die Wadtländer ganz besonders gute Anlagen bewiesen haben. Diesen Leuten war keine Person zu ehrwürdig, kein Ort zu heilig, kein Ding zu schlecht. Auf offener Straße rissen sie den Herren ihre silbernen Schuhschnallen von den Füssen, durchsuchten und beraubten die Frauen und Jungfrauen auf die schamloseste Weise in Gegenwart ihrer Gatten und Väter; ja selbst im Heiligthum des Herrn verübten sie diese empörenden Gräuel. — Sie verschonten kein Hausgeräth. Werkstätten, Küchen und Keller wurden ihres Inhalts vollständig beraubt; sogar die Ställe durchstöberten die freundlichen Nachbarn. Man zählte 25 schwerbeladene Wagen, darunter viele Drei- und Vierspänner, welche den Raub aus der heimgesuchten Stadt schleppten. Vierzig Pferde wurden zu diesem Dienste vom Felde eingefangen und nicht wieder erstattet.

Dagegen ließ man die Häuser der höhern Beamten und der bekannten Freunde der neuen Ordnung bewachen, und vor Beschädigung schützen. Alle jene aber, die sich früher besonders für die gute Sache interessirten, wurden verrathen, ihre Wohnungen rein ausgeplündert, und sofern man sie selbst ausfindig machen konnte, in Haft gesetzt; gegen hundert ehrliche Herren und Bauern mußten unter diesem Vorwande nach Chateau-Chillon wandern; unter ihnen auch der riesige Sebastian Weger — mit schweren Ketten belastet. — Hr. Pannerherr Roten wurde nach Bern abgeführt — von da nach Aarburg in die Festung. Mangourit hatte einen bösen Zahn auf den Zehnen Raron, weil der erste Widerstand von dort ausgegangen war.

3. Während ein Theil des siegreichen Heeres, zumeist Franzosen, so in der Hauptstadt hausten, wetteiferten die übrigen Schaaren, größtentheils Waadtländer, in Gundis, Saviese und Chandolin, in dem edlen Gewerbe der Plünderung. Am letztern Orte verübten diese Träger der Humanität unglaubliche Gräuel. Einen Anführer der Oberwalliser banden sie auf eine

Bank fest, und öffneten ihm die Adern; als er fast verblutet hatte, ließ man ihn in's Spital nach Sitten tragen. Sein Blut aber wurde mit Pulverstaub vermengt, und unter kanibalischen Gesängen — getrunken; wahrscheinlich um ihre Mordlust zu erhalten — oder wo möglich — noch zu steigern. — Der so Mißhandelte hatte nichts verbrochen, als daß er sich zugemutheten Ungebührlichkeiten widersetzen wollte. Erst als man die grausamen Gäste versicherte, daß die Stadt Sitten eingenommen sei, und daß sie dort bessere Geschäfte machen würden, zogen sie von hinnen. In der Hauptstadt angelangt, wollten sie trotz der abgelaufenen Frist, auch noch ihre Beute haben, und warfen sich mit zügelloser Wuth auf die Reste, so ihre Vorläufer weggeworfen — oder vergessen hatten.

4. Der an diesem Tage angerichtete Schaden konnte natürlich nur annähernd bestimmt werden. Nur in Privathäusern von Sitten sollen über 4000 Kronen an Baarschaft entfremdet worden sein, was bei damaligem Geldwerth auf eine Stadt von 2000 Seelen eine bedeutende Summe genannt werden darf. Die Franken bekannten auch aufrichtig, daß sie während sechs Jahren der Republik verhältnißmäßig in Sitten die ergiebigste Erndte gemacht hätten. Es wurden in genannter Stadt und in Saviese auch die Kirchen rein ausgeplündert, und das Allerheiligste mit Füßen getreten. Viele Geräthschaften wurden zertrümmert, eine Menge köstlicher Weine auf die Gasse geschüttet, kurz, was man nicht fortschleppen konnte — oder wollte, mußte zu Grunde gerichtet werden.

Am Abend dieses verhängnißvollen Tages sah das sonst so liebliche und reiche Sion fast dem zerstörten Jerusalem ähnlich, und es wäre Stoff zu vielen Klageliedern vorhanden gewesen, wenn ein zweiter Jeremias vom Grabe auferstanden wäre. — Der General Lorges sah sich endlich veranlaßt, bei einbrechender Nacht seine entzügelten Schaaren allen Ernstes zur Ordnung und Pflicht zu mahnen, um nicht gleich Anfangs sich selbst, die Soldatenehre sammt der Sache, die man verfechten wollte mit Schmach und Schande zu bedecken, wie dieß bereits schon zu oft geschehen.

Zwanzigstes Kapitel.

Verheerung der Umgebung von Sitten.

1. Als endlich die Hauptstadt ausgebeutet war, und ein Theil des siegreichen Heeres nach erfolgtem Friedensschluß entlassen wurde, zog eine Colonne von etwa 500 Mann wieder landabwärts. Unterwegs wollte man sich jedoch noch ein Andenken auch im Unterwallis setzen, deswegen wurde hauptsächlich das Dorf „Vetroz“ einer harten Requisition unterworfen, das man bis jetzt noch vergessen hatte. In Ardon stellte sich einer ähnlichen Zumuthung die gesammte Einwohnerschaft mit den Waffen entgegen, und war die Sache mit einer guten Portion von ungewöhnlichen Flüchen abgethan. Statt nach der Waadt, ihrer Heimath, zogen die Banden nach Chamoson hinauf, um dort ein förmliches Lager aufzuschlagen. Hier ließ man sich den gewünschten Unterhalt verabreichen, aß, trank, sang, schlief — und war guter Dinge — ohne einen Kreuzer zu bezahlen. Diese elenden Leute, die an keinem Treffen Theil genommen, machten ihren übrigens edlen und freundnachbarlichen Landsleuten nur Schande und — Verdruß. Die auf diese Weise belästigten und ausgebeuteten Bewohner von Chamoson nahmen in ihrer Noth ihre Zuflucht zum Residenten Mangourit; dieser ließ ihnen einfach sagen: „Man solle die Räuberhorde tödten!“ Diese Mahnung aber traf wohlberechnet erst dann ein, als sie mit reicher Beute beladen, über die Grenze war. Indessen gab man dem Dorfe eine Ehrenwache, um ähnlichen Unfugen vorzubeugen.

2. Wie sehr man in Aarau dieses Betragen der Waadtländer-Milizen im Wallis mißbilligte, die Thatsache aber bestätigte, mag eine vom helvet. Direktorium an die Präfekten des

Kantons Leman (Waadt) erlassene Proklamation des Nähern bezeugen; dieselbe lautet in getreuer Uebersetzung — wie folgt:

Titl. Bürger! „Mit Schmerz und Entrüstung erfuhr das „Vollziehungs-Direktorium der helvet. Republik die maßlosen „und verbrecherischen Plünderungen, so im Wallis verübt wurden. „Die Milizen des Kantons Leman (Waadt) haben dadurch den „Namen ihres Vaterlandes geschändet und zugleich den erhabenen „Zweck, dem sie dienen sollten, schwer compromittirt. Ihr Aufen- „thalt im Wallis ist durch diese „Räubereien" (pillages) auf „die empörendste Weise gebrandmarkt. Jene Verheerungen, die „sie in diesem Lande angerichtet, waren von den schlimmsten „Folgen. Die Leute von Wallis sind zwar irregeleitet worden, „sind aber nicht destoweniger unsere Mitbürger und Brüder, zu „denen eure Soldaten blos geschickt wurden, um eine Verfassung „der Brüderschaft und der Einigkeit zu befestigen. Ihr Beneh- „men hat der guten Sache mehr geschadet, als alle Gewalt und „Tyrannei ihr jemals geschadet hat. Die bittern Früchte dieser „Saat zeigen sich schon auf eine traurige und beklagenswerthe „Weise. Die Geister sind aufgeregt, die Gemüther erbittert, „die Herzen verwundet!" —

„Der Keim des Hasses ist in wachsender Gährung — und „der „einen, unzertheilbaren Republik" droht der traurigste Zwie- „spalt — und Auflösung! Es ist höchste Zeit, solchen Uebel- „ständen vorzubeugen, und dieß kann nur durch strenge und „schnelle Strafe der Schuldbaren, die dem Vaterlande diese „Schmach bereitet haben, erzielt werden."

„Es ist von Gewicht, daß man den Mitbürgern beweise, „daß weder die helvet. Republik, noch die Regierung an diesen „Gräueln Theil haben, oder die Verbrechen Einzelner gut heiße. „Es ist ferner daran gelegen, daß sich die Bürger des Kantons „Leman mit Abscheu von jenen Leuten abwenden, die sich solcher „Frevel schuldig gemacht, um diesen Unwürdigen zu zeigen, daß „man sich schäme, mit ihnen das Vaterland theilen zu müssen. Auf „diese Weise wird man jene Drohung vereiteln, die nichts weni-

„ger bezweckt, als sich für geleistete Dienste noch ferner auf gesetz-„losen Wegen schadlos zu halten.“ .....

„Das helvet. Direktorium fühlt lebhaft die Nothwendigkeit „dieser Bemerkung, und ist bereit, so viel in seinen Kräften liegt, „die traurigen Folgen, die aus den im Wallis verübten Frevel-„thaten erwachsen müssen — und schon sich eingestellt haben, „entgegen zu arbeiten. — Deswegen legt es allen Behörden „des Kantons Leman zur Pflicht, eine strenge Untersuchung ein-„zuleiten, um die Urheber dieser Schandthaten ausfindig zu „machen, sofern selbe nicht schon namentlich bekannt sind, um „sie nach Verdienst zur Strafe ziehen zu können.“ —

3. Diese unterm 1. Juni erlassene, vom Präsidenten Oberlin und Sekretär Stark gezeichnete derbe Mahnung macht dem helvet. Direktorium dieser Zeit alle Ehre. Inwiefern derselben von den betreffenden Behörden des Kantons Leman Folge gegeben wurde, ist nicht genugsam bekannt; wenigstens will man im Wallis von einer nennenswerthen Rückerstattung nichts erfahren haben. Dagegen zeigte sich die große Masse der waadtländischen Bevölkerung bei vorkommenden Unglücksfällen, Ueberschwemmungen, Feuersbrünsten u. s. w.... stets von bestem Wohlwollen und brüderlicher Opferwilligkeit beseelt, und hat sie auf diesem Wege Vieles wieder gut gemacht, was einst einige ihrer unwürdigen Mitbürger verbrochen haben. Es sind auch bereits die letzten Spuren dieser traurigen Ereignisse über einer aufrichtigen und freundnachbarlichen Beziehung seit zwanzig Jahren im Wallis verschwunden. Nur die strenge Pflicht des Historikers konnte uns bewegen, die Thatsachen in diesen Blättern nochmals wahrheitstreu — wiederzugeben.

Einundzwanzigstes Kapitel.

Die nächsten Folgen dieses Krieges.

1. Nach dem unglücklichen Ausgange des blutigen Treffens bei der Morse zog der Rest der Oberwalliser noch am gleichen Tage bis nach Leuk und die umliegenden Ortschaften; am 18. Mai bis nach Brig — und am 19. langten auch die entlegendsten Thalbewohner von Goms wieder zu Hause an. Ein Theil der Mannschaft wollte im Pfyn-Wald und bei Varen noch einmal Halt machen, und den Feind erwarten. Da traf eine Proklamation des Generals Lorges ein, welche unter furchtbaren Drohungen zur Niederlegung der Waffen — aufforderte, und einen Theil der Kampflustigen entmuthigte. Ueberdieß rückte die Hauptmacht des Feinden in Eilmärschen den Fliehenden nach, so daß eine Verschanzung unmöglich, und mithin jeder weitere Widerstand ein Unsinn gewesen wäre. In dieser Bedrängniß wurde sofort eine gänzliche Auflösung des Zuges beschlossen, und Jeder seinem fernern Schicksale überlassen. — Die guten Leute nahmen übrigens mit einigen Ausnahmen das Bewußtsein mit sich nach Hause — ihre Pflicht gethan zu haben. Das Wallis war bezwungen, aber dabei weder besiegt noch gebrochen.

Wie der gefangene Löwe zur Nachtzeit, wo er sich nicht belauscht und bewacht glaubt, seine Ketten rüttelt, und knurrend an den Eisenstäben seines Kerkers die Kraft seiner Zähne und seiner Klauen versucht; — so das Volk von Wallis während einer Reihe von Monaten nach dieser gewaltsamen Unterdrückung! —

2. An Todten zählten die Oberwalliser nur sechsunddreißig Mann und etwa das Dreifache an mehr oder weniger schwer Verwundeten. Daß der Feind beträchtliche Verluste erlitten, bestätigen die amtlichen Berichte ihrer Anführer selbst. Das Mißverhältniß erklärt sich sehr leicht aus den oben angeführten Gründen. — An die hundert ehrenwerthe Bürger wurden in die Gefangenschaft abgeführt. Unter diesen machen wir nur folgende Persönlichkeiten namhaft: Hr. Landschreiber und Pannerherr

Roten; Pannerherr von Preux; Pfarrer Zenhäusern; Pfarrer Blanc; Zehnenhauptmann v. Sepibus; Pfarrer Heinzmann; Jos. Welschen; Sebast. Weger und viele andere Männer, die nichts verbrochen, als daß sie nach ihrer guten Ueberzeugung gehandelt. —

3. Ein Andreas Minnig, Gastgeber in Clarey, der von den Feinden an einen Baum gefesselt und bald darauf füsilirt werden sollte, konnte sich seiner Bande entledigen, und irrte lange als Flüchtling in den Freiburgerbergen herum.

4. Die Anfangs über das arme besiegte Land verhängte Brandsteuer betrug 600,000 Kronen, wurde jedoch später auf die Hälfte reduzirt, als man einsah, daß eine solche Summe nicht aufzutreiben sei. Diese Steuer wurde auf die 7. Zehnen im Verhältniß zur Bevölkerung vertheilt.

5. Die Kirchenschätze und Gemeindefonds, sogar die Silberbecher, deren jede Gemeinde fast so viel besaß als sie Bürger zählte, mußten zur Deckung dieser Brandsteuer hergegeben werden. Nur aus Sitten führte man zwei schwere Wagen solch' edler Waare nach der Waadt — und nach Frankreich — ab. Die Abgaben im Oberwallis stiegen auf das Zehnfache. Von all' diesen eingetriebenen Geldern erhielten die fränkischen Behörden und Söldner nur die kleinere Hälfte, das Uebrige blieb in den Händen der bewährten Freunde, Gönner und Agenten der neuen Ordnung — im Wallis. Diese Behauptung gewinnt dadurch an Glauben, als erwiesen ist, daß Walliseroffiziere fränkische Truppenkörper kommandirten, und mehr als einmal den Feind auf die richtige Fährte führten, die eigenen Mitbürger plünderten, und Munition aller Art für ihn aufzutreiben sich bemühten. *)

6. Um die Leute an die neue Ordnung der Dinge zu gewöhnen, wandte man allerart Schreckmittel an. Jede winzige Gemeindeangelegenheit mußte durch Beiziehung einer Drohung mit dem gefürchteten Namen „Napoleon" geschlichtet werden.

*) Diese „Franzosenfreunde" waren meist aus Unterwallis, und verfolgten eigentlich ihre eigene Sache.

7. Wie zu allen Zeiten, so gab es auch jetzt Leute in Menge, welche die Partei des „Stärkern“ ergriffen, und selbst um die Gunst des siegreichen Feindes buhlten. Die Franken gestanden offen ein, daß sie öfters von Landsleuten zum Plündern aufgefordert und angeleitet wurden, weil ihnen der Wohlstand des gemeinen Mannes ein Dorn im Auge war. So plädirte ein gewisser Hr. de Rucé heftig im Rathe zu Aarau (?) für die Schadloshaltung der politischen Flüchtlinge, und eiferte aus allen Kräften, es möchten die frühern Machthaber im Wallis strenge zur Rechenschaft gezogen werden. Zu gleicher Zeit aber wünscht derselbe Redner die Entfernung des fränkischen Regiments „weil es Wallis sich nimmer werde gefallen lassen, seine alte Selbstständigkeit und Freiheit an eine fremde Macht zu veräußern.“ — Damit hat Hr. de Rucé ein eben so wahres als prophetisches Wort gesprochen — als einst der hohe Priester, der da von Jesus meinte: „Es ist besser, Einer sterbe, als daß das ganze Volk zu Grunde gehe!“

8. Das ganze Land ward von feindlichen Truppen besetzt, und es war ein stetes Auf- und Abmarschiren dieser Leute, die sich gegenseitig ablösten und ersetzten.

9. Am 26. Mai wurden alle „Galgen“ sammt deren Zubehör für ewige Zeiten abgeschafft — und zerstört; wohl das beste Stück Arbeit, so der Feind im Lande Wallis ausgeführt hat. Damit war natürlich auch das „Henkeramt“ suspendirt, — wozu gewiß jeder Freund der Humanität und des Fortschritts gerne gratulirt.

10. Unterm ersten Juni erging eine energische Aufforderung an die gesammte Geistlichkeit von Oberwallis, daß jeder Standesgenosse in Frist von drei Tagen einen Beitrag von 200 Kronen an den Fiskus zu entrichten habe; eine Summe, die bekanntlich das Jahreseinkommen der meisten Pfründen weit überstieg. Diese Leute blieben sich zu allen Zeiten gleich. Am liebsten erndten sie, wo sie nicht gesät haben! — Es ist jedenfalls bequemer so. —

11. Unterm 2. Juni sah sich das helvetische Direktorium bemüssigt, wieder einen Mahnbrief an die Behörden der Waadt zu erlassen — wegen der unchristlichen und barbarischen Behandlung der Kriegsgefangenen, „denen man sogar frische und gesunde Luft vorenthalte.“ ....

12. An die Stelle dieser Unglücklichen, die in den Gefängnissen von Chillon, Aarburg rc. schmachteten, traten etwa 5000 fränkische Besatzungstruppen, und trieben zu Hause ihr grausames Spiel mit den verlassenen Wittwen und Waisen, die umsonst nach ihren Gatten — und nach ihren Vätern fragten. —

Am Frohnleichnamsfeste den 7. Juni — hatte man in Sitten vollauf zu thun, die Gewehre der Oberwalliser zu zerschlagen, und einen neuen, etwa 100 Fuß hohen Freiheitsbaum herzurichten, der dann am folgenden Morgen unter großem Gepränge aufgepflanzt wurde. Der Resident Mangourit ließ hiebei seiner flinken und frivolen Zunge vollen Lauf, fand dießmal aber nicht den gewünschten Beifall. Weißgekleidete und mit Blumen geschmückte Mädchen nach ächt französischem Muster mußten das Fest durch ihren Zauber verherrlichen helfen. Am Nachmittag war große Tafel und ein in Sitten noch nie gesehenes Banquet zu Ehren der neuen Freiheit. Zwei Tage später, als man das Riesenwerk der Helvetik im Wallis gesichert wähnte, zogen General Lorges und sein Freund Mangourit mit wohl gespikten Taschen über die Grenze. —

13. Unterm 12. Juni ergieng eine neue Aufforderung an das Volk von Wallis zur Leistung des sogenannten „Bürger-Eides“ — und am 17. gleichen Monats wurde in allen Pfarrkirchen des Landes verkündet, daß fortan zwanzig bisherige Feiertage — als Werktage anzusehen und zu halten seien. Dafür sollten in allen bedeutenden Ortschaften an geeigneter Stelle Freiheitsbäume eingesetzt und verehrt werden. In Leuk kam man dieser Verordnung erst am 3. August nach; lud aber zur Rechtfertigung dieser Zögerung die Mitglieder aller Komite's des Unterwallis zu der Feierlichkeit ein. Die Neuheit und der Pomp, unter welchem die neue Ordnung eingeführt wurde, blendete

manches sonst hellsehende Auge. Man schlürfte und verschlang vielerorts mit wahrem Vergnügen Alles, was aus der fränkischen Apotheke kam, ungefähr wie der Fieberkranke die verzuckerte Pille verschlingt, deren bittern Inhalt er erst erkennt, wenn's zu spät ist; d. h. wenn sie im Magen ist und ihm Grimmen verursacht.

So ist das Volk! Durch Biskuit und Birkenreiser will es, muthwilligen Kindern gleich, regiert — und amüsirt sein. Nicht's ist für die öffentliche Ruhe gefährlicher, als wenn sich die Fürsten — oder die Völker — langweilen und — gähnen! —

Zweiundzwanzigstes Kapitel.

Der Bürgereid.

1. Herr Mangourit wurde vom helvetischen Direktorium aus durch den Wadtländer la Harpe als Resident im Wallis ersetzt. Die helvetische Regierung in Aarau war nur das Schattenbild, das elende Werkzeug der französischen in Paris; jene lebte und wirkte nur durch diese; war ein ächtes Kind derselben. — Der neue Resident forderte gleich bei seinem Amtsantritte im Namen seiner Regierung den Huldigungseid gegenüber der neuen Verfassung. Er sollte von jedem Bürger, der das zwanzigste Altersjahr erfüllt hatte, geleistet werden. Diese Feierlichkeit hatte einen religiösen und bürgerlichen Charakter, und wurde durch eine Proklamation — an das Volk eingeleitet.

2. Der Platz um den Freiheitsbaum war zu diesem feierlichen Akte auserkoren. In Sitten verkündete Kanonendonner die Festlichkeit des Tages. Mädchen erschienen wieder in weißem Anzuge; Musik, Feuerwerk — und Tanz kamen als nöthige Würze hinzu. Wein und ebenso feurige Reden flossen in Fülle. Am 23. August schwuren die Walliser den Eid — und gelobten als würdige „Bürger" treu zu bleiben dem Vaterland, der Freiheit und Brüderlichkeit, wie sie die neue Verfassung in Aussicht stellte.

3. Es drängten sich jetzt die bürgerlichen Feste um die Wette; sie waren an die Stelle der kirchlichen Festtage getreten, und verfehlten bei dem am Schein sich labenden und an der Aeußerlichkeit hängenden Volke selten ihres Zweckes. Besonders gefiel sich die Zerstreuung liebende Jugend in dieser Art von Zeitvertreib; und so wurde denn wirklich das Land — scheinbar mit dem Wechsel der Dinge in kurzer Zeit ausgesöhnt.

Durch ein bischöfliches Kreisschreiben wurden die Gewissen über den zu leistenden Bürgereid — beruhigt, — „indem die Religion der Väter durch die Verfassung gewährleistet sei" — aber leider nur durch diese! Es kommt eben nicht auf den todten Buchstaben, auf das Papier oder Pergament, als vielmehr auf den Sinn und Geist, auf die praktische Anwendung und Verwirklichung solcher Gesetzformeln — an. Der Geist der Zeit war eben ein frivoler, ein indifferenter und glaubens- und sittenloser, mochten die Verfassungen und Gesetze noch so fromm und unschuldig klingen. Der Buchstabe erzeugt den Tod — der Geist allein ist Leben.

Bischof Blatter war wirklich der Mann der Zeit und ersparte dem ohnehin schwer heimgesuchten Lande durch weise Umsicht und Mäßigung manches weitere Unheil und Verderben. Blinder Eifer kann nur schaden. — Es wurde übrigens das oberhirtliche Schreiben dem damaligen Pabste Pius VI. zur Einsicht mitgetheilt, und erhielt sofort dessen Genehmigung und Gutheißung.

4. Hr. General de Nucé kam bei diesem Anlaß in aller Hast von Aarau hergelaufen, um bei allfälligen Ruhestörungen als treuer Diener der Helvetik bei der Hand zu sein und sein vermittelndes Schwert zu ziehen. Als er aber erfuhr, daß die Leute sich der Nothwendigkeit willig fügen, kehrte er fast ärgerlich auf seinen Posten zurück.

5. In den katholischen Kantonen stieß diese Eidesleistung auf viele Bedenklichkeiten und Schwierigkeiten ernster Natur. In Schwyz und Unterwalden war sie die Ursache blutiger und verzweifelter Kämpfe. Auch im Wallis wären wahrscheinlich be-

deutende Ruhestörungen vorgekommen — ohne die gemeldete bischöfliche Dazwischenkunft. Der Hauptgrund des Mißtrauens in die helvetische Verfassung ist vorerst in deren Urbild, der französischen Verfassung zu suchen, von welcher man wußte, daß der größte Theil des Klerus nicht schwören wollte, sondern es vorzog, in Tod — und Verbannung zu gehen. — Dazu kam, daß sich der hl. Vater und viele andere kirchliche Würdenträger über dieses helvetische Grundgesetz ziemlich zurückhaltend und mitunter verdächtig ausgesprochen hatten. Wie oben bemerkt worden, gab nicht sowohl der Wortlaut, als vielmehr der durch die „Verfasser" hineingehauchte Geist der Zeit Anlaß zu solchen Bedenklichkeiten.

6. Unter zwei Uebeln — wurde das kleinere gewählt; man beschwor die neue Verfassung, um sich und das Land nicht größern Gefahren auszusetzen. Indessen machten die meisten Bischöfe einige Vorbehalte bei der fraglichen Eidesleistung; so der Bischof d'Odet in Freiburg; von Boul in Chur — und Blatter in Sitten. —

Nachdem im ganzen Umfang der Schweiz dieser berüchtigte „Bürgereid" erzwungen, ertrotzt, erschliechen — und „verdreht" war, glaubte man das große Werk der Reform beendigt und besiegelt. Man täuschte sich. Die Stimmung der Gemüther glich dem Zustande eines Vulkans, der einer baldigen Eruption entgegengeht. Ein dumpfes, fast leises Tosen und Brausen in den Eingeweiden des Schwefelkraters, ein mächtiges Kreisen und Drängen, dem die Wucht eines Gebirges den Ausbruch noch verwehrt... Das Wallis war in diesen Tagen dem trojanischen Pferde vergleichbar, in dessen Bauch bei jeder Bewegung die Waffen klirrten, und nur auf den rechten Augenblick warten mußten, um sich in Feindesblut zu tauchen. —

So ward das alte Schwert einer stolzen Aristokratie in der Schweiz zerbrochen, und mit ihm löste sich auch das endlose Gewebe von Unterthanenverhältnissen — wie altes, verlegenes und ausgenutztes Zeug — auf. Dafür wehte vom Westen her ein kalter, eisiger Hauch in die schwüle Athmosphäre herüber, der Hauch einer vernichtenden und Alles verschlingenden Herrsch- und Raubgier. Die Städte mußten ihre Städtchen, diese ihre Dörfer frei geben. Der Hof sammt seinem Bauer entging endlich der tausendjährigen Knechtschaft, und es schien der Anfang der längst geträumten „goldenen Zeit" für diese überglücklichen „freien Mannen" herangekommen, als sie unter dem Schutze und im Schatten der fränkischen Freiheitsbäume ihren bürgerlichen Haushalt bestellten, und über sich selbst verfügen durften.

Bei näherer Betrachtung stellten sich aber neben dieser blendenden Lichtseite auch ziemlich dunkle Schattenseiten ein. Es war eigentlich Niemand anders Herr und Meister im Lande — als der schlaue Franzos, — der durch die geschlagenen Breschen — und über den Trümmern der alten Knechtschaft — mit der neuen Freiheit in unsere Thäler einzog, und zu Gerichte saß über ein verblüfftes und verblendetes Volk, ihm Gesetze gab, und mit ihm ein unwürdiges Spiel trieb.

Dreiundzwanzigstes Kapitel.

Berichtigung amtlicher Berichte ab Seite der französischen Befehlshaber.

I. Bericht des General Lorges an seinen Obergeneral Schauenburg über die letzten Treffen — im Wallis.

1. Dieser aus dem Generalquartier Sitten vom 18. Mai datirte Bericht über „das Treffen an der Morse — und die Einnahme von Sitten," enthält nebst unseren schon oben benutzten Notizen viele Unrichtigkeiten und Uebertreibungen. General

Lorges taxirt die bei der Morse aufgestellten und nach seiner Ansicht vortrefflich postirten Walliser-Truppen auf 5-6000 Mann, mithin beinahe die Hälfte zu hoch! Er faselt dann weiter und sagt: „Ich ließ, obgleich weit schwächer an Mannschaft, die feindlichen Positionen mit Sturm angreifen; allein der Feind, weit entfernt, sich dadurch erschrecken zu lassen, verließ seine erste Stellung, und überhäufte uns — mit Schimpf und Spott. Ich erkannte gleich, daß hier keine Zeit zu verlieren sei, und ließ die gesammte disponible Mannschaft eiligst die Morse passiren, und befahl die Verschanzungen des Feindes im Sturm zu nehmen. Die Rebellen aber wichen nur Schritt für Schritt, stets noch rückwärts feuernd — u. s. w."

Unser gute General läßt ferner Kartätschen- und anderes Geschütz — auf den dem weißbeflaggten Stadtthor sich nähernden Reitertrupp abfeuern, einen Offizier — und mehrere „Andere" dieses Corps — todt schießen, — darauf die Stadt „erstürmen" und in derselben ein gräßliches Gemetzel anrichten, so daß 7 bis 800 Mann — (oder wohl auch Weiber) auf dem Platze blieben, und eben so viele verwundet und gefangen genommen wurden. Ueberdieß will der „Maulheld" an diesem Tage 7 Fahnen und 8 Kanonen erbeutet haben, also mehr als die Walliser wirklich hatten! — und ein solches Lügengewebe nennt man — einen amtlichen Bericht! —

2. Herr Montferrat hatte auf seinem Bergmarsch durch die wilde Morseschlucht furchtbare Abentheuer zu bestehen. Seine Tapfern mußten mit Hülfe ihrer Bajonette die steilen Abhänge (Rebgelände!) hinaufklettern, während der erboste Feind sie an diesem kühnen Wagestück durch einen ununterbrochenen Kugelregen und Steingeröll — zu hindern bemüht war..... „Indessen sind alle diese Hindernisse glücklich überwunden worden — der Feind floh mit Schrecken vor unserer Fahne....."

Am 18. Mai läßt der Herr Berichterstatter schon Leuk besetzen, hofft am folgenden Tag Brig zu nehmen und den Simplonpaß zu beherrschen. Alle Bezirke senden Unterhändler und geben Beweise aufrichtiger Unterwerfung..... Auf diese Gründe hin, hält der General den Krieg im Wallis für — beendigt. — An Todten und Verwundeten bedauert er schließlich nur 150 Mann, rühmt dabei dennoch die große Tapferkeit, Zucht und Ausdauer seiner Offiziere und — Soldaten. Man sieht, auch Dichter können bisweilen wackere Generale — und noch bessere Berichterstatter — abgeben!

II. Eine Proklamation des General Lorges an das Volk von Oberwallis.

(19. Mai.)

1. In diesem Aktenstücke preißt der feine Franzose dem schlichten Bergvölklein seine annehmbaren Friedensvorschläge, Milde und Güte an; — bedauert dann die Verblendung und Hartnäckigkeit, welche nur zu den Waffen griff — um vernichtet zu werden. „Doch trotz den Rechten des Siegers, will ich Gnade üben und Nachsicht; — aber unter folgenden Bedingungen:

1. Sollen alle Waffen niedergelegt, und nach Sitten abgeliefert werden;
2. sollen die Urheber des Krieges ausgeliefert — und bestraft werden;
3. in allen Bezirken der Freiheitsbaum unverzüglich aufgepflanzt werden;
4. habt ihr euch sofort den Verfügungen des Kriegsgerichts willig zu unterziehen, welches jedoch Großmuth an euch zu üben bereit ist!.....“

Sofern aber diese Bedingnisse nicht vollständig eingegangen würden, erklärt sich der General entschlossen, den Krieg bis zu den Quellen der Rhone fortzusetzen, und alle Gräuel desselben über das Land zu bringen!

Und solche Bedingungen und solche Drohungen wagt man „Gnade“ und „Großmuth“ zu schelten!

Herr la Harpe meinte daher nicht ohne Grund von dieser Proklamation „daß sie den Besiegten sehr harte Bedingungen auferlege.“ *)

Das unter dem Drucke feindlicher Bajonette seufzende Land mußte sich natürlich diese Forderungen gefallen lassen, so hart sie es auch ankommen mochten. Sein altes Wappen wurde zertrümmert, seine Religion und ihre Diener gehöhnt — das Volk, das unter der Last unsäglicher Leiden beinahe verstummt war, zum Gegenstand des Spottes und des Muthwillens herabgewürdigt. — Und all' diese Schmach mußte man schweigend, ja dankbar von dem großmüthigen Sieger hinnehmen — um nicht vernichtet zu werden!...

So verstanden die Franken Freiheit und Bruderschaft!

III. Schlußbericht des Residenten Mangourit.

(20. Mai.)

In diesem Machwerk spricht sich der abgefeimte Franke folgender Maßen aus:

„Ich habe die Revolution im Wallis vollendet, ohne daß dieselbe der Menschheit — eine Thräne gekostet hätte!.... Diese Gegend ist vielleicht die einzige, wo Priester, Regenten und Volk sich rühmten, — keine Freiheitsbäume zu haben. Ein solches Unterfangen konnte nicht ohne blutige Folgen bleiben. Während der Pabst-Abt von Einsiedeln sein Volk und die kleinen Kantone zum Widerstand aufhetzte, haben geheime Emissäre von Rom und England aus, dem Walliservolke gesegnetes Pulver und Amulete zugesandt und es aufgefordert, im Namen Gottes — Blut zu vergießen. Diese Fanatiker versprachen dem

*) Die größte Schmach für einen freien Mann ist wohl die Zumuthung, daß er seine Waffen niederlege!

Der Vater des Schreibers dieser Blätter, ein 90jähriger Greis, der an allen Freiheitskämpfen des Landes thätigen Antheil genommen, weinte wie ein Kind, als man nach Unterdrückung des Sonderbundes die Waffen auf Schlitten nach dem Hauptorte des Bezirkes abführte, um sie dem Sieger auszuliefern.

Einen Sicherheit vor den feindlichen Geschossen, dem Andern Auferstehung von den Todten, einem Dritten das Martyrthum und den Himmel. In der Kathedrale zu Sitten und auf Valeria wurde Munition bereitet und eingesegnet. (Etwa die Säcke voll Sand, so man nach der Morse schickte?) Der Bischof ließ sich verleiten, eine Aufmunterung an das Volk zu erlassen — welche aber die Priester des untern Landestheiles klüglich nicht verkündigten. Dadurch wurde er auch der Henker seiner Heerde, denn dies Hirtenschreiben war eigentlich der Anlaß jenes unheilvollen Religions- und Bürgerkrieges, der das arme und schlichte Völklein in's Verderben stürtzen sollte ..... rc."

Nach diesen übertriebenen, theils ganz falschen Tiraden schildert der Resident seine persönlichen Gefahren und Strapatzen, so er im Lande Wallis zu bestehen hatte; erwähnt dann auch des Treffens an der Morse — und jenes unheilvollen Schusses auf die feindliche Reiterei — (Mangourit sagt, es sei eine Batterie abgefeuert worden), welcher die Plünderung der Stadt Sitten veranlaßte. — Endlich sucht er zu beweisen, daß die Religion keineswegs gefährdet sei, und daß die französische Republik nicht anderes vorhabe, als dem Wallis die wahre Freiheit zu bringen! .... „Das Volk möge daher seine Waffen niederlegen — und sich der neuen Ordnung der Dinge vertrauensvoll unterziehen!" —

So der fränkische Resident! Die Geschichte urtheilt jetzt anders, als er zu seiner Zeit, und sie hat wahrhaft Gründe genug dazu!

1. Bischof Blatter forderte nie zum Kriege auf, im Gegentheil suchte er nach Kräften denselben zu verhindern. Wenn er gegen die helvetische Verfassung für sich einige Bedenklichkeiten erhob, so hatte er seine Gründe dafür.

2. Es ist Thatsache, daß weder Rom noch England, noch geistlicher Fanatismus den Krieg im Wallis angeschürt, sondern das Volk ihn selbst gewollt — und auf eigene Faust hin geführt habe; — nicht Blutdurst und Fanatismus, sondern Liebe zur Religion der Väter, zur Freiheit und zum Vaterland war es, was es bewog, gegen die unberu-

fenen Eindringlinge, die frivolen und habsüchtigen Franken die Waffen zu ergreifen.

3. Ferner fabelt Mangourit von 8 im Treffen gefallenen Priestern, während in Wirklichkeit nur Großdekan Imseng in Sitten — ermordet, und Feldpater Ebiner nach Aarburg in's Gefängniß abgeführt wurde.....

4. Wenn der Hyperboliker endlich sagt, das Schlachtfeld sei mit „Rebellen" bedeckt gewesen, so genügt es zur Widerlegung dieser Aussage, wenn wir auf die an seinem Orte erwähnte Zahl der Todten und Verwundeten verweisen, so die Patrioten in diesem Feldzuge einbüßten, die wir übrigens am Schlusse dieses Werkleins noch namhaft zu machen gedenken.

5. Was endlich die Verrätherei der Stadt Sitten und die Ermordung des Lieutenants „Hamisson" betrifft, welche erstere Beschuldigung rechtfertigen soll, so ist es begreiflich eine Ungerechtigkeit, für eine einzelne und rein persönliche Handlung — eine ganze Stadt verantwortlich machen zu wollen. Ueberdieß hat Sitten die Unbesonnenheit dieses Einzelnen schwer genug gebüßt, und es durfte ihm der Ehrentitel Mangourits erlassen werden.

Dieß mag genügen, um dem Leser einen Begriff zu geben, wie die fränkischen Agenten im Wallis Berichte machten. Ihr ganzes Ringen und Streben ging eben nur nach dem einen Zwecke — der Alleinherrschaft — und dieser Zweck mußte auch ihre Mittel heiligen — und rechtfertigen, — so gut es ging!

Zweiter Abschnitt.

Erstes Kapitel.

Neue Kriegs-Rüstungen.

1. Im Lande Wallis — worunter wir gewöhnlich nur die 7 obern Zehnen verstehen — herrschte die oben bezeichnete Ruhe und Zurückhaltung, bis die junge Mannschaft nach der ganzen Strenge der fränkischen Kriegsgesetze aufgefordert wurde, die Waffen zu ergreifen, und für eine ihnen unbekannte oder gleichgültige Sache außer Land's zu kämpfen. In den drei obersten Zehnen, Brig, Visp und Goms — hielt man den Ingrimm für einstweilen noch etwas zurück und wartete auf günstigere Gelegenheit — und Mittel zur Selbsthülfe, diese sollten sich aber auch bald genug einstellen. —

So sehr der Oberwalliser übrigens das rohe Spiel der Waffen liebte, so lange ihm die freie Wahl und Selbstbestimmung und ein edler Zweck in Aussicht stand, so sehr empörte ihn jetzt die zum ersten Male im Wallis angewandte Zwangsmaßregel und das unbestimmte Ziel, für das er Gut und Blut einsetzen sollte. Zu der rauhen Zeit des Kardinal Schinner war es überhaupt mehr freie Schlachtenlust, Ehrgeiz — und Geldgierde, was die Walliserjugend unter dessen Fahne lockte und in fremde Länder trieb, — als Furcht vor Bann und Interdikt, womit der hohe Prälat den Widerspenstigen zu drohen beliebte. —

2. Unter den damaligen Umständen dachte man aber, daß es besser und vortheilhafter sei, die Waffen gegen den fremden Unterdrücker und für den eigenen Heerd zu ergreifen, als für die ehrgeizigen Zwecke eines stolzen Eroberers das Blut zu verspritzen. — Die junge Mannschaft unter dem Rawylbach trieb man nach Sitten, wo das Loos die Dienstpflichtigen ausschied. Man hieß die Leute ein Lebehoch auf die Freiheit und Gleichheit ausbringen — was ihnen ungefähr so tief aus der Seele quoll, als einst den Juden zu Babylon die Siegeslieder für ihre Dränger. —

3. Bei diesem Anlasse sann man im Oberwallis wieder allen Ernstes auf einen zweiten Krieg. Dießmal aber ging der Anstoß nicht mehr von Raren aus. In Goms, Brig und Leuk wurde vorzüglich dahin gearbeitet, das Volk für einen neuen Krieg mit Frankreich zu begeistern.

Schon den ganzen Winter über hielt man zu diesem Zwecke geheime Versammlungen, und setzte sich mit dem ebenfalls höchst unzufriedenen Berner-Oberlande und mit den Urkantonen in lebhaften Verkehr. Sogar mit Graubünden wurde in dieser Angelegenheit Berathungen gepflogen, und es kam von dieser Seite her die beruhigende — aber leider übertriebene Nachricht, Prinz Karl, der damalige Held Deutschlands, habe am 25. März einen vollständigen Sieg über die Franzosen errungen, und stehe bereits in der Gegend von Zürich; — später verbreitete sich das Gerücht, der General Suwarow habe Mailand eingenommen und ziehe gegen die Schweiz — um die Franken anzugreifen. Dieß Alles war natürlich sehr geeignet, unsere Patrioten zu einem neuen Feldzug aufzumuntern. Die großen Herren Potentaten hatten aber auch dießmal vor ihrer Thüre zu kehren — und vergaßen darüber die kleine, arme Schweiz. —

Schon Ende August des Jahres 1798 wurde ein gewisser Joseph Käslin von Stans — nach Bregenz zu General Hotze geschickt, um ihn zu erforschen, in wie weit die Schweiz auf österreichische Hülfe und Unterstützung hoffen dürfe? —

Der General vertröstete den Fragesteller auf den nächsten Frühling; — indessen solle die tapfere Schweiz für ihre gerechte Sache alle Opfer bringen — und Alles wagen. Auch der hier in österreichischen Diensten stehende Graf von Courten theilte diese Ansicht, und munterte in Wort und Schrift zur Befreiung des Vaterlandes auf. — Das Volk war für dergleichen Mahnungen um so zugänglicher, als es selbst wieder große Lust und Liebe spürte, der fremden Gäste um jeden Preis los zu werden.

4. Von Seite des helvetischen Direktoriums hatten die Patrioten mehr zu fürchten — als zu hoffen. Bald zeigten sich diese unter fränkischem Einfluß und Schutz stehenden Herren in Aarau mild und nachsichtig, bald übermäßig streng und unerbittlich — immer ohne Kraft und ohne Ansehen, weil man wußte, daß sie der Spielball einer fremden Macht geworden, — einer Macht, die man eben so sehr haßte — als fürchtete. —

Am 4. Oktober sah sich diese Regierung aus Sicherheitsrücksichten bewogen, ihren Sitz nach Luzern zu verlegen — ein schlimmes Zeichen für ihre Popularität in der Schweiz.

Im November desselben Jahres forderte die französische Republik laut Bündniß — von der Schweiz nicht weniger als 18000 Mann Truppen zu eigenen Zwecken. — Ueberdieß mußten die fünf in piemontesischen Diensten stehenden Schweizer-Regimenter unter die fränkische Fahne schwören; selbst die königliche Leibwache, aus 100 Mann, meist Wallisern, bestehend, als Gensd'armes à pied der fränkischen Republik Huldigung darbringen.

5. Der Unwille und die Abneigung unter den jungen Leuten gegen diesen ungewohnten Militärzwang war groß und allgemein. Unter dem schönen Titel „von Freiheit und Gleichheit" trieb man mit den armen Leuten ein schändliches Spiel. Jeder der sich den strengen Forderungen nicht unbedingt unterziehen mochte, wurde als „Hochverräther" an dieser Freiheit angeklagt und bestraft. Ein Gesetz vom 3. Dezember erklärte diese Unglücklichen des Bürgerrechtes verlustig und verdammte sie überdieß zu 10jähriger Kettenstrafe. Wer diesen Geächteten zur Flucht rieth, selbe förderte oder begünstigte — wurde mit dem Tode

bestraft. Trotz dieser unerhörten Strenge widersetzten sich Viele der Aushebung, und wußten den Verfolgern aus dem Wege zu gehen. Viele flohen über die Hochgebirge in's Ausland. Man betrachtete es als eine Schmach, unter der Fahne des ärgsten Feindes für eben so feindselige Zwecke zu streiten. — Daher klagt denn auch ein fränkischer Berichterstatter dieser Zeit „daß die Empörung in der Schweiz nicht unterdrückt, sondern stets im wachsen begriffen sei, — und daß es den rebellischen Kantonen nur an fähigen Führern fehle, um die junge Mannschaft zu organisiren, und selbe den Feinden Frankreichs zur Verfügung zu stellen!“ ....

6. Je näher die Zeit der Conscription (Aushebung) heranrückte, desto zahlreicher wurden die Auswanderungen der betreffenden jungen Mannschaft. In den letzten Tagen Hornuug des Jahres 1799 — sollen über 600 Mann über die Grenze gegen Oesterreich geflohen sein, worunter etwa 100 allein aus den Kantonen Schwyz, Uri — und Wallis; Bern lieferte meist die Anführer dieser Flüchtlinge. Als die Masse täglich anschwoll, beauftragte General Hotze, ursprünglicher Schweizer, den Obersten Roverea mit der Organisation dieser jungen Leute. Man bewaffnete dieselben meist mit verworfenen Gewehren — und einige hundert sogar mit Stech- oder Schlagwaffen, und stellte sie so ausgerüstet auf die Vorposten — unter dem Namen „Schweizer-Panner,“ — „alt helvet. Legion“ oder — „Regiment Roverea.“ —

Der Abt von St. Gallen stellte diesem Fähnlein seine Besitzung „Neu-Rafensburg“ als Garnison und Exerzierplatz — zur Verfügung. Am 7. April traf der greise Schultheiß Steiger von Bern dort ein, um in der Mitte seiner Landsleute sein Quartier aufzuschlagen. Derselbe fand sich von der militärischen Haltung der jungen Garnison sehr überrascht. Obgleich nur in leinerne, mit rothen Aufschlägen garnirte Kittel gehüllt und mit weißen, gestrickten Mützen bedeckt, verrieth die Mannschaft vortrefflich ihre Heimath und ihren ernsten Zweck — die Befreiung des geknechteten Vaterlandes! Als nun zum ersten Male ihre reich verzierte, mit der Aufschrift: „Sterben für Gott und Vaterland!“ versehene Fahne entrollt wurde, erreichte die Begeisterung den höchsten Grad. Steiger erschien jetzt in kriegerischem Anzug, verlas die Eidesformel, und hieß Jeden frei aus Reih' und Glied treten, der nicht bereit sei — für Freiheit und Unabhängigkeit mit Leib und Gut einzustehen! — Keiner trat aus; Alle erhoben ihre Rechte zum feierlichen Schwur; auch der alte ehrwürdige Steiger legte den Eid der Treue in die Hände des Obersten Roverea.*) — Ein gewisser Hildebrandt Loretan aus Leukerbad war Feldprediger dieser patriotischen Legion. Die glücklichen Erfolge der Oesterreicher in Italien und Deutschland, die Rathlosigkeit der helvet. Regierung — und der wachsende Uebermuth der Franzosen beschleunigten den Ausbruch einer neuen Volkserhebung im Wallis. „Das Oberwallis, sagt Monnard, welches mehr als irgend ein anderer Kanton der Schweiz von den Priestern beherrscht und beeinflußt ward, sah in dem Einheitssystem den Untergang seines Glaubens“ „und, — darf man mit eben so viel Wahrheit sagen, — den Untergang seiner alten Rechte und Freiheiten!“ und deswegen läßt es sich auch leicht rechtfertigen, wenn es in dieser Meinung zu den Waffen griff. Es handelte, wie die Schweizer, wie Männer, der Freiheit werth — stets gehandelt haben, stets handeln sollten.

Zweites Kapitel.

Erhebung — und Aufbruch der Oberwalliser.

(April 1799.)

1. Die längst angedrohte Militärausshebung für ausländische Eroberungskriege, die Verarmung des Landes und der unge-

*) Die Familie Roverea hatte früher Besitzungen in Granges und Brämis, die sie später an die Stadt Sitten verkauften, und sich im Kanton Waadt bleibend ansiedelte.

wohnte Tribut steigerten die Unzufriedenheit und den Frankenhaß von Tag zu Tag. In Brig, wo sich die neuen Beamten dem neuen System besonders zugeneigt bewiesen hatten, kam es Ende Januar zu ernsten Scenen. Mehrere der modernen Herren „Citoyen's" wurden thatsächlich mißhandelt. Vier der Schuldigsten wurden in Folge dieses Austrittes nach Sitten abgeführt; die andern kühnen „Schreier" flüchteten in's Ausland. Sogleich kamen 5000 französische Söldner über die Furke herein, und besetzten Brig, Leuk und Siders. Da sie aber nichts vorfanden, um ihren Hunger und ihren Durst genügend zu stillen, zogen sie bald wieder von dannen. Das Land war bereits erschöpft und ausgesogen.

2. Nach der Ritter'schen Chronik kamen schon in den ersten Tagen des Monats Januar 1799 etwa 500 Elsässer-Milizen, Waadtländer und Zürcher — nach Brig, wo sie in Abgang anderer Waffen — mit Stecken exerzierten. Am 6. Januar wurden 100 Mann nach Mörell detaschirt, von wo sie aber sofort nach Vispach berufen wurden — „weil dort der Freiheit Gefahr drohe (?)" — Ein Theil der Besatzungsmannschaft war zu dieser Expedition in's Wallis gezwungen worden, und fing an, mit den Bewohnern sich vertraut zu machen. Diese unzeitige Vertraulichkeit wurde natürlich von Oben herab übel vermerkt, und hatte die sofortige Abberufung der Truppen zur Folge. Um aber die halsstarrigen Bauern im gehörigen Respekt zu erhalten, drohte man ihnen mit französischen Söldnern, trieb öfters den Tribut ein, und sprach von Abführung aller wehrfähigen Mannschaft — u. s. w.

3. Als die fränkischen Agenten und Beamten alle ihre oft erprobten Künste durch dieses sonderbare Alpenvölklein vereitelt sahen, fingen sie an, sich ihres Handwerks zu schämen. Das Schreckgespenst einer neuen Erhebung und das Bewußtsein gerechter Rache bewog diese Leute, ihre Aemter und Würden niederzulegen. Ihre Taschen waren vom Schweiße des Landmanns gefüllt; man wollte diese Schätze in Sicherheit bringen — und zog von hinnen! — Diese unerwartete Handlungsweise wurde

natürlich als Schwäche ausgelegt, und war geeignet, den Muth der Patrioten zu heben, und den ersten besten Anlaß zu benutzen, das fremde und harte Joch wieder abzuwerfen. Oeffentliche Gebete und Bittgänge waren wieder an der Tagesordnung. Man konnte nicht begreifen, daß der Himmel so großes Unrecht auf der Welt dulden dürfe! —

Ein Volk, das bei allen Prüfungen, die über es ergehen, weder in seinem Gottvertrauen wankt, noch an seiner Kraft verzweifelt, — verdient auch in seiner Verwegenheit unsere Achtung, im Unglück unser Mitleid — im Untergang unsere Bewunderung; — denn es ist der Freiheit werth! —

4. In Leuk, wo dießmal die Meinungen ziemlich auseinander gingen, wurde Anfangs März ein Emissär aus Frutigen ergriffen und nach Sitten abgeführt. Dieß gab den stärksten Anstoß zum Kriege, indem sich dadurch das Oberwallis in seinen geheimen Anschlägen und Complotten mit dem Auslande (Berneroberland und den Urkantonen) verrathen sah. Alles gerieth in wilde Gährung. Die Milizen des Unterwallis wurden unter die Waffen gerufen; diese aber wandten sich an das helvet. Direktorium mit der Bitte: „man möchte es ihnen erlassen, gegen ihre Mitlandsleute zu ziehen;" allein dieses edle Gesuch ward abgewiesen. — Man befürchtete eine mögliche Verbindung der Oberwalliser mit den Unzufriedenen in Bündten, den Urkantonen und dem Oberlande — so wie eine Abschneidung von der cisalpinischen Republik. General Moreau erhielt daher Befehl, längs der lombardischen Grenze Truppen aufzustellen, und sich der drei Hauptpässe: des Gotthardt, Simplon und St. Bernhard zu bemächtigen; welcher Weisung der General sofort nachzukommen sich beeilte.

Zu gleicher Zeit rückte eine Abtheilung waadtländische Artillerie gen Siders; dafür mußten die für Frankreich ausgehobenen Milizen des Zehnen Siders nach Sitten marschiren und unter Verstärkung bis St. Moritz vorrücken.

5. Am 12. Tag März 1799 schwuren die fünf obern Zehnen, — „den Franzosen keinen einzigen Mann" zu geben.

In Folge dieses Schwures versammelten sich alle Gewalthaber des Zehnen Goms — (die von Münster ausgenommen) in Ernen, um sich über die ernste Lage der Dinge zu berathen. Man war dießmal einiger als vor einem Jahre und es wurde sofort der verhängnißvolle Entschluß gefaßt, noch einmal das Glück der Waffen gegen Frankreich zu versuchen! —

Am 13. April fand man geheime Correspondenzen zwischen Wallis und Frutigen, worin der Ausbruch des Aufstandes auf den 14. April angesagt war. Der Abgeordnete des helvetischen Direktoriums, Hr. Buxdorf, erließ sofort eine Proklamation an das Oberwallidervolk, worin er dasselbe zur Ruhe und zur Unterwerfung in Frist von zehn Tagen auffordert; wo nicht, werde dieß mit Waffengewalt erzielt werden. Allein man ging von dem beschwornen Entschluß nicht mehr ab, sondern rüstete Tag und Nacht zum Kriege. Brig und Mörell erneuerten sogar den Schwur in der Kirche zu Glis und fügten noch bei: „zum deutschen Kaiser zu halten, und für die gerechte Sache Gut und Blut einzusetzen." — Durch den mächtigen Kaiser von Oesterreich hoffte man Erlösung von dem fränkischen Joch, und in dieser Hoffnung nun schloß man sich an diesen letzten Anker fest, der aber in der allgewaltigen Brandung riß und die guten Leute, die ihm vertraut hatten, den Wellen Preis gab.

6. Sobald man höhern Orts von diesen Beschlüssen und Rüstungen der Obern Kunde erhielt, setzte sich der Feind in Bewegung. Schon am 16. April trafen 5 Kanonen, und am 19. der General-Inspektor Dufour mit 1500 Soldaten aus der Wadt und dem Zehnen Monthey — in Sitten ein, und hielt am 20. eine große Musterung auf der Planta ab.

Am gleichen Tag brach in Goms der erste Auszug auf, und marschirte landabwärts. Der zweite Auszug und der Landsturm sollten auf den ersten Ruf schlagfertig sein; Munition und Waffen hatte man den Winter über vom Auslande her eingeschmuggelt; die gesammte Artillerie aber bestand aus zwei Kanonen — von Holz mit Eisenreifen gebunden und auf schlechte Karren befestigt. —

Für die Einberufung des zweiten Zugs hatte man mehrere Läufer erwählt; für die des Landsturms aber Wachtfeuer auf dem Siderberg, dem Ergischhügel, Ausserberg-Rohrberg, Ried, Steinhaus und Münsterfeld — eingerichtet, so daß in Zeit von wenigen Stunden die Nachricht von Unten bis Oben gelangen konnte.

7. An der Spitze der Oberwalliser standen dießmal ein gewisser Bartholomäus Walther von Selkingen, früher Unteroffizier in französischen Diensten; dann die schon bekannten Führer des letztjährigen Feldzuges: Moritz Perrig von Brig und der Quasi-Graf Venetz von Saas — aus Gampel. Herr von Courten hatte indessen bei Oesterreich Dienst genommen, war aber gegen die Vorfälle im Wallis nicht gleichgültig, sondern bemühte sich, dem bedrängten Vaterlande Hülfe zu verschaffen, was aber unter den Umständen nicht gelingen wollte. So stund Wallis wieder allein. —

8. Am Montag, den 22. April, ertönten die Sturmglocken durch Berg und Thal. Alle wehrfähige Mannschaft von 18 bis 60 Jahren griff todesmuthig zu den Waffen und zog dem Feind entgegen. Die Milizen der Auszüge von Goms hatten sich bei Leuk an der Dalaschlucht postirt und verschanzt; der Feind befand sich theils bei Varen, theils im untern Pfynwald. Es kam zu mehrern kleinern Gefechten, wobei wieder der Feind ziemlich soll gelitten haben. Da man das Anrücken einer großen feindlichen Macht in Erfahrung gebracht, wurden die erwähnten Wachtfeuer angezündet und leuchteten hilferufend durch die Nacht bis in die letzten Winkel der entfernten Alpenthäler.

Der sofort sich in Marsch setzende Landsturm stieß in Brig und Visp auf einige Hindernisse. Man nahm den obern Bezirken Goms und Mörell — einige Männer weg .... ob für den Kriegsrath, — ob als Läufer — oder gar als Franzosenfreunde — ? das ist nirgends gesagt. —

9. Am 25. April kam jedoch die gesammte Mannschaft der fünf obern Zehnen in Leuk zusammen. Hier war Hr. alt Landvogt Matter aus allen Kräften bemüht, den Pfarrer Christ.

Noten von Albinen einstecken zu lassen — wahrscheinlich, weil er seine Leute nicht feurig genug zum Kriege anspornen wollte. — Der Zwist scheint jedoch bald wieder beigelegt worden zu sein, denn am folgenden Tage marschirte das gesammte Heer nach dem untern Pfynwald, besetzte dort die vortheilhaftesten Posten — und erwartete entschlossen das Anrücken des Feindes.

10. Dieser ließ auch nicht lange auf sich warten. Am selben Tage (26. Aprill) kamen vom Leman her 260 Mann; am folgenden Tag mehrere Kompagnien Infanterie und eine starke Abtheilung Artillerie Waadtländer mit 4 Kanonen in Sitten an. Am 27. wurde die Hauptstadt außerordentlich beleuchtet, und alle dort stationirten Truppen brachen nach Siders auf. Sechs volle Tage standen sich die beiden feindlichen „Armeen" schlagfertig gegenüber, ohne daß man es gewagt hätte, sich im Waffenspiel zu messen.

Drittes Kapitel.

Das Treffen bei Siders.

(2. Mai 1799.)

1. Am Donnerstag den 2. Mai wurden die „Obern" endlich des müßigen Zuschauens müde, und griffen den Feind an, während derselbe unweit der Sidner-Brücke dem Gottesdienst oblag. Es war nämlich das Fest der Auffahrt Christi. Es mochte der Feind auf einen Angriff in diesem Momente um so weniger gefaßt sein, als er von der Meinung ausgieng, die Oberwalliser würden jenen Kult respektiren, für dessen Erhaltung sie vorzüglich zu den Waffen gegriffen. Und wirklich wäre eine solche Handlungsweise nicht gänzlich zu rechtfertigen, wenn wir nicht wüßten, daß ein Zufall dieselbe herbeigeführt. Einem Schützen aus Mörell gieng unversehens sein Schuß los — und gab das verabredete Signal zum Angriff. Sogleich begannen die Jäger auf

den Anhöhen des rechten Rohneufers zu feuern, und in wenigen Minuten war der Kampf allgemein. Man drang gegen die Brücke vor; der Feind begann zu weichen, und zog sich gegen Klarey und Siders zurück. Die Oberwalliser verfolgten ihn in solcher Eile, daß er sich gezwungen sah, zehn Kanonen unterwegs abzuprotzen, und sich den Kugeln der nachfolgenden Jäger so gut wie möglich zu entziehen. Man verfolgte die Flüchtigen bis St. Leonhard — und zog sich dann wieder nach den Posten im Pfynwald zurück. Dreißig Todte von Seite des Feindes und viele Verwundete deckten den Kampfplatz. Die Obern hatten nur zwei Verwundete, was sie der außerordentlichen Tragweite ihrer Geschosse zu danken hatten.

2. Etwas abweichend von den übrigen Berichten lautet jener des Domherrn Boccard — über dieses Treffen, ist aber deswegen nicht weniger wahrscheinlich. „Die „Untern," sagt er, richteten bei der Brücke von Siders im Angesichte der Obern einen der verhaßten Freiheitsbäume auf, und begannen ihre üblichen Tänze und Ceremonien vor dem Idol der Freiheit und Gleichheit. Diesen Gottesdienst hielten die Oberwalliser natürlich für Hohn, Spott — und Herausforderung, und hatten keinen Respekt davor. Ein auf den Vorposten stehender Soldat aus Mörell schoß auf die Frevler, und gab so das erwünschte Zeichen zum Angriff."

3. Am 3. Mai kam der flüchtige Feind wieder in Sitten an, und wollte sich hinter verschlossenen Thoren noch einmal postiren, welche Zumuthung Herr Nachtkastlan Felix von Torrente glücklich vereiteln konnte, weil man fürchtete, die Obern möchten nach einem solchen Widerstand — die gute Stadt in Brand stecken. Sogleich entschloß man sich, die Flucht weiter fortzusetzen — und verließ die Stadt, landabwärts ziehend. — Indessen waren die Oberwalliser auch wieder ausgezogen, den verlornen Feind aufzusuchen. Sitten wurde in Besitz genommen und durch eine Besatzung versichert. Die franzosenfreundliche Mannschaft hatte sich dem Feinde angeschlossen, und zog mit demselben bis an die Brücke von Riddes, wo ein Lager herge-

richtet wurde. Man erwartete Verstärkung aus der Waadt. Die Bürgerschaft von Sitten verhielt sich ruhig! —

4. Drei Tage feierte jetzt der größte Theil der Oberwalliser in der Hauptstadt, und that sich bei dem Rebensaft der flüchtigen Herren Citoyen's ein wenig zu gut. Wie an Patriotismus, so sollen sich die Leute aus Goms bei diesen edlen Wettkämpfen des Bachus — ausgezeichnet haben; die von Visp aber blieben ziemlich neutral, wie beim Treffen zu Martinach im letzten Feldzuge.

Nach diesem fast lustigen Vorspiel fing sich die Sache an ernster zu gestalten. Daher wurde die gesammte Mannschaft vom 15. bis 55. Altersjahr im Oberwallis unter die Waffen gerufen — und zwar unter Strafe von Gut und Blut — Leib und Leben, so daß in der Pfarrei Lens die Weiber sich bemüssigt sahen, eine männliche Leiche, — gegen bisherige Sitte — zu Grabe zu tragen; weil keine Männer zu diesem Dienste vorgefunden wurden. — Da der Feind etwas länger auf sich warten ließ, als man erwartet hatte, wollte sich die Garnison von Sitten doch die Zeit mit etwas vertreiben. Man machte sich daher mehrerer bedauernswerther Excesse schuldig. In der Meinung Waffen und Mundvorrath zu finden, erbrach man Keller und Läden und begieng im Tumult des Waffengeklirrs Handlungen, die mit dem Muttergottesbildchen auf dem Hute nichts weniger — als übereinstimmten.

5. Am 5. Mai zog auch die Miliz der Umgebung von Sitten in die Stadt, und schloß sich den obern Zehnen an. Sofort setzte sich die Hauptmacht in Bewegung und besetzte die bekannten Posten bei der Morse, bei Ardon und Gundis. Eine Abtheilung aber begab sich, wie letztes Jahr, über Saxon und den Col de Croix nach Entremont. Bagnes empfieng die Obern sehr freundschaftlich, dagegen war St. Brancher und das Thal von Orsieres von Franzosen und Wadtländern bereits besetzt, und die Brücke von Volléges abgebrochen. Die schlauen Franken streuten jetzt das Gericht aus, die Obern seien in der Ebene geschlagen worden, und wollten dadurch die Expedition zum Rückzuge bestimmen. Allein man war über die Vorgänge

im Hauptthale gut unterrichtet, und war gar guter Dinge da hinten, indem man sich mitunter sehr gut bewirthen ließ, weil man sich als Occupationskorps zu betrachten — berechtigt glaubte. Indessen traf bald ein Befehl ein, der die muntern Leute zur Hauptmacht zurückrief, und dem losen Treiben ein Ende machte.

6. Sonntag den 5. Mai stießen die Patrioten bei Gundis auf drei feindliche Munitionswageu, die sie sammt 6 Mann aus der Begleitung in Beschlag nahmen. Am folgenden Tage rückten sie bis zur Brücke von Riddes vor. Diese war aber abgebrochen, und am jenseitigen Ufer eine starke Wache aufgestellt. Diese wurde nach einem kurzen Musketenfeuer über die Rhone in die Flucht geschlagen, mit Zurücklassung von zehn Todten und Verwundeten.

7. Inzwischen wurden im Oberwallis alle verdächtigen Bürger, die in Wort oder That ihre Abneigung gegen — oder ihre Gleichgültigkeit — für den Krieg an Tag gelegt, in strengen Verwahr gesetzt; unter diesen fanden sich viele Ausländer, vorzüglich Italiener und Savoyarden. Zuerst speerte man sie in Leuk in den Thurm; später brachte man sie nach Raron, dann nach Brig, endlich in das alte Hospitz auf dem Simplon unter starker Eskorte, die ein gewisser Hr. Wißen von Unterbäch befehligte — um sie für die gute Sache — unschädlich zu machen. Hr. Domherr und Pfarrer Courten in Visp war auch einer dieser Verdächtigen, weil er dem Feldzuge ein unglückliches Ende prophezeite. Die Meisten wurden um dieses einzigen Verbrechens willen in Haft gebracht. — Man wollte dießmal dem Verrathe von Seite der franzosenfreundlichen Herren vorbeugen, und die Sache selbst an die Hand nehmen — und vertraute dabei natürlich etwas zu sehr auf die Kraft des Armes und die Tragweite der Stutzer und Musketen.

8. Nach dem glücklichen Ausgang des Vorpostengefechtes bei der Brücke von Riddes und im Vertrauen auf österreichische Unterstützung verfolgten die siegestrunkenen Oberwalliser den Feind bis auf Martinach. Nachtkastlan Felix von Torrenté ward mittlerweile zum Feldherrn erkiesen. Zwischen Riddes und Martinach fielen mehrere unbedeutende Scharmützel vor, in

welchen natürlich die Obern stets im Vortheil blieben. — Von Martinach aus begab sich wieder ein Korps gen Bagnes, kehrte aber sofort wieder zurück. — General Buxdorf wollte hier noch einen Widerstand versuchen, allein seine Leute fürchteten die Musketen, und zogen die Flucht vor, und die Obern sahen sich im ruhigen Besitze des Städtchens Martigny.

9. Hier fingen die müßigen Leute sofort an, Wallensteins Lager zu spielen — und ihr Feldprediger, ein Kapuziner, fand Gründe genug, den losen Gesellen die Strafpredigt seines Vorgängers zu wiederholen. Am 7. Mai setzte sich das Oberwalliserheer wieder in Marsch der Rhone entlang. Bei Verneya schon stieß man auf einige feindliche Kompagnien mit einer Schwadron Reiter. Es kam zu einem Treffen; als aber die Leute etwas länger als gewöhnlich auf den Entscheid desselben warten mußten, wurden sie ungeduldig — und beide Partheien zogen sich im Frieden auf ihre frühern Positionen zurück. —

Während der folgenden Nacht aber fingen die hitzigsten Patrioten aus Oberwallis an, Heimweh' zu spüren, und einige derselben dachten an die Flucht. Da ihnen aber das Fußgehen bereits verleidet, nahmen sie ihre Zuflucht zu den Pferden, welche „herrenlos" auf den Feldern von Martinach und Saxon herumirrten, wie ein Chronist etwas spitzig berichtet. — Der gute Kapuziner mochte sich heißer schreien ob dem frevelhaften Thun seiner Leute, es wollte eben nicht mehr verfangen; man glaubte im Feindeslande sei Alles erlaubt — trotz dem Kapuziner! —

10. Bei sothaner Stimmung des Kriegsvolkes traf die falsche Nachricht ein, eine feindliche Kolonne sei über den Sanetsch gekommen, und werde sie im Rücken anfallen. Sofort wurde schneller Rückzug geblasen. — Collier, der Anführer der 110. französischen Halbbrigade folgte auf dem Fuße nach, und nahm sein Nachtlager in Ardon. Hier sammelte er seine Leute. Unter ihm standen bereits 3000 Franken, mehrere Kompagnien Waadtländer — und einige hundert Mann aus den Bezirken Monthei und St. Moritz. Der General beabsichtigte einen ernsten Angriff auf den folgenden Tag; allein die Obern ver-

eitelten diesen Plan, indem sie mit Tagesanbruch ihr Lager bei der Morse verließen und spornstreichs landaufwärts eilten. Sitten ließ man südlich liegen. Der Kommandant von Torrenté aber weigerte sich weiter zu ziehen, legte sein Amt nieder, und trat wieder als Nachtkastlan von Sitten in Dienst. Ein gewisser Ebiner aus Lötschen füllte einstweilen seine Lücke aus.

In Eilmärschen bezog man wieder die frühern Stellungen im Pfynwald und am Rawylgraben, wo man sich verschanzte — und mit erneuertem Muth den Feind erwartete. Man stand wieder auf eigenem Grund und Boden, war mit der Gegend und deren Bewohnern vollkommen vertraut, was die Leute wieder besser stimmte, und zu neuen Thaten ermunterte. Der Bauer ist nur dann ein wackerer Krieger, wenn er weiß, daß er sich für seine eigene Scholle schlägt; wenn er auf eigener Erde den Feind erblickt und zum Schutz für Weib und Kind, für Haus und Heerd sein Blut verspritzt.

Viertes Kapitel.

Die Vertheidigung im Pfynwald.

(Vom 8. bis 28. Mai.)

1. Als man unter sothanen Umständen auf ein Nachgeben von Seite der Oberwalliser nur wenig Hoffnung setzen konnte, suchte das helvetische Direktorium durch ein letztes Mittel einem blutigen Bürgerkriege im Wallis Schranken zu setzen. Es sandte im entscheidenden Augenblicke die Herren Bürger Wild von Bern — und Buxdorf von Basel nach dem Kriegsschauplatze ab, um eine Vermittelung zu erzielen. Hr. Wild hegte patriotische Gesinnungen, und rieth zur Milde und Nachsicht gegenüber einem schlichten, aber fanatisirten Volke; Buxdorf dagegen, ein Mann von heftiger und aufbrausender Gemüthsart und wenig Einsicht — wollte vor allem den Klerus, dessen er-

klärter Feind er war, für alle Ereignisse verantwortlich machen und mit aller Strenge des Kriegsgesetzes einschreiten. Vorerst sollte der Bischof, als erste Ursache des Aufstandes, an die Reihe kommen. Im Kriegsrath zu Ardon wollte Hr. Wild den Obern noch drei Tage Bedenkzeit aussetzen, der kriegslustige Collier aber sofort den Feind verfolgen, energisch anpacken — und vernichten! — Burdorf blieb stets neutral, sobald es sich nur um's Schlagen handelte.

2. Collier siegte, und das Heer setzte sich sofort in Marsch. Auf Wild's Vorschlag wurden die Truppen nicht in die Stadt Sitten gelassen, um dadurch Exzesse oder Räubereien zu verhüten. Man führte sie oberhalb des Städtchens durch, und so kam denn das Kapuzinerkloster den civilisirten Leuten in den Wurf. Als der Obere desselben ihren habgierigen Wünschen nicht genügen konnte, erhielt er einen Bayonettstich, an dem er nach vierjährigen Leiden endlich starb. — Auf dem ganzen Marsche von Martinach bis Siders ließen diese franko-helvetischen Freiheitsmänner Spuren der Grausamkeit und der Ausgelassenheit zurück. In Siders kaum angelangt, verübten sie allerart Gewaltthätigkeiten an friedlichen — und schuldlosen Bürgern. Die Keller wurden gesprengt, die Häuser geplündert! Das Seminargebäude auf Gerunda sammt Kirche so verwüstet, daß nur noch die nackten Wände stehen blieben. Der Bezirk Siders mußte überdies sofort einen starken Tribut bezahlen, obgleich sich die Bevölkerung nur theilweise an dem Aufstande betheiligt hatte. Wie man mit Kirchen und Kirchengeräthen, mit dem Allerheiligsten — umgieng, welche Freiheiten und Niederträchtigkeiten man sich gegen wehrlose Bürger und besonders gegen das weibliche Geschlecht erlaubte, darf nicht näher beschrieben werden, ohne sich der Gefahr auszusetzen, jedes religiöse und ehrliche Gefühl zu verletzen — und zu empören.

3. Mit Leuten, deren Versprechungen und Handlungen so sehr auseinander gingen, wollten die Oberwalliser begreiflicher Weise nicht in Unterhandlung treten, sondern eher das Aeußerste wagen — und sterben.

Der Bischof, von den humanen Gesinnungen und toleranten Absichten Buxdorf's unterrichtet, flüchtete sich nach Brig.

Am 8. Mai Abends langte neue Verstärckung aus der Waadt in Siders an; darunter Artillerie mit acht Kanonen. Dieser folgten stets neue Truppenkörper verschiedener Waffengattungen: Franken, Waadtländer — und Unterwalliser.

4. Das helvet. Direktorium drohte, alle seit einem Jahre in Gefangenschaft gerathenen Oberwalliser zu tödten, wofern die Fanatiker nicht sofort die Waffen niederlegen würden. Allein diese Drohung, so grausam und erschreckend sie war, vermochte die Patrioten in ihrem Entschluße nicht wankend zu machen; man wollte für das Höchste — auch das höchste Opfer bringen, das ein Mensch zu bringen im Stande ist.

Auf diese hartnäckige Verweigerung jedes Versprechens und Gleichgültigkeit gegen jede Drohung — durfte der blutdurstige Collier einen Angriff wagen, der jedoch mißglückte. Am 9. Mai wurde derselbe mit doppelter Erbitterung wiederholt, hatte aber nur eine eben so vollständige Niederlage zur Folge. Der Feind soll nahezu 1000 Mann eingebüßt haben. Die Oberwalliser hatten ein solches Vertrauen in ihre Jagdwaffe gewonnen, daß sie dem weit überlegenen Feinde stets mit voller Siegeszuversicht entgegen gingen, die bisher auch selten getäuscht wurde. Die Verluste standen in keinem Verhältniß, so wenig als die streitende Mannschaft. — Die Franken konnten nach diesem heißen Kampfe kaum genug Wagen auftreiben, um ihre Verwundeten nach Sitten — und nach der Waadt zu bringen.

5. Trotz dieser guten Erfolge wurde die Lage der Oberwalliser durch den Umstaud äußerst verschlimmert, daß auch von der Furka und Grimsel her Gefahr drohte. Schon am 1. Mai rückte eine feindliche Macht durch das enge Reußthal gegen Wasen hinauf. Eine Schaar muthiger Bauern der Umgegend hatte sich diesem Andrang mit dem Schwur entgegengestellt, bis auf den letzten Maun zu sterben — oder zu siegen. Zu der etwa 700 Mann starken Urnertruppe stießen etwa 200 Liviner.

Das Gefecht hatte bereits seinen Höhepunkt erreicht, als noch zur rechten Zeit 400 gut bewaffnete Walliser eintrafen. Der Kampf ward sehr hitzig, und die Franken büßten eine gute Zahl ihrer Krieger ein, ohne jedoch den Muth zu verlieren. Nach wiederholter und fast übermäßiger Kraftanstrengung gelang es endlich dem Feinde, das Dorf Wasen, das die Urner schützen sollten, zu nehmen und sich dort festzusetzen. In der Schöllenen bei der Teufelsbrücke wollte man sich nochmals postiren, und zu diesem Zwecke die Brücke mit Hülfe von Pulver wegsprengen. Diesem Unterfangen aber widersetzten sich die Thalbewohner von Ursern mit bewaffneter Hand und wurden von mehrern Einflußreichen des Kantons unterstützt, weil man im Grunde mit den Wallisern doch nicht gemeine Sache machen wollte. Als dieß die Hülfstruppen aus Wallis bemerkten, traten sie den Rückzug über die Furke an, um ihre eigene Grenze zu hüten.

6. Unter solchen allseitigen Bedrängnissen erschien im Lager von Siders mit einer Abtheilung Hülfstruppen der General Schinner, ein in französischen Diensten stehender Oberwalliser. Dieser wurde vom helvet. Direktorium gezwungen (?) gegen seine Landsleute zu ziehen. Da seine Truppe aber unglücklich focht, und bedeutende Verluste erlitt, wurde er den Oberbehörden verdächtig — und erhielt so die Entlassung von dem traurigen Posten. Nach mehrmaligen Versuchen, die Oberwalliser, diese hirnlosen Fanatiker zur Vernunft zu bringen, zog er unverrichteter Sache mit seinen Söldlingen wieder dorthin, — woher er gekommen war.

Es hatte sich bereits auch im Lager der Obern wieder Argwohn und Mißmuth eingeschlichen. Da erschien eine russische Proklamation, welche das Unterwallis und die Waadt aufforderte „sofort die Waffen niederzulegen, wo nicht, werde man Alles, Weiber und Kinder, niedermachen zum warnenden Beispiel für Alle!“ ...

Die ächt russische Sprache und das Erscheinen der beiden Generäle Millorodowitsch und Wekassowitsch in Begleit von 30 Reitern im Lager zu Pfyn brachte wieder neues Leben in die Truppen und hob den sinkenden Muth. Allein diese hohen Herrschaften zogen nach befriedigter Neugierde wieder über den Simplon nach Italien zurück, und schickten dafür einige hundert Mann russisch-österreichische Soldaten in's Land, um die Bauern in ihrem eigenen Vortheile zum Kampfe gegen Frankreich zu ermuthigen, und wenn absolut nöthig zu — unterstützen. Diese „Hülfstruppen" wurden vom Volke mit Glockengeläut' und Jubel begrüßt, und von Dorf zu Dorf nach Kräften bewirthet. Die guten Russen aber geriethen ob diesen angestrengten Eilmärschen, ob den feurigen Libationen und dem südlichen Klima in solche Erhitzung, daß sie lieber frische Bäder — als die hitzigen Gefechte der Franzosen aufsuchten.

7. Indessen wurden von beiden Seiten Anstrengungen gemacht, durch unerwartete Ueberfälle der Sache eine glückliche Wendung und wo möglich einen raschen und für sich günstigen Ausgang zu geben. Die Erbitterung aber wuchs in dem Grade, als jede Kriegslist, jeder noch so verwegene Angriff erfolglos blieb. Die kaiserlichen Hülfstruppen, theils sehr schlecht bewaffnet und ohne Begeisterung für die zu vertheidigende Sache, hatten wenigstens das Gute, den Oberwallisern Muth, den Franken Besorgniß einzuflößen. Man verlangte daher von der helvetischen Regierung neue Verstärkung, um einen entscheidenden Schlag wagen zu dürfen. Inzwischen wurde stets geplänkelt und gefochten, ohne jedoch irgend welchen nennenswerthen Vortheil von dieser oder jener Seite zu gewinnen.

Unter dem Kommando eines gewissen Niedrischt von Brämis wurde den Franken ein Gefecht in der Pontis geliefert, das aber wieder zu keiner Entscheidung führte. Beiderseits steigerte sich jetzt die Ungeduld, die Erbitterung — zur Grausamkeit! — Die Gefangenen wurden ohne weiters getödtet; man gab keinen Pardon — nahm auch keinen an. Drei Waadtländer, welche bei Plünderung der Kirche in Baren ergriffen wurden, schleppte man in eine Schmiede daselbst, und zerschmetterte auf dem Ambos mit Hämmern ihre Schädel. Das

Dorf Varen mußte 14 Tage später diese Barbarei schwer büssen — wie wir seiner Zeit sehen werden. Wir wagen es auch nicht, einer solchen That das entschuldigende Wort zu reden, und wünschten nur Denjenigen beipflichten zu können, welche sie in Abrede stellen, oder dadurch zu mildern suchen, daß die fraglichen Kirchenräuber vorerst erschossen und dann in der Schmiede ihre Leichname in genannter Weise mißhandelt worden seien. Nur blinder Fanatismus und herzlose Rohheit ist solcher Ausschreitungen fähig.

Fünftes Kapitel.

Die Ersteigung der Varner-Leitern.

(14. Mai.)

1. Endlich — oder sofort vielmehr — erhielt der Feind die verlangte Verstärkung. General Xantrailles befehligte das fränkische Hülfskorps, und rieth zum raschen Vorgehen gegen die Rebellen. Schon am 13. Mai wollte der Feind das Lager der Obern im Pfynwald erstürmen, und hatten sie zu diesem Behufe einen schlauen Plan ersonnen. Allein dieser Entwurf scheiterte trotz seiner Schlauheit an den sehr weittragenden und präzisen Musketen und Jagdrohren des Feindes, und mußte wieder aufgegeben werden. —

2. Jetzt ließ man mehrere Feldstücke nach Varen bringen, wo sie auf dem die Ebene beherrschenden Kirchhof aufgepflanzt wurden, um von da aus das Lager im Pfyn zu beschießen. Die guten „Rebellen" sahen sich jetzt von zwei Seiten her von schweren Geschützen bedroht, denen sie nur schwer beikommen mochten. Man suchte zwar diese Redoute auf dem Kirchhofe in Varen zum schweigen zu bringen, indem man von den Anhöhen des linken Dalaufers ein lebhaftes Musketenfeuer auf dieselbe unterhielt; allein das Dorf Varen und die verschiedenen Felsvorsprünge, Bäume und Rebwälle boten dem Feinde hinreichenden

Schutz, so das sich hier die Kunst unserer Muskatiere vergebens erschöpfen mußte.

3. So lange aber die frankische Batterie in Baren nicht gesprengt war, ließ sich auf dem linken Rhoneufer kein ernster Angriff ausführen. Man kam daher auf den kühnen Einfall, diese Stellung des Feindes durch einen unerwarteten Ueberfall von der Nordseite her zu nehmen. Die Dalaschlucht senkt sich von der Gemmi bis zur Rhone so jäh und senkrecht in die Tiefe, daß es äußerst schwer war, einen ersteigbaren Punkt zu finden, um diesen Plan ausführen zu können. Der einzige Weg, der durch die Felswand von Baren aus nach Leukerbad führte, war abgesprengt, und überdieß von dem Feinde streng bewacht.

Nur oberhalb dem Dörfchen Inden, im sogenannten „Koly" fand sich eine Stelle, an welcher Ziegenhirten und Jäger mit Hülfe von Leitern und Stricken den Kamm der Felswand zu erklettern vermochten. Man wählte daher die kühnsten und gewandesten Bergleute — meist Gomer und Vispenthaler zu dieser äußerst gewagten und verwegenen Episode — aus. Während der Nacht verließ diese Truppe, etwa 300 Mann stark, das Lager im Pfyn, und marschirte in aller Stille über Leuk nach Inden. Bei Tagesanbruch begann das kühne Wagestück — und wurde es ohne bedeutenden Unfall in kurzer Zeit vollzogen. Als der letzte Mann die Höhe erstiegen, wurden die Leute in verschiedene kleine Haufen getheilt und in gewisser Entfernung von einander stieg man den dichten, das Dorf Baren beherrschenden Fichtenwald hinunter — vertrieb die Wache an den Barnerleitern und machte einen andern – tiefer unten am Ausgang des Waldes aufgestellten Posten nieder. Jetzt stürzte sich die gesammte Kolonne unter gewaltigem Geschrei auf das Dorf Baren, und griff zuerst die gegen die Dalaschlucht hin aufgestellte Batterie an. Bartholomäus Walter, der sich schon letztes Jahr ausgezeichnet hatte, führte die wackern Leute an. Ein Haufe nach dem andern brach aus dem Dickicht des Waldes hervor, seine Vorläufer muthvoll zu unterstützen. Ein erfolgreicher Widerstand schien dem überraschten und von panischem

Schrecken überwältigten Feinde unmöglich. Er hatte daher nichts eiligeres zu thun, als so schnell wie möglich die Flucht zu ergreifen. In der Verwirrung vergaß er seine Kanonen und zwei Fahnen mitzunehmen, die dann von den Siegern unter großem Jubel in Besitz genommen wurden. Dieser herrliche Erfolg wurde denn im Lager von Pfyn, von wo aus man das ganze Manöver beobachtet hatte, mit lautem Bravorufen — und einer Libation gefeiert. Angesichts einer bei Salgesch und Siders gelagerten sehr starken Truppenmacht, wagte man es nicht, die Besatzung von Varen weiter zu verfolgen, sondern begnügte sich mit den errungenen Vortheilen, zog sich auf das linke Ufer der Dala zurück, um von dort aus die weitern Bewegungen des Feindes zu beobachten.

4. Dieser wollte aber die erhaltene Schlappe sofort wieder rächen, und rückte schon am folgenden Tage (15. Mai) in großer Zahl heran, besetzte Varen und die Vorposten an der Dalaschlucht und bereitete sich augenscheinlich auf einen großen und entscheidenden Schlag vor. Die Oberwalliser, diese Absicht errathend, machten auch ihrerseits ernste Vorbereitung, und stellten übrigens ihre gute Sache in den Schutz des Herrn der Heerschaaren.

Die Franken erwarteten noch immer neue Verstärkung, und vertrieben sich indessen die Zeit durch kleine Plänkeleien nach den Vorposten der Oberwalliser. Auf dem Kirchhofe in Varen spielten wieder zwei Kanonen, und sandten von Zeit zu Zeit einige Kugeln nach dem feindlichen Lager, konnten aber der ziemlichen Entfernung und guten Verschanzung wegen nur geringen Schaden anrichten. Dagegen büßte manch' ein Franke oder Waadtländer seinen Vorwitz und seine Verwegenheit mit dem Leben. Die Oberwalliser-Jäger zielten lange — aber gut, und verfehlten bei solchen Anläßen nur selten des Zieles.

Sechstes Kapitel.

Das Lagerleben — im Pfyn.

1. Während der Feind es sich zum Vergnügen machte, von dem Platteau in Varen aus Kanonenkugeln nach dem Pfynwald zu senden, hielten die Oberwallifer am Frohnleichnamsfest und am folgenden sog. Segensonntag feierlichen Gottesdienst mit Prozessionen um's Lager; der feindliche Geschützesdonner mußte gerade zur Erhöhung der religiösen Feierlichkeit dienen. An diesen Festtagen kamen aus den nähergelegenen Bezirken viele Weiber und Kinder in's Lager, um ihre Gatten und Väter zu besuchen. Die Krieger waren überhaupt guten Muthes, sangen patriotische Lieder, spielten mit den vom Feinde ihnen zugesandten Kugeln — und erwarteten mit Ungeduld den Angriff von Seite der Franken.

2. Der eigentliche Schanzgraben sammt einem mächtigen Wall zog sich längs den Wiesen und dem Walde vom Bergabhang, den sogenannten Pfin-Rischen bis an die Rhone herunter. Vor dem Walle standen die Zelten und Baraken, gedeckt von einem weitausgedehnten und dichten Föhrenwalde. Für einen Ueberfall war diese Stellung sehr unklug berechnet, weil dadurch eine Vertheidigung äußerst erschwert, die Flucht aber gefährdet — und fast unmöglich gemacht wurde. Dagegen aber lag in der Front die weite und nackte Wiesenfläche, die einen unerwarteten Ueberfall fast unmöglich machte, während der Wald im Rücken einen allfälligen Rückzug decken sollte. Beide Berechnungen bewährten sich in der Folge nur zur Hälfte.

3. Inzwischen entspann sich auf dem rechten Rhoneufer ein ernstes Gefecht. Am 16. Mai versuchten die Franken eine provisorische Brücke über die Dala zu schlagen, und Leuk einzunehmen, wurden aber an diesem Unterfangen von den Obern gehindert — und mußten sich mit einem Verlurst von 9 Todten und 25 Verwundeten auf ihre frühern Posten zurückziehen. Der Feind hatte in zwei Tagen, nach einem Rapport Pollier's, nicht

weniger als 80,000 Kartuschen verpufft, und dabei 275 Todte und Verwundete eingebüßt. Die „Rebellen" waren nach erwähntem Berichte — furchtbar durch das Feuer ihrer weittragenden Geschosse; jeder Schuß traf, ohne daß man den Schützen entdecken konnte. Daher das Mißverhältniß der Verlurste.

Siebentes Kapitel.

Ein glücklicher Ausfall.

1. Am 25. Mai wurden die Oesterreicher in St. Gallen und in Thurgau geschlagen. Dagegen erhob sich Glarus, Uri und das schon zweimal bezwungene Schwyz wieder für die angeerbte Freiheit der Väter, und machte in dieser Absicht mit den Oesterreichern gemeine Sache, — den gemeinsamen Feind, die Franken zu bekämpfen. — In mehrern Kantonen, selbst in Zürich fand der Gedanke an eine erneute Erhebung viele Freunde und Anhänger. Diese etwas verfrühte Nachricht war natürlich geeignet, den Muth der Walliser anzuspornen und ihre Ausdauer zu befestigen.

2. Man wurde jetzt des langen müßigen Zuwartens müde und des eintönigen Lagerlebens überdrüßig. Indem die Franken und ihre Mitverbündeten keine Anstalten zu einem entscheidenden Angriff machen wollten, beschlossen die Oberwalliser, selbst wieder die Offensive zu ergreifen, und einen energischen Ausfall zu wagen, nachdem man acht Tage gefeiert — und sich gelangweilt hatte.

Am 27. um 9 Uhr Morgens verließen die Patrioten ihre Verschanzungen, und griffen den Feind auf beiden Seiten der Rhone gleichzeitig an. Der Kampf dauerte bis gegen Abend fort. Die Posten an der Dala und zu Varen wurden genommen, und der Feind auf dem rechten Rhoneufer bis Siders zurückgeworfen. Auch im untern Pfynwald brachte man nach hartnäckigem Widerstand die Franzosen zum Weichen. Die Jäger zogen sich durch das Steingerölle an dem Bergabhange hin, und beschossen von diesen unnahbaren Posten aus die feindlichen Batterien auf der Landstraße, während die Hauptmacht in der Ebene gleichmäßig vorrückte. Als man die Flucht der Franken bei Varen gewahrte, verdoppelten die Obern ihre Anstrengungen; der Feind schon durch diese Erfolge der Rebellen auf der Sonnenseite entmuthigt, trat sofort den Rückzug an, und flüchtete sich über Chippis landabwärts, so gut es ging.

3. Schon um Mittag schlug man in Sitten Generalmarsch, und alle waffenfähige Mannschaft wurde aufgefordert, nach Siders zu eilen. Die am Vorabend in der Hauptstadt eingetroffene 89. Halbbrigade war schon in der Frühe des 27. nach dem Kampfplatz abmarschirt; kamen aber gerade hier an, um die Flucht der Ihrigen mitanzusehen — und dieselbe freundschaftlich zu theilen. —

4. Als in der Umgebung von Sitten dieser glänzende Sieg der Obern bekannt wurde, ergriffen viele Bauern aus Ayent und Saviese die Waffen, um den Feind zwischen zwei Feuer zu nehmen, und zu vernichten. Allein die Oberwalliser begnügten sich wieder, den Feind in die Flucht geschlagen zu haben, und kehrten noch am gleichen Abend siegesselig in ihr Lager zurück. Die guten Bauern wußten wohl, sich zu schlagen, kannten aber den Vortheil nicht, ihre Tapferkeit sich zinsbar zu machen; sie verstanden zu siegen, aber nicht, den Sieg zu benutzen. Dieser Mangel an Einsicht sollte ihnen auch den Untergang bereiten.

Achtes Kapitel.

Der entscheidende Tag.

(28. Mai.)

1. Nach dem glücklichen Erfolg von gestern überließen sich die Sieger einer sorglosen Ruhe im Lager. Ermüdet von den

Anstrengungen des Tages, wollte man die Frucht des Sieges in sanfter Abendkühle genießen, und die schlaffen Geister wieder aufwecken. Zu diesem Zwecke that man sich gütlich bei der Rebe gold'nem Saft, den Leuk, Varen und die Umgebung reichlich gespendet. Man sang und zechte bis tief in die Nacht hinein und war guter Dinge. Endlich machte auch der Schlaf, der erquickende, seine Rechte geltend. Die Leute schliefen ruhig und sorglos ein, nachdem die Wachen gehörig auf ihre Posten beordert und mit den nöthigen Instruktionen versehen worden waren. Man ließ sich nämlich von der Ansicht leiten, daß der Feind an den Strapatzen des Tages für den Augenblick genug habe, und folglich so schnell nicht zurückkehren werde. — Im ganzen Lager herrschte eine Stille, ein Schweigen, wie es nur in einer friedlichen Mainacht möglich ist. Man hörte nur das Krächzen des Uhus im düstern Föhrenwalde — und das Zirpen der Grille; so sehr hatte die Sorglosigkeit — und der Wein dem Kriegslärm Einhalt geboten. — Selbst einige Schildwachen sollen dieser Macht erlegen sein! —

2. Die 89. Halbbrigade hatte sich dem fliehenden Feinde gestern angeschlossen, aber denselben gleich zum Umkehren nach Siders beredet.

General Xaintrailles beschloß daher, den Augenblick zu benutzen, und noch diese Nacht die Oberwalliser — die Rebellen anzugreifen. Dieser Beschluß wurde sofort zur Ausführung gebracht. Morgens gegen zwei Uhr rückten die schlauen Franken leisen Schrittes vorwärts, stießen die Wachen nieder, und überfielen den schlafenden Feind in ihren Zelten und Baracken. Nach einer viertelstündigen furchtbaren Metzelei wurde er aus den Schanzen geworfen und in regellose Flucht getrieben.

3. Trotz dieses unerwarteten Ueberfalls kostete der Sieg den Franken den dritten Theil ihrer Offiziere. Durch einen Schuß, den die aufgeschreckte Wache auf der Schanze loszufeuern noch Zeit hatte, gewarnt, stand augenblicklich die meiste Mannschaft unter den Waffen; allein die Verwirrung, die Angst und der Schrecken waren zu groß, um einen ernsten Widerstand leisten

zu können. Indessen vertheidigte sich Jeder für sein Leben, und wich nur Schritt für Schritt dem Andrange eines übermächtigen Feindes. Erst als bereits 200 Mann gefallen, und die Schanze aufgegeben werden mußte, und somit keine Hoffnung auf erfolgreichen Widerstand mehr übrig blieb, suchte jeder sein Heil — so gut es gieng — in der Flucht.

4. Ungefähr um die gleiche Stunde wurde auch die Besatzung an der Dalabrüke bei Leuk auf gleiche Weise überfallen und damit natürlich der Sieg der Franken ein vollständiger. Man benutzte denselben auf eine grausame Art. Wer immer auf der Flucht, auch ohne Waffen, eingeholt wurde, fiel unter den Schlägen der Verfolger; selbst Greise und Verwundete fanden kein Mitleid, keine Schonung. Was dem ergrimmten Feinde in die Hände fiel, ward herzlos niedergestossen. Bei der Leukerbrücke erreichte man viele Flüchtige, die vor Wunden oder Erschöpfung sich auf Gnade und Ungnade ergeben mußten; sie wurden alle ohne Ausnahme getödtet. Eine oberhalb der erwähnten Brücke befindliche Kapelle war angefüllt mit solchen Unglücklichen; allein das Heiligthum bot ihnen keinen Schutz. Einer nach dem Andern wurde hervorgerissen — erschossen — und in die Rhone geworfen. Es langte zwar ein General-Pardon für entwaffnete Rebellen an, allein derselbe fand in der Wuth des Sieges keine Beachtung. —

5. Nach Ritters Chronik wäre ein gewisser Escher von Simpeln, während die Obern im Psyn sich dem erwähnten Siegesrausche überließen, zum Feinde übergegangen, und hätte ihm die günstige Gelegenheit eines Ueberfalls verrathen, sei aber für diese Botschaft später, wie billig, von seinen Ortsleuten erschossen worden. Wir legen übrigens, wie schon früher bemerkt wurde, diesen Berichten nicht das Gewicht ungetrübter Wahrheit bei, weil der Chronist fast überall an Uebertreibung streift, und bei derartigen Ereignissen der Verdacht immer auf günstige Aufnahme zählen darf. —

Nach einem ähnlichen Bericht, hätten die Franken am 27. Mai auf ihrer Flucht absichtlich einige Fäßchen Branntwein im Stich gelassen, damit sich die „Rebellen“ daran versaufen, und so zu einem nächtlichen Ueberfalle die beste Gelegenheit bieten — möchten, was also geschehen. Dagegen ist erwiesen, daß die Franken, trotz ihrer sonstigen List, den Branntwein dießmal selbst getrunken, und die Patrioten, leider sich und ihre Sache vergessend, anderswoher ihren Schlaftrank bezogen hatten.

Neuntes Kapitel.

Der Ueberfall im Pfynwald.

(Nach J. J. Freymond, Lieutenant einer Waadtländer-Kompagnie.)

1. „Während drei Tagen hatte man den Feind (die Oberwalliser) durch seine Scheinmanöver und täuschende Angriffe beunruhigt — und auf der ganzen Linie in Spannung gesetzt, nur nicht auf dem Punkte, den man zum Hauptschlag klüglich ausersehen hatte — nämlich die Schanzen im Pfynwald!“ —

„Am 27. Mai Abends gegen drei Uhr, wurde Befehl gegeben, alle Wachtfeuer einzustellen und auszulöschen, um dadurch den Feind glauben zu machen, die erfolglosen Angriffe auf seine Positionen haben den französischen General bestimmt, den Rückzug anzutreten. Diese Kriegslist wurde pünktlich ausgeführt, und der Feind lief auch nach Wunsch in die ihm gelegte Falle.“

„Matt und erschöpft von den beständigen Anstrengungen — und bethört durch den Glauben an eine trügerische Sicherheit, hatte sich die gesammte Mannschaft der Rebellen — einige Schildwachen ausgenommen, in die Verschanzungen zurückgezogen, um dort nach reichlicher Libation in den Armen des Schlafes der Ruhe und Erquickung zu pflegen. Die Waffen hatte man in regelrechter Ordnung aufgestellt, um sie im Nothfalle gleich zur Hand zu haben — hatte aber vergessen die nöthigen Vorsichtsmaßregeln für einen Ueberfall zu treffen. Die wilden Krieger und die tapfern Frauen und Töchter,*) welche das Schicksal ihrer Männer und Väter theilen wollten, überliesen sich einem sorglosen Schlummer, während der geschlagene Feind sich vorbereitete, sie zu vernichten!

2. General Xaintrailles und unsere Leute benutzten den Zeitpunkt vortrefflich. Bei einbrechender Nacht wurde an einem etwas abgelegenen Orte strenge Musterung gehalten und die nöthigen Befehle an die Offiziere ertheilt. Alles geschah unter Beobachtung des tiefsten Stillschweigens. Man vertheilte auch sofort Munition unter die Soldaten und gab das Mundwort: „Bayonett vorwärts!“ Die Losung war: „Sieg!“

Die Offiziere wurden ferner ermahnt, auf das erste Zeichen, das mit leiser Stimme gegeben werde, zu marschiren, was auch die Untergebenen zu beachten hatten. Jeder Soldat erhielt eine Portion Schnapps und Brod. Dem fügte der General bei: wenn die gegebenen Befehle pünktlich ausgefüht würden und Muth und Entschlossenheit um die Wette geh'n, sei ein guter Erfolg gesichert; der Angriff aber müße noch diese Nacht geschehen, um den Feind mit dem Bayonett zu überraschen!“

3. Um ein Uhr nach Mitternacht passirte unsere Division die Rhonebrücke bei Siders, und zwar unter Beobachtung des strengsten Stillschweigens. Es war die erste Stunde des 28. Mai 1799. Man hatte schon am Vorabend die Posten der feindlichen Schildwachen ausgespäht, und kannte somit die Lage und die Entfernung derselben ziemlich genau. Einige Freiwillige, durch ausgesetzte Preise gewonnen, sollten sich auf vortheilhafteste Weise der Vorposten bemächtigen; zwei Scharfschützen näherten sich schweigend, oft auf der Erde kriechend, der Schildwache und nahmen sie plötzlich fest, ohne daß ein Schrei möglich gewesen wäre. Dieser erste Erfolg bahnte auch den sichern Weg zu den übrigen,

*) Dieser Irrthum, als hätten Weiber und Töchter sich an dem Kamfe der Männer betheiligt, beruht auf der Thatsache, daß dieselben oft an Sonn- und Festtagen bei den Ihrigen auf Besuch im Lager waren und von den Franken auch dort gesehen wurden; allein außer im Falle der Nothwehr machten sie keinen Gebrauch von den Waffen.

denn es war leichter die übrigen Wachen zu überraschen und fest zu nehmen, (das heißt niederzumachen) indem sich diese auf die Zeichen der ersten verliesen. Alle Posten wurden der Reihe nach wie der erste genommen, alle fielen aber ein Opfer der vermeinten Sicherheit.

4. „Um 2 Uhr nach Mitternacht erreichten wir die feindlichen Schanzen und stellten uns in Schlachtordnung auf, während die „Rebellen" noch in tiefem Schlummer begraben lagen — einem Schlummer, der nun in Wirklichkeit sehr nahe dem Tode verwandt war! Ohne einen besondern Zufall wären die unglücklichen Schläfer ohne Schwertstreich in unsere Hände gefallen — und so dem Tode entronnen. — (???) Ein Schuß aus der Flinte eines eben ergriffenen Soldaten gab das Signal zum Aufbruch im Lager. Ein Schrei des Entsetzens durchtönte die Schanzen von einem Ende zum andern. Jeder rief aus vollem Halse in der Angst und Verwirrung: „Der Feind; zu den Waffen!" während er selbst die seinige aufsuchte und ergriff. Die Trommler, die Anführer, der Priester mit dem Cruzifix in der Hand — die Weiber — alle wiederholten den Ruf: „Zu den Waffen!"

„Unsere Truppen hatten indessen Zeit, sich auf den Wällen zu postiren und eröffneten sofort ein heftiges Feuer auf den in schrecklicher Verwirrung durcheinander laufenden und verzweifelnden Feind. Die Metzelei war furchtbar.*) — Wenige Minuten genügten, diese sonst so gefürchteten wilden Krieger, die Blühte der Jugend des Landes zu vernichten! Eine Truppe, die noch kurz vorher so stolz und anmaßend auf ihre Kraft und ihre Freiheit pochte — lag verblutend am Boden, oder suchte in eiliger Flucht Schutz und Rettung. — Die Wälle und Barrikaden, welche die Unglücklichen zu ihrem Vortheile mit vieler Arbeit zu errichten vermeinten, sie sollten jetzt zu ihrem Untergange das meiste beitragen — sie wurden zu ihrem Grabe!"

„Nur eine kleine Zahl, darunter die Amazonen — konnte sich durch jene Gegenden des Waldes retten, die von unsern Truppen noch nicht besetzt waren.

*) Le carnage elait afferenx.

5. Als sich die Ueberraschten vom ersten Schreck erholt hatten, dachte man noch an Widerstand. Es sammelten sich indessen, wie es die Umstände gestatteten, mehrere Gruppen, und stellten sich unserem stürmischen Andrange mit einem Muth und mit einer Hartnäkigkeit entgegen, und stürzten sich in unsere Bayonette, wie dieß nur der Verzweiflung möglich ist.*) u. s. w."

6. Als sie endlich einsahen, daß sie einem so sehr überlegenen und siegestrunkenen Feinde nutzlos sich zum Schlachtopfer darböten, verließen sie ihre Posten, zogen sich in das Dikicht des Waldes zurück, und suchten denselben in Brand zu stecken, um auf diese Weise den verfolgenden Sieger aufzuhalten. Aber diese Vorsicht war für sie wieder ebenso verderblich, als die Wälle, welche sie soeben verlassen, in denen die Meisten ihrer Waffenbrüder den Tod gefunden. — Die Flamme griff an einigen Stellen rasch um sich, viele Flüchtige und Verwundete wurden von ihr ereilt, und fanden so den traurigen Untergang — statt Rettung; sie waren dem Schwerte nur deßwegen entronnen, um den Feuertod zu sterben . . ."

„Alles schien sich somit heute gegen diese armen Verblendeten verschworen zu haben; und so endete dieser düstere Tag, der das Land mit Trauer und Verzweiflung erfüllte, mit allen Schrecken, die der Krieg im Gefolge hat. Raub, Brand und Plünderung bezeichneten überall die Spur der Sieger. Das Feuer verzehrte den Rest der Habseligkeiten, die man nicht fortschleppen konnte. Die Bewohner, welche dem Tode entkamen, flüchteten auf die Gebirge — oder über die Alpen nach Italien . . ."**)

---

*) Jls soutinrent nos attaques avec un courage et avec un acharnement peu communs se lonçant au milieu de nos bayonettes avec une fureur qui tenait de prodige . . . . .

**) Le pillage signalait l'arrivée de vainqueurs partout, ou ils se présentaient, et le feu venait ensuite detruire ca, que l'on n'a pas jugé convenable d'emporter. Le District de Loèche et les environs ne présentaient que ruine et dévastation! . . . J. J. Freymond: L'Avengle du mont Joral — ou l'Eppedition en Valais l'an 1799. —

7. Wenn man die zwei Schlachtberichte über den so vielbesprochenen Ueberfall in Pfyn zusammenstellt, wird man gleich herausfinden, daß sie im Wesentlichen übereinstimmen. Unser Lieutenant, der selbst mit focht, und dessen älterer Bruder als Hauptmann bei der Sidnerbrücke ein Opfer der Verwegenheit gefallen war, faßt die Sache allerdings etwas poetisch auf, und fügt zur Wahrheit, der prosaischen, manchen überflüßigen Schmuck hinzu. Der gute Offizier wurde nämlich in seinem vorgerückten Alter blind, und lebte nur noch in der Erinnerung und in der Vergangenheit. Um sich seinen traurigen Zustand zu erleichtern und die lange Zeit zu verkürzen, schrieb und schilderte er seinen Feldzug als Lieutenant in's Wallis. Man wird aus seiner eben angehörten oder gelesenen Beschreibung leicht herausgefunden haben, daß er nicht zur schlimmsten Sorte der Waadtländer gehörte indem er öfter seine Sympathie und sein Mitleid für ein Volk nicht verbergen kann, das für seine angebornen Rechte kämpft und stirbt. Jedenfalls läßt er seinem politischen Feinde volle Gerechtigkeit wiederfahren. Die meisten Aussagen von Augenzeugen stimmen zeimlich mit seinen Angaben überein, und man ist befugt anzunehmen, daß sich selbe von der Wahrheit — trotz des rhetorischen Schwungs — nicht sehr weit entfernte.

Was er von dem Brand des Pfynwaldes berichtet, muß derselbe dahin berichtigt werden, daß die Leichname der Gefallenen in den Schanzen und der Umgebung mehrere Tage unbegraben blieben, und man des üblen Geruches wegen das Lager anzündete, wodurch ein Theil des Waldes ein Raub der Flammen wurde. Es ist leicht möglich, daß bei dieser etwas voreiligen Maßregel auch Verwundete verbrannt wurden. Der Waldbrand war jedenfals ohne Bedeutung und ohne Zweck; er würde nur die Nacht beleuchtet, und so dem Feinde sein blutiges Handwerk erleichrert haben!

8. Weit schrecklicher und verderblicher für die Besiegten würde dieser Ueberfall geworden sein, wenn man den ersten Plan dabei ausgeführt hätte. Die Franken führten nämlich nichts Geringeres im Schilde, als sich ganz unbemerkt bis an die Zelte,

die bekanntlich vor den Schanzen standen, zu schleichen, dieselben in Brand zu stecken, nachdem man vorerst das ganze Lager mit Soldaten umzüngelt haben würde. Dieser teuflische Plan wurde aber durch den Schuß vereitelt, den ein wachethuender Oberwalliser in dem Augenblicke abfeuerte, als ihn der Feind ergreifen, oder niederstechen wollte.

9. Ein fernerer Plan soll dahin gegangen sein, noch einige Tage zuzuwarten, bis eine starke Hülfskolonne die Grinsel oder Furka überstiegen, den Feind im Rücken genommen — und er so zwischen zwei Feuern vernichtet worden wäre. Zur Vereitelung dieser Hoffnung wurden aber die Alpenpässe der Grimsel, Furka und Gemmi stets bewacht, und es wagte der Feind keinen Angriff auf diese vortheilhaften — aber für die Dauer doch unhaltbaren Posten der Oberwalliser. — Die Franken durften mit den Erfolgen des zur Ausführung gekommenen Planes vollständig zufrieden sein, wie wir gleich sehen werden.

Zehntes Kapitel.

Der acht und zwanzigste Mai.

(1799.)

1. Jenen Theil der Schanzen gegen den Bergabhang zu behaupteten die Leute von Visp, Unterbäch und Außerberg. Diese wurden bei dem Ueberfalle am stärksten bedrängt. Sie flohen zwar nach heftiger Gegenwehr längs dem Bergfuße dem Illgraben zu; hier aber konnten sie das tiefe Rinnsal nicht überschreiten, wurden größtentheils vom Feinde eingeholt — und niedergemacht. Die Gomer waren gegen die Rhone hin postirt, bildeten eine Kette, retteten sich über den Fluß über Leuk und Ersmatt. Das Centrum bildeten meist Leuker und Briger; diese eilten die Landstraße hinauf, fanden aber die Illgrabenbrücke eingestürzt und vom Feinde besetzt, viele fielen in seine Hände

und fanden den Tod. — Andere wurden nach Siders abgeführt um dort ebenfalls erschossen zu werden. Auch solche, die ihre Waffen weggeworfen hatten, fanden keine Schonung vor der Wuth des Feindes; überdieß gab es solche, denen man unter gewissen Bedingungen das Leben schenken wollte, die aber den Tod vorzogen und empfingen — so ein gewisser Student Haßler und ein Peter Jos. Meyer ꝛc...

2. In der Sust bei Leuk, wurde eine Weibsperson öffentlich geschändet, dann getödtet — und bei den Füssen an einen Baum nahe der Landstraße aufgehängt. In Inden tödtete man einen gewissen Kammenzind, aus Gersau stammend, auf einer Schlachtbank, weil er sich weigerte, dem Feinde die Stelle zu zeigen, wo die Oberwalliser die Felsenwand erklettert hatten, um den Posten bei Varen zu vertreiben. In Ersmatt brachte ein alter Mann den einziehenden Siegern Speise und Trank entgegen; man aß und trank sich satt — und bezahlte den Geber mit einer Kugel durch die Brust. — In Leuk war man im Begriffe, einen aus spanischen Diensten auf Ruhezeit heimgekehrten Offizier — Alex v. Werra, der seinen alten Vater bewachte, standrechtlich zu füssiliren, als es der Zufall gewollt, daß er von einem Collegen aus frühern französischen Diensten erkannt — und gerettet wurde. — Ein gewisser Ebenegger von Thäl bei Leuk wurde von einer Schildwache auf der Leukerbrücke ergriffen, und in die Rhone geworfen. Er wollte sein Weib und seine Kinder in den Wäldern auf der Schattenseite aufsuchen. — u. s. w....

3. Der 28. Mai 1799 war aber besonders ein Schreckenstag für die Gemeinde Varen. Kaum hatten sich die siegreichen Franken dieses schönen Dorfes bemächtigt — loderte es in Flammen auf. Die erst etwa 16 Jahre vorher erbaute Kirche sammt Pfarrhaus, obgleich etwas vom Orte entfernt, brannte bis auf den Grund nieder. Nur einige wenige Gebäulichkeiten gegen die Säge zu blieben verschont. Das Feuer wurde an verschiedenen Stellen angelegt, damit ja Nichts der Vernichtung entgehe. Als Ursache mußte die an den drei waadtländischen Räubern

verübte Grausamkeit gelten. Ueberdieß hatte man auch einen feindlichen Offizier unterhalb des Dorfes bis an die Brust in die Erde gesenkt — und mit Steinen getödtet; Thaten, die wie oben bemerkt wurde, nur durch die Umstände, die gesteigerte Erbitterung eines noch wenig an Kriegs-Disciplin gewöhnten Bergvolkes einige Nachsicht — und Entschuldigung verdienen. Dagegen gab auch der hochcivilisirt und disciplinirt sein wollende Feind keine besondern Beweise von Menschlichkeit, sobald sich Gelegenheit zur Rache, Raub und — Grausamkeit darbot. —

4. Das Dörfchen Unterems mit 14 Wohnhäusern und 10 andern Gebäulichkeiten ward erst am 4. Juni noch ein Raub der Flammen durch fränkische Hände, weil es Niemand gewagt hatte, die einziehenden Sieger freundlich zu begrüßen — und zu bewirthen. Man hatte hier fast alle Habseligkeiten in die Kirche verborgen, wo sie von den Flammen verzehrt wurden.

Ein gewisser Furrer aus Bürchen, der schwer verwundet war, hatte sich vom Pfyn zu seinen Verwandten nach Ems geschleppt, und wurde hier im Bette nebst einem andern kranken Manne von den Franken ermordet. — Ein Greis, Joseph Hüschier, der wegen Altersschwäche nicht fliehen mochte, erhielt eine tödtliche Wunde. Das Dörfchen Agaren wurde ebenfalls an diesem Tage in Asche verwandelt. Leuk dankte — nebst Albinen seine Rettung den eindringlichen Bitten des Herrn Jos. Alex v. Werra, der sich dem General Xaintrailles zu Füssen warf, und um Schonung bat. Er war ein Greis von 80 Jahren, und hatte früher in Frankreich als Offizier gedient; verschmähte aber eine solche Demüthigung in der Stunde der Noth nicht, weil es galt, seinen lieben Heimathort vom Untergange zu retten. Seine Bitte fand daher auch günstiges Gehör — Leuk ward verschont.

Im Leukerbad, wo der Aufstand die hitzigsten Theilnehmer des Bezirks gefunden, forderte man die Rädelsführer mit herzloser Strenge heraus. Man wandte sich endlich zu diesem Zwecke auch an den Ortspfarrer und bedrohte ihn selbst mit dem

Tode, sofern er sich weigern sollte, die Schuldigsten zu bezeichnen. Der ehrwürdige Mann verlangte nur einige Minuten Zeit, sein Seelenheil zu ordnen, und dann erklärte er sich bereit zu sterben, um nicht zum Verräther seiner Pfarrkinder werden zu müssen. Diese Entschlossenheit entwaffnete die Franken, und man begnügte sich den Zorn an andern Zerstörungswerken abzukühlen.

In Turtig wurde das schönste Haus — wahrscheinlich aus Plaisir — angezündet und verbrannt. Zu Eischoll litt Meyer Schröter einen ganzen Tag die Qualen der Todesangst; ein Anderer lief so lange dem verfolgenden Feinde vor — bis er todt niedersank. —

5. Unterhalb Unterbäch hatte man noch eine bewaffnete Wache aufgestellt. Es war ein neblicht-trüber Tag; da machten diese Leute ein Feuer an, legten die Waffen bei Seite und plauderten — keine Gefahr ahnend, mit einander. Plötzlich sahen sie sich von einem Schwarm Feinde umringt. Zwei wollten sofort von ihren Waffen Gebrauch machen, als sie schwer getroffen niedersanken. Die Uebrigen gaben sich gefangen, mußten als Dollmetscher von Gemeinde zu Gemeinde wandern, und die Leute zur Uebergabe bereden, was unter den gegebenen Umständen überhaupt keine schwere Aufgabe war.

„In Lötschen, so erzählt unser dahin dislokirte — Hans Jakob Freymond, fanden wir blos eine blinde Tochter; in Gampel nur die alte Müllerin, alle Uebrigen waren entflohen. Nach und nach kehrten die Leute wieder heim, wurden aber dennoch ausgeplündert — oft mißhandelt und in Gefangenschaft abgeführt. — Am 16. Juli schneite es hier stark, die Lebensmittel gingen aus; deßwegen sandte man kleinere Truppenkörper auf die Alpen, um Schlachtvieh aufzutreiben; andere wurden zum Durchsuchen der Wohnungen bestimmt, wobei ihnen die fränkischen Spürhunde sehr gute Dienste leisteten, denn selbe waren absichtlich zu dieser Kunst abgerichtet — und mitgeführt worden."

Dieser unser Gewährsmann kam später nach Leuk zum Hrn. Maire in Logis, und hatte die Ehre zwei seiner Töchter zu einer Tante nach Raron zu begleiten. — Als diese seine Schutzbefohlenen von dem fränkischen Wachtposten bei der Gampel-Brücke wollten in Anspruch genommen werden, stellte er sich tapfer zur Wehr, und entkam glücklich den ihnen gelegten Schlingen. Es scheint der junge Offizier wirklich ein ritterlicher Mann gewesen zu sein, würdig der Tafelrunde, — sofern ihm in seinen „Denkwürdigkeiten“ die Einbildungskraft nicht zu sehr mitspielte, was einem blinden Greisen leicht unterlaufen kann.

Eilftes Kapitel.

Das Treffen bei Vispach.

1. Schon bei Agaren hatten sich wieder gegen 200 Mann gesammelt, und das Häuflein mehrte sich auf dem Wege nach Turtmann noch bedeutend. Währen der Feind in Varen und Leuk mit Brennen und Plündern sich abgab, fand man Zeit, sich zu erholen und zu organisiren. Einige wollten sich schon bei Turtmann wieder postiren, allein der Ort bot für eine so kleine Zahl von Wehrmännern keine günstige Haltpunkte dar. Man eilte sofort nach Vispach, riß dort die Brücke weg, und bereitete sich zum Kampfe vor.

2. Die feindliche Reiterei war ihnen auf dem Fuß nachgefolgt. Dieselbe sprengte stets am linken Ufer der Rhone vorwärts, und setzte an der Mündung der Vispe leicht über diesen Fluß. Die Hauptarmee rückte auf der Landstraße vor. Erst am späten Abend kam es zu einem hitzigen Gefecht bei Visp, allein als man sich von der feindlichen Reiterei umgangen sah, blieb nichts übrig, als eilige Flucht.

3. Hier fiel denn auch ihr Anführer, der wackere Bartholomäus Walther von Selkingen. Er wurde von mehrern Husaren verfolgt, sprengte in einen Garten, lehnte sich an eine Mauer, und vertheidigte sich wie ein Held gegen die feindliche Uebermacht,

ein zweiter Hans Wala. Mehrere Mal hatte man ihn zur Uebergabe aufgefordert, mit der Versicherung, daß sein Leben geschont werden solle; allein Walther verschmähte diesen Antrag und setzte den Kampf fort. Endlich sank er mit gespaltenem Schädel vom Pferde mit dem Ruf: Es lebe der Kaiser! Es lebe die alte Freiheit! *)

4. Nach dieser traurigen Niederlage und dem Verluste des ersten Anführers warfen viele ihre Waffen weg, und suchten in der Flucht ihr Heil. Eine Menge flüchtete auf fast ungangbaren Pfaden über die noch mit hohen Schneemassen bedeckten Alpenkämme nach Piemont, um sich dort den Oestreichern anzuschließen. Die Zurückgebliebenen, meist aus den Bezirken Goms und Mörell sammelten sich bei Brig und Naters wieder, und machten noch einen fernern, wirklich mehr als verwegenen Versuch, dem anstürmenden Sieger Widerstand zu leisten.

Zwölftes Kapitel.

Das Treffen an der Massa.

(1. Juni.)

1. Nach dem unglücklichen Ausgang des Gefechtes bei Visp theilte sich das feindliche Heer in zwei Kolonnen; die eine lenkte rechts in's Visperthal ab, die andere folgte dem Lauf der Rhone gen Brig, beiderseits die fliehenden Rebellen verfolgend. Nach einigem Widerstand bei Mund und an der Natersbrücke — zog man sich bis in die enge Schlucht hinter der Massa zurück wo man sich so gut wie möglich verschanzte und zwei volle Tage (29. und 30. Mai) den Feind in Schach hielt.

---

*) Die von einem böswilligen Gerüchte herrührende Behauptung, als sei Walther von seinen eigenen Leuten ermordet worden, ist hiemit widerlegt. Der Vater des Schreibers dieser Blätter war Augenzeuge des eben Erzählten, und hörte selbst die angeführten letzten Worte des Helden. Unter dem Worte „Kaiser" verstand man nichts anderes, als die gute und gerechte Sache, die damals auch Oesterreich zu vertheidigen im Begriffe stand. —

2. Am 31. langte noch der letzte „Sturm“ — von Goms an, meist aus Greisen und Knaben bestehend. Nach einer kurzen Berathung entschloß man sich, noch einmal das Kriegsglück, das launenhafte, zu versuchen; ein Entschluß, der zwar dem unzerbrechlichen Muth des kleinen Häufchens alle Ehre macht; aber an Verwegenheit und Tollkühnheit fast jeden Begriff übersteigt. Die decimirte Mannschaft zweier kleiner Bezirke — Goms und Mörell — (etwa 300 Mann) wollte sich einem von wiederholten Siegen berauschten und fortwährend neuen Zuwachs erhaltenden, um's zehnfache überlegenen Feinde entgegen stellen — und sich den Sieg erkaufen, nachdem die gesammte Wehrkraft der Oberwalliser gebrochen und an den vortheilhaftesten Stellungen zur Flucht genöhtigt worden war. — Tag und Nacht arbeiteten jetzt die guten Leute — selbst Weiber und Kinder, an Errichtung von Barrikaden, Verstauung der Massabrücke und an der Aufwerfung von Wällen und Schanzen auf den Anhöhen des linken Massaufers. Die Rhonebrücke bei Naters war abgebrochen, und man bemühte sich jetzt auch jene der Massa einzustürzen. Dieselbe besteht aus einem Steinbogen, und konnte nicht bewältigt werden. Man sperrte den Uebergang durch ungeheure Nußbaumstämme ab, und zwei Kanonen öffneten ihre verderblichen Schlünde auf dieses Ziel. Die Position war wirklich eine sehr vortheilhafte, sofern die Mannschaft ausgereicht hätte, auch das linke Rhoneufer an dem Tobel des Tunetschbaches zu besetzen. Dies war aber leider unmöglich, ohne die Kräfte in der Weise zu zersplittern, daß nirgends ein ernster Wiederstand möglich gewesen wäre.

3. Am ersten Tag Juni in der Frühe rückte der Feind in 2 Kolonnen heran, die eine über den die Ebene beherrschenden Rand am linken, die andere auf der Straße am rechten Rhoneufer. — Sofort wurde auf beiden Seiten das Feuer eröffnet, ohne daß jedoch die Obern davon bedeutend gelitten hatten, indem sie die Entfernung, die Barrikaden und Wälle vor den feindlichen Geschossen trefflich beschützten. Die Franken pflanzten die rothe Fahne auf, ein Zeichen der Rache für den Fall des Sieges. Man ließ sich dadurch nicht einschüchtern, sondern setzte den Kampf

nur noch mit größerer Erhitzung fort. Der Feind erlitt beträchtlichen Schaden, ohne irgend welchen erheblichen Vortheil zu erringen. — Daher wurde das Signal — zum „Sturm“ gegeben.

4. Gegen 6 Uhr Abends sammelten sich die ganzen — den Tag über auf den Anhöhen des rechten Massaufers zerstreuten Korps des Feindes auf der Landstraße hinter einem Bergvorsprung bei Weingarten. Von hier aus mußte jede Kolonne einen Sturm auf die verbarrikadirte Brücke ausführen, um den Uebergang zu erzwingen. Jedesmal wurden die Stürmer mit einer verderblichen Salve von den Obern begrüßt — und mehrere Mal nach einander zum Rückzug gezwungen. Endlich gelang es einer Abtheilung von Sapeuren nach wiederholtem Anlauf die Brücke zu räumen. Unter einem heftigen Kugelregen drängte sich der Feind in Masse vorwärts über ihre gefallenen Waffenbrüder fortschreitend. Vom linken Rohneufer aus schossen die Franken den ganzen Tag über nach den Schanzen der Obern, konnten aber wenig ausrichten.

Gleich nach erzwungenem Uebergang über die Massa theilte sich das feindliche Heer wieder in zwei Theile; der eine verfolgte die Landstraße aufwärts, der andere schwenkte links ab — dem Lauf der Massa entlang, um von dort aus die Anhöhe zu gewinnen, und den Rebellen in die Flanke zu fallen. Jetzt war kein fernerer Widerstand mehr möglich; nur in schleuniger Flucht war noch Rettung zu hoffen. Viele der kämpfenden Greise und eine Menge Verwundeter wurden von dem ergrimmten Feinde eingeholt, und erbarmungslos niedergestossen. Mehrere, die sich fliehend noch vertheidigten, wurden, nachdem man sie erreicht, von feindlichen Bajonetten aufgespießt — und ganze Strecken in der Luft schwebend und um Gnade rufend, einhergetragen. Im Angesichte dieser schrecklichen Rache benutzte man noch jeden günstigen Punkt zur Vertheidigung des theuren Heerdes. An diesem Tage bewährte sich der Ausspruch M a n g o u r i t s an den fardinischen Ambassador: „Goms ist ein Bezirk von wenig Bedeutung — aber nicht zu unterschätzen!" *)

5. Der siegschnaubende Feind gönnte nun dem fliehenden Häuflein keine Zeit mehr sich zu sammeln, sondern trieb die Unglücklichen wie ein angeschossenes Wild in tobender Jagd die enge Thalschlucht — und an den Bergabhängen vor sich her bis in Mörell und Grengiols die einbrechende Nacht der blutigen Verfolgung Schranken setzte. Die Flüchtigen aber begaben sich in der Finsterniß, der Wege kundig, meist noch bis Martinsberg, Lax und Fiesch, einige sogar bis nach Obergoms. Auf dem sogenannten „Ebnat" bei Ried hatte eine Schaar Rebellen sich noch zu halten versucht, allein der überlegene Feind wälzte sich gleich einem reißenden Strom vorwärts — und machte jeden Widerstand zu Schanden. — Indessen gelang es einem trefflichen Schützen, Johann Klausen von Ernen, dem fränkischen Befehlshaber der sie verfolgenden Kolonne durch eine wohlgezielte Kugel den Uebermuth zu kühlen; er sank todt zur Erde, und der ganze Schwarm sammelte sich um den Gefallenen, und hielt einige Minuten an, was den Obern Zeit gewährte, einen Vorsprung zu gewinnen, dem mancher aus ihnen das Leben zu danken hatte. Eine naheliegende Häusergruppe mußte dafür zur nächtlichen Erheiterung dienen, und dem theuern Todten in die Gruft leuchten.

Dreizehntes Kapitel.

Das Treffen bei Fiesch.

(2. Juni.)

1. Am Sonntag, den 2. Juni, sammelten sich die zerstreuten Freiheitskämpfer wieder in der Gegend von Lax und Fiesch.

*) »Conches, c'est un District de peu d'importance, mais pas á mépriser!«

Lettre de l'Ambassadeur auprés de S. M. le roi de Sardigne 29. Avril 1798.

Es fand sich, daß der gestrige Tag manche Lücke in die ohnehin gelichteten Reihen gerissen hatte; allein die Freudenbotschaft, daß General von Strauch mit einer Schaar Oestreicher über die Nuffenen gekommen sei, um ihnen Hülfe zu bringen, hob den sinkenden Muth wieder, und verwandelte die Trauer in Freude. Die kaiserlichen Truppen wurden überall mit Jubel begrüßt, weil man in ihnen die einzigen Retter des Vaterlandes erblickte. — Schon in den ersten Morgenstunden trafen sie bei Fiesch mit den Patrioten zusammen. Ein Theil der letztern war schon vorausgeeilt, um den Kampf mit den Franken wieder aufzunehmen. Man besetzte sofort die passendsten Stellen am Drisberg, um dort den Feind mit Steingeröll, Holzblöcken — und einer feierlichen Gewehrsalve zu empfangen. Die Franzosen hatten während der Nacht wieder Verstärkung erhalten, und hatten den Rebellen noch einmal feierlich Tod und Untergang geschworen. Nach einem heftigen Sturm, der aber zahlreiche Opfer kostete, ward die Anhöhe erreicht und die Besatzung zur Flucht gedrängt.

2. Die „Kaiserlichen" erwarteten den Feind in sehr guter Stellung am Laxgraben. Sogleich entspann sich ein mörderisches Feuer, welches die Franzosen bis auf Deisch zurücktrieb. Hier wurde nach längerer Berathung beschlossen, eine Compagnie Jäger durch den Wald hinauf gen Martinsberg zu senden, um den Oesterreichern von Norden her in den Rücken zu fallen. Dieß Manöver ward auch mit dem besten Erfolge gekrönt. Während die Jäger auf ausgezeichnete Weise ihre Befehle ausführten, rückte die Hauptmacht in mehrern Abtheilungen auf der Landstraße vor. — Der Feind*) sah sich nun plötzlich von zwei Seiten angegriffen, und zog sich fechtend bis nach Fiesch zurück. Hier faßte man wieder Posten, und kämpfte fast den ganzen Tag um den Besitz des Dorfes, das eine sehr vortheilhafte Stellung bot. Gegen Abend bemächtigen sich die Franken dieses Postens, die Obern zogen sich der Straße entlang gegen die „Girbel-Egge" hinauf, um sich dort wieder zu postiren. Von den Kaiserlichen

*) d. h. die Oesterreicher und die Patrioten aus Goms.

ließen sich in Fiesch 226 Mann gefangen nehmen, nach Sitten in die Theodulskirche abführen — und empfahlen die Sache der Oberwalliser den Franken — und dem lieben Herrgott! Die Verluste dieses Kampfes waren von beiden Seiten sehr bedeutend.

3. Gegen Abend lenkte eine feindliche Kolonne links in's Fiescherthal hinein, während eine andere mit den „Rebellen" an der Girbel-Egge herumplänkelte, der Rest des Heeres sich im Dorfe Fiesch mit Plündern beschäftigte. Die in's Fiescherthal abschwenkende Truppe machte plötzlich Wendung rechts, zog sich leise durch den Wald am Abhange hinauf — um dem Feinde von der Höhe herab in den Rücken zu fallen. Diese Absicht errathend, zog eine kleine Abtheilung über den Rand der Girbel-Egge hinauf, und empfieng den Feind mit einem heftigen Kugelregen, allein die Zahl der Patrioten war zu schwach mehr, um mit Erfolg der ungeheuren Uebermacht wiederstehen zu können. Allerdings mußten die Franken jeden Schritt Boden mit einem theuren Opfer erkaufen, aber sie ließen sich dieß um den Preis des Sieges gerne gefallen. Im Sturm wurde die Position der Patrioten genommen, und denselben keine Zeit mehr gegönnt, ihren unten an der Landstraße kämpfenden Brüdern von dem Mißlingen des Kampfes Kunde zu geben. Nur durch ungesäumte Flucht auf verborgenen Pfaden durch den Wald aufwärts bis gegen Niederwald und Blitzingen konnte man den feindlichen Bayonetten entrinnen.

4. Während ein Theil die Fliehenden verfolgte, stürzte sich sich der andere waldabwärts auf die dort an der Girbel-Egge postirten „Rebellen." Diese wurden eben vom Feinde nur hingehalten und durch ein Scheingefecht amüsirt, um den Waffengefährten Zeit zu geben, den Umgehungsplan auszuführen, und so die Unglücklichen auf einen Schlag zu vernichten. Ein Theil der Franken begab sich auf die Seite von Ernen, und beschoß von den die Rhone beherrschenden Vorsprüngen aus den Feind an der Girbel-Egge. Die eben meist auf der Erde gelagerten und Stärkung einnehmenden Krieger wurden bei einbrechender Nacht plötzlich überrumpelt und meistens ohne Erbarmen niedergestoßen;

nur wenige konnten sich in das dunkle Tobel des Rhoneflusses stürzen, und durch unwegsame Reviere retten!

5. Nach diesem entscheidenden Schlag mußte der Gedanke an einen fernern Widerstand vollständig aufgegeben werden. Die Besiegten liefen jetzt in gänzlicher Verwirrung und halber Verzweiflung so schnell sie konnten nach Hause, um die ihrigen zur eiligen Flucht zu mahnen, und die kostbarsten Geräthschaften in Sicherheit zu bringen. Ein Augenzeuge sagt sehr naiv: „Man war abermal gezwungen, sich zurückzuziehen. Die kaiserlichen Soldaten flohen noch in der Nacht bis zum „Loch“ — und viele sogar über die Nuffenen nach Tessin. Unser Volk zog alles nach Haus, aber noch in dieser Nacht verließen wir die Heimath wieder. Der mehrste Theil ging auf's G'hüt — (am Eingang in's Eginenthal) oder durch den Blaswald hinauf. Ja es war erbärmlich zu sehen; denn es war ein solches Geschrei und ein solcher Jammer, wie man noch nie erlebt hatte. Die Mütter weinten mit ihren Kindern auf den Armen und auf dem Rücken. Am folgenden Tag flohen viele Leute über das Grieß nach Pomatt — und in die Alpen hinauf. *)

6. Indessen war wieder ein neuer Trupp Oesterreicher über die Nuffenen gekommen, die sich am Wylerbach und auf dem Waldbühl zwischen Ulrichen und Geschinen postirten. Hier empfingen sie den vorrückenden Feind mit einem wohlgenährten Flintenfeuer; die Franken zogen sich nach kurzer und schwacher Gegenwehr auf Münster zurück, wo sie auf dem sogenannten „Kilchbühl“ ein Lager aufschlugen, und neue Hilfstruppen abwarteten. Oberhalb dem Dorfe Münster, in der Lauwenen, wurden zum Zeitvertreib indessen etwa zehn Scheunen und Ställe eingeäschert, und Jagd auf die flüchtigen Leute gemacht, die sich etwa in die Nähe der Dörfer wagten. So lange noch was aufzutreiben war, verkürzte man sich die Tage auch mit dem Ausplündern der verlassenen Häuser und Speicher.

*) Moritz Jost's Tagebuch über den Feldzug von 1799.

Vierzehntes Kapitel.

Treffen auf der Grimsel.

(4. Juni.)

1. An diesem Tage zog General Lecourbe mit einer fränkischen Kolonne durch's Berneroberland herauf der Grimsel zu. Nahe beim Hospiz befanden sich die Vorposten der Oberwalliser. Sogleich entspann sich mit der feindlichen Vorhut ein hitziges und blutiges Gefecht. Zweimal wurde der Feind in das wilde Tobel gen rätherisch Boden zurückgeworfen, zweimal stürmte er wieder vorwärts, um zum dritten Mal mit bedeutendem Verlust zurückgeschlagen zu werden. Das Thal ist hier sehr enge, und der Pfad meist in Felsen eingesprengt — oder durch Stützmauern an demselben sich fortwindend. Dieser war nun von den Wallisern an mehrern Punkten abgebrochen worden, und an sehr vortheilhaften Stellen durch Wachtposten besetzt. Der Feind zweifelte wirklich an der Möglichkeit, den Uebergang erzwingen zu können, und dachte im Ernste an den Rückzug und an ein Aufgeben des Planes, ihren Waffengenossen im Wallis von dieser Seite Hülfe zu leisten.

2. In diesem kritischen Momente anerbot sich ein gewisser Nägeli aus Guttannen den Franken als Wegweiser — und führte sie wirklich auf einem ziemlich weiten, aber sichern Umweg — über einen kahlen Berggrat auf die Höhe des Grimselpasses. Die Wachtposten der Walliser, diese Umgehung erst spät bemerkend, mußten sich zufrieden geben, wenn sie auf den kürzesten Wegen und Pfaden dem Feinde noch zuvorkommen, und die Ihrigen vor einem unvermutheten Ueberfalle warnen wollten. Dieß gelang ihnen auch — aber an einen Widerstand war nicht zu denken, da alle wehrbare Mannschaft zerstreut und auf der Flucht begriffen war.

3. Der dienstbeflissene „Nägeli" verlangte nun als Entschädigung für seine gelungene Führung nichts weniger — als

die Alpe, über welche er den Zug geleitet hatte, — wurde aber dafür — wie billig — ausgelacht, und mit einem anständigen Tagessold heimgeschickt. Der Bergrücken aber, über welchen der Verräther den Feind geführt, heißt bis auf den heutigen Tag „des Nägelis Grätli!"

4. Lecourbe zog nun mit seinen Leuten im Frieden bis auf Münster in's Hauptquartier, wo er mit General Xantrailles zusammenstieß und mit ihm gemeinsam agirte. — Sobald die Kaiserlichen von dem Heranrücken einer neuen Truppe von der Grimsel her Kunde erhielten, hatten sie nichts eiligeres zu thun, als so schnell es ging dahin zurückzukehren, woher sie gekommen waren. — Hiemit war denn auch auf dieser Seite der verzweifelte Kampf für Freiheit und Recht mit der gänzlichen Vernichtung der Oberwalliser beendigt. Eine rohe Gewalt und zehn — oft zwanzigfache Uebermacht hatte durch alle Gräuel des Krieges ein kleines, aber freies und tapferes Bergvölklein bezwungen, überwunden — erdrückt, — aber der Geist der Freiheit und der Unabhängigkeit lebte noch fort, und wartete nur auf günstige Gelegenheit, die erlittene Schmach der Knechtung zu rächen, — das drückende Joch abzuwerfen — und die ungewohnten, beengenden Fesseln zu sprengen.

Fünfzehntes Kapitel.

Vorgänge im Vispertal.

1. Die schlauen Franken hatten die Gegend schnell — und richtig in's Auge gefaßt. Sie erkannten sogleich, daß es unklug wäre, dem fliehenden, aber noch keineswegs besiegten Feinde in seine engen Thalschluchten auf den üblichen Straßen längs den Strömen und Bächen zu folgen. Man theilte sich gewöhnlich in zwei, oft in drei Kolonnen, wovon zwei die Bergabhänge

bestrichen, während die dritte etwas rückwärts auf der Heerstraße folgte.

2. Auch bei der Expedition in's Vispertal wurde diese Strategik eingehalten. Man ließ sich durch feile und gutbezahlte Leute nach Zeneggen und Terbinen führen, von wo aus man die beiden Flanken des Thales bestrich und säuberte. Bei einem Kalkofen unterhalb Zeneggen hielt sie ein einziger Patriot durch Lärm und Steingeröll mehrere Minuten lang auf; man schwenkte sogar rechts, und schlug den Weg über's Ried nach Bürchen ein, um von dort über den Waldrücken zurück nach dem Dorf Zeneggen zu gelangen. Der Ortspfarrer, Hr. Andenmatten, ging dem Sieger freundlich entgegen, und so blieb das Dorf verschont. Ueber Burgen gelangt man nach Törbel. Hier soll der Pfarrer einen feindlichen Offizier aus der Studienzeit gekannt, und denselben um Gnade für seine Residenz gebeten haben, und so verlief der Durchpaß ohne bedeutenden Schaden und Unbill. —

3. In Stalden trafen sich die Leute wieder — und beriethen sich über ein ferneres Vorgehen in der engen, meist von senkrechten Felswänden und wilden Tobeln flankirten Thalschlucht. Die über den Simplon nach Pfyn gekommenen kaiserlichen Hülfstruppen hatten sich schon gleich nach dem letzten Schlag im Pfyn in's Saasthal zurückgeworfen, und hielten den Eingang in dasselbe bei der hohen Brücke, unterhalb Stalden besetzt. Man forderte diesen Posten zur Uebergabe auf; derselbe antwortete aber mit einer lebhaften Salve auf die fränkische Truppe. Es entspann sich ein hitziges Gefecht, welches natürlich wieder mit der Flucht der Oesterreicher endigte. — Durch diesen Zwischenfall wurde das von den Feinden besetzte Dorf Stalden schwer gefährdet. Die Einwohner hatten bereits die Flucht ergriffen, als die Franzosen ihre Häuser und Speicher auszuleeren begannen. Die Kirche, die Sakristei und der Tabernakel wurden ebenfalls rein ausgeplündert und entweiht. Den Brand soll ein gewisser de Chalen von St. Niklas verhindert haben, weil sein Wort als bekannter Franzosenfreund — bei den Feinden des Landes

noch einiges Gehör fand. Dafür wanderten aber die silbernen Becher, deren die Gemeinde so viele hatte als sie Bürger zählte, nach der Waadt — und nach den Tigeln von Paris; — so auch der Gemeindeschatz bis auf den letzten Heller. Die Soldaten kochten ihr Fleisch mit Speck und Butter, während die armen Dorfbewohner auf der Flucht mit Elend und Noth kämpfen mußten. — Die Unglücklichen sahen sich dann in der Folge gezwungen, die Erndte vor der Reife einzuheimsen — und damit den Hunger zu stillen. — Man wollte auch die Kinn-Brücke absprengen, allein dieß Meisterwerk trotzte wirklich kühn allen Anstrengungen — und steht noch da. —

Stalden zählte nach dem Kriege auf 335 Seelen nicht weniger als 27 Wittwen — ein Beweis, daß die Leute dießmal nicht blos müssige Zuschauer waren. —

4. Erst am 11. Juni bemühten sich die Franzosen nach dem Saasthal, um die dort angesiedelten Kaiserlichen über den Monte Moro nach Italien zurückzutreiben. Die Thalbewohner schlossen sich den fremden Hülfstruppen an, und vertheidigten sich mit mehr oder weniger Erfolg in Balen, Eisten, Zurbriggen, zum langen Acker an der Moosgasse — und im Almagell. Beiderseits gab es Todte und Verwundete. Am Ende blieben auch hier die Franken Sieger — und plünderten in dieser Eigenschaft das Thal bis auf den letzten Heller aus. Die Kaiserlichen suchten ihr Heil in der Flucht über die Gebirgspässe nach Italien, ohne durch ihre Gegenwart dem Lande erhebliche Dienste geleistet zu haben. Nicht genug, das arme Land bereits ausgebeutet zu haben, reizten sie die Feinde durch unkluge Angriffe und Scharmützeleien nur zu neuer Wuth und zu neuen Gewaltthätigkeiten. Auch suchte man in der Folge das Wallis im Interesse Oesterreichs zum Schauplatze weiterer Feindseligkeiten — und noch größern Jammers und Elends zu machen, wie wir gleich sehen werden. —

Sechszehntes Kapitel.

Gefechte bei Brig und Umgebung.

1. Während die Franken ihre Siegesfeste feierten und die Früchte ihrer Anstrengungen zu genießen sich anschickten, kam ein Spion in voller Hast aus dem Binnerthal gelaufen — mit der Hiobspost „auf dem Albrünpaß zeigen sich mehrere tausend Oesterreicher, und machen Miene, nach dem Wallis zu kommen.“ Und so war's auch in Wirklichkeit. General Strauch mit etwa acht Bataillon Infanterie und einer Schwadron Reiter schickte sich an, über den genannten Alpenpaß in's Rhonethal einzurücken. Diese Kunde beunruhigte nun die siegreichen Franken in der Weise, daß sie es für gut fanden, Goms sofort zu verlassen und sich bis unter die Massa zurückzuziehen. Im Volke erwachte schon wieder die Hoffnung auf Erlösung, und es athmete wieder freier auf.

2. Zu gleicher Zeit erschienen auch auf dem Simplon russische Truppen mit einigen Oesterreichern vermischt unter dem Kommando des Fürsten Rohan. Die Helveto-Franken besetzten sofort alle strategischen Posten auf der Walliserseite gegen die gefährdeten Pässe zu. Beide Heere verharrten so längere Zeit in thatenloser Beobachtung. Nur die Vorposten geriethen hie und da in kleine Scharmützel, z. B. auf der Bleiche, zu Lindwurm, auf Roßwald, auf Tunetsch, im Berisal, im Nesselthal, zu Blatten und bei Visperterminen.

3. Die Oesterreicher zerstörten mehrere schöne Waldungen, um sich vor unvermutheten Ueberfällen, wie sie bei den Franken üblich waren, sicher zu stellen. Ritter meint hiezu: „Der Simplon war nicht gut besetzt. Prinz Rohan, ein Franzos in österreichischen Diensten, karesirte den ganzen Sommer auf dem Simpelberg herum. Mehrere Male hätte er gute Gelegenheit gehabt, Brig den Franzosen zu nehmen, er war aber ein Franzose — und zog sich im Herbst wieder in's Welschland zurück.“ ....

4. Wahr ist's, daß nach übereinstimmenden Berichten die Kaiserlichen im Wallis keine besondern Heldenthaten verrichtet

haben. Speck und Hühner waren ihre Lieblingsgerichte. In Handhabung dieser Nahrungsstoffe sollen sie große Fertigkeit bewiesen haben. Auch liebten sie es, von den Franken sich fangen und transportiren zu lassen. Ueberdieß wird behauptet, daß die Feinde — trotz der Verschiedenheit der Sprache, bei dem Volke beliebter waren, als die freundschaftlich gesinnten Hilfstruppen, deren man so schnell wie möglich los zu werden wünschte, sobald keine Aussicht auf Erfolg mehr vorhanden war. Bekanntlich war es den Oesterreichern mehr um die eigene Haut, als um die Freiheit und Unabhängigkeit der Walliser zu thun. Man wollte auf Unkosten dieses armen Landes die Franzosen im Rhonethal beschäftigen und hinhalten, damit man mit denselben in Deutschland und Italien eher fertig werde. Nur in dieser Absicht hielten die Generäle Strauch, Simbschen — und Rohan die wichtigsten Alpenpässe im Oberwallis besetzt. Da aber ihre Soldaten auf den Gebirgen nicht die erwünschte Nahrung fanden, stiegen dieselben unter dem Titel von „Hülfstruppen" in die anliegenden Thäler nieder, und zehrten die Reste auf, so der Feind zurückgelassen — oder übersehen hatte. Die drei obern Zehnen Brig, Goms und Mörell wurden von diesen Parasiten so ausgebeutet, daß nur der Mangel an Lebensmitteln sie endlich zur Räumung des unglücklichen Landes nöthigte. — Ritter sagt von diesen Hülfstruppen in seiner etwas drastischen Manier: „So lange nur die Fremden (die Franken und die Oesterreicher) gegen einander schossen, und bei den Kaiserlichen keine Bauern waren, da wurde kaum Jemand blessirt, vielweniger getödtet. — Die Kaiserlichen sind zwar von den Wallisern als Hülfsvölker betrachtet worden; sie haben aber unmanierlich gehaußt, denn es waren meistens Kroaten, Gravaten (?) Polaggen, Ungarn — und andere Raubvögel, und ihrem Herrn, dem Kaiser untreue Leute. Viele haben ihre Waffen und Munition weggeworfen, sobald sie den Feind gesehen, und ließen sich gefangen nehmen. — rc."

5. Derselbe Chronist läßt das Dorf Grengiols durch die Kaiserlichen in Brand stecken „weil man, von den Franzosen

bedrängt, nicht mehr Zeit hatte, dasselbe auszuplündern." Indessen müssen die Aussagen dieses Gewährsmanns oft mit Vorsicht aufgenommen werden. Obgleich ein Zeitgenosse — und meist Augenzeuge der Ereignisse, ist er nicht ganz frei von Vorurtheil und Leidenschaftlichkeit, wie wir schon früher angedeutet haben. — Glaubwürdiger scheint uns daher immerhin, daß eine so schwere Schuld eher dem eigentlichen Feinde, dem erbitterten, zuzuschreiben sei, so lange nicht unumstößliche Zeugen für das Gegentheil in die Schranken treten. — Die Franken liebten bekanntlich dergleichen „Feuerwerk," und nahmen es überhaupt mit der Disciplin und mit der Humanität nicht so genau. In dem ansehnlichen Pfarrdorf blieb nur ein Haus — eine Scheune und zwei Speicher verschont. Nur an Nußbäumen wurde der Schaden auf tausend Kronen veranschlagt. —*)

Siebenzehntes Kapitel.

Zweites Gefecht auf der Grimsel.

(14. August.)

1. Als sich die kaiserlichen „Hilfsvölker" in Goms und Mörell bereits heimisch und bequem eingenistet hatten, faßten die Franzosen den Entschluß, sich diese unbeliebigen Gäste ein für alle Mal vom Halse zu schaffen. Es sollte der Feind, die „Deutschen" von verschiedenen Seiten her angegriffen und in die Enge getrieben werden. Diese Ordre wurde in aller Stille an die verschiedenen im Lande zerstreuten Korps zu genauer Beachtung — ertheilt und empfohlen.

2. Kaum erhielt man in Gems von diesem Plane Kunde, als der „Landsturm" eingeläutet und schlagfertig gemacht wurde.

*) Uns später zugegangene Aktenstücke setzen es leider außer Zweifel, daß die „Kaiserlichen" aus strategischen Gründen — das Dorf Grengiols in Brand steckten. — A. d. H.

Die Leute unterhalb Geschinen zogen landabwärts, die der obern Gemeinden mit den Kaiserlichen nach der Grimsel, von woher ein feindlicher Ueberfall aus dem Haslithal befürchtet wurde. Man postirte sich auf der Landesgrenze, und besetzte die strategischen Punkte zu beiden Seiten — rechts gegen den Rhonegletscher, links bis an die Aare. Der Feind ließ nicht lange auf sich warten. In bedeutender Zahl rückte er am 14. August das Aarthal herauf gegen das Grimselhospitz. Hier wurde er von den Wallisern und ihren Hilfstruppen von der Höhe herab mit einem heftigen Kugelregen begrüßt. Fast den ganzen Tag über feuerte man auf einander, doch ohne ein entscheidendes Resultat zu erzielen. Gegen Abend drangen die Franken mit wildem Ungestüm vorwärts; die Vorposten der Walliser mußten sich gegen die Mitte des Passes zurückziehen, wo die Hauptmacht postirt war. Hier vertheidigte man sich noch etwa eine Stunde lang tapfer gegen den übermächtigen Feind. Als aber dieser, des erfolglosen Geplänkels müde, Anstalt zu einem Bajonettangriff mit Sturm machte, eilten die erschrockenen Oesterreicher den Berg hinunter — überschritten bei Obergesteln die Rhone, warfen die Brücke hinter sich ab — und lenkten ihre beflügelten Schritte links in's Egineuthal hinein, um am folgenden Tag in der Frühe ihren Lieblingspaß, die Nuffinen zu passiren, und durch's Tessin nach der Lombardei auszumünden. Die Landleute verbargen sich auf den Alpen und in den Waldungen am Grimselberg, weil sie allein dem übermächtigen Feinde nicht gewachsen waren, und durch einen weitern Widerstand nur ihre Dörfer, Haus und Hab gefährdet haben würden. —

3. Die Franzosen kamen am 14. Abends noch bis auf den Stalden, einem die Ebene beherrschenden Bergvorsprung, und bivuakirten dort die Nacht durch. Am Feste Maria Himmelfahrt zogen sie in der Frühe in Obergesteln ein, und plünderten das Dorf rein aus, dann erst suchten sie ihre Gegner auf. Als man aber erfahren, daß die Kaiserlichen nach Italien entflohen, und die Rebellen die Waffen gestreckt hätten, zog das feindliche Heer im Frieden auf Münster hinunter. Am 16. August langte auch

die Kolonne von Brig her an, die nur geringen Widerstand gefunden, da es den Wallisern an Munition fehlte, und die letzte Hoffnung auf einigen Erfolg bereits geschwunden war. Die meisten Leute des Bezirks flüchteten auf die Alpen, und räumten die Dörfer und Felder dem siegreichen Feinde ein.

4. Von dieser Zeit an waren die gesammten Ortschaften des Obergoms stets von fremden Truppen angefüllt. Auf dem Münstigerfeld war ein ständiges Lager, welches nur gelegenheitlich seine Bewohner wechselte. Frankreich, in trautem Bunde mit seiner Tochter Helvetia einerseits, und Oesterreich und Rußland anderseits — stritten sich um den Besitz der wichtigsten Alpenpässe des Walliserlandes, sandten von Zeit zu Zeit große Truppenkörper dahin ab, ohne ihnen den nothwendigen Mundvorrath mitzugeben, weßwegen diese Leute sich genöthigt sahen, die nächstgelegenen Dorfschaften dafür in Anspruch zu nehmen — und auszubeuten.

5. Am 5. September wurden alle Kaiserlichen in die Ebenen Italiens berufen; die Franzosen folgten ihnen auf der Ferse nach, und konnten ohne Schwertstreich bis Urnavas, unterhalb Domod'Ossola vorrücken. Bei Crevola kam es am 29. September zu einem hitzigen Gefecht, in welchem jedoch nicht viel Blut vergossen wurde. Russen, Oesterreicher und Franzosen betheiligten sich daran. Daher ward es fast sprüchwörtlich im Wallis, daß diese Leute überhaupt den Nährstand dem Wehrstand vorzogen, und daß sie nicht selten für ihre Vertheidigungsmittel — Lebensmittel — eintauschten. Im Oberwallis finden sich noch jetzt eine Menge sog. kaiserlicher Gewehre, welche die Bauern von diesen Hülfstruppen gegen Speck, fette Käse u. dgl. eingetauscht haben sollen. „Der Kaiser habe Waffen genug aber leider zu wenig Brod für seine Kriegsleute!“ —

Im Bedrettothale (Tessin) maßen sich die Generäle Suwarow und Lecourbe zu gleicher Zeit, und kehrten viele flüchtige und verwundete Franken und Waadtländer nach Goms zurück, bezogen ihre frühern Zelte auf dem Münstiger Feld — und stellten nach allen Seiten Wachen aus. Bald darauf langten neue Truppen an, so daß in den obersten Dörfern des Bezirks Goms jeder Familienvater 13 Mann auf 10 volle Tage in Quartier und Kost bekam. —

6. Und dennoch war unter sothanen Umständen die Hoffnung auf Rückkehr der guten alten Ordnung der Dinge in den Gemüthern vieler Oberwalliser nicht ganz erstorben. Die junge Mannschaft ward gezwungen, in fränkische oder österreichische Dienste zu treten. Viele ehrenwerthe Männer schleppte man nach Aarburg und Chillon in schmähliche Gefangenschaft. Mehrere, die sich solcher Gewaltthat widersetzen wollten, wurden ohne weiters — niedergeschossen. — Noch immer erwartete man eine russisch-österreichische Intervention zu Gunsten der Freiheit und der verlornen Rechte. Die Zeit enttäuschte aber die guten Leute bald in ihrem frommen Wahne. Die fremden Söldnerschaaren zeigten sich noch zwar — bis zum Spätherbst an den Grenzen von Wallis; endlich verschwanden sie ganz — und mit ihnen auch die letzte Hoffnung des Volkes auf Rettung von dem fränkischen Joch.

7. So blieb denn das arme zertretene Oberwallis auf seine erschöpfte Kraft allein beschränkt, und mußte sein gutes Recht, das man ihm geraubt, von den ewigen Sternen herunterholen. — Jeder unpartheiische und wahre Freund der Freiheit und des Rechts wird mit einem solchen Volke Mitleid fühlen, und ein Regiment verabscheuen, das mit brutaler Folgerichtigkeit und beißendem Hohn und Spott über alle Freiheiten und Vorrechte eines Landes hinwegschreitet, und kein anderes Mittel zu seinem vorgesteckten Zwecke kennt, — als die rohe und nackte Gewalt! —

Achtzehntes Kapitel.

Noth und Elend des Landes.

1. Im Oberwallis wurden durch die Franken und die kaiserlichen „Hülfstruppen" gegen 500 Gebäulichkeiten eingeäschert. Das Land glich einer Wüste. Alle Lebensmittel stiegen auf einen bis jetzt noch nie dagewesenen Preis. Dazu gesellte sich noch eine sehr gefährliche Seuche, welche viele Leute hinraffte, die der Krieg verschont hatte. Viele starben vor Hunger und Elend. Tribut und Abgaben aller Art überstiegen weit die Kräfte der schwergeprüften Bevölkerung. Die Leistungen an Mundvorrath, Vieh, Futter für Pferde und Getreide dauerten fort, bis die letzte Gemeinde erschöpft war, und die Einwohner selbst jeden Vorraths entblößt da standen. Alle diese Contributionen wurden mit eiserner Strenge eingetrieben — oder selbst in Beschlag genommen. Alles Silbergeschirr in Kirchen, Gemeinde- und Privathäusern fiel in die Hände der raubgierigen Sieger.

2. Der Anblick eines Landes, dessen Wohnungen entweder in Asche lagen — oder bis auf die vier nackten Wände ausgeplündert waren, dessen Aerndte zerstört — oder vor der Reife verzehrt, das Vieh, der einzige Reichthum des Hirtenvolkes, abgeschlachtet — der Anblick eines in dieser Weise verwüsteten und zertretenen Landes bewegte selbst den Feind zum Mitleid und zur Theilnahme. Man fing endlich an, jene Menschen, die man seit Monaten mit Feuer und Schwert verfolgt und gequält hatte, als Brüder zu betrachten, und so flossen selbst von feindlicher Hand reichliche Almosen und Liebesgaben; sie, die die Wunden geschlagen, schickten sich jetzt an, selbe zu verbinden und wo möglich wieder zu heilen.

3. Die furchtbaren Gräuel, welche während dieser Schreckenszeit im Wallis verübt wurden, fallen größtentheils auf Rechnung der helvetischen Regierung selbst — sowie auf deren Agenten und Bevollmächtigte. Ein M a n g o u r i t, ein Buxdorf, ein X a n t r a i l l e s &c., haben ihre Zwecke im Wallis vielleicht im Sinne

der franko-helvetischen Regierungen erreicht, dabei aber oft Mittel in Anwendung gebracht, die das edle Werk der Pazifikation auf ewig brandmarken werden, und daher auch später von Oben herab gerechten Tadel gefunden haben. Ihre meisten Proklamationen, Befehle und Dekrete athmeten „Hohn und Spott, Blut, Grausamkeit — und Gewalt. Schon in den ersten Tagen der Volkserhebung wurde eine Ordonnanz von Aarau aus verkündet, welche befahl, Jeden ohne Gnade zu erschießen, der mit den Waffen in der Hand ergriffen werde, und alle junge und waffenfähige Mannschaft der helvetischen Halbbrigade einzuverleiben. Jene wohlhabenden Bürger aber, die zum Kriegsdienst als untauglich erfunden würden, sollen als Geiseln fortgeschleppt und ihr Vermögen in Beschlag genommen werden. — So schreibt der National-Präfekt unterm 4. Juni 1799 wörtlich über Wallis:

„Die Folgen dieser traurigen und verbrecherischen Empörung sind furchtbar. Das Land scheint in eine Wüstenei verwandelt ... Schöne Dörfer sind bis auf den Grund niedergebrannt. Die Verwüstung ist allgemein. Die Rebellen aber ziehen sich nur von Posten zu Posten zurück!“ ....

4. Ueberdieß stand der Winter, der in den höhern Gebirgsgegenden oft sechs volle Monate andauert, vor der Thüre. Häuser, Scheunen, Ställe, Keller und Speicher ausgeleert, die Wintersaaten gar nicht gepflanzt. Wie unter solchen Umständen einem Volke, dessen Arbeitskräfte großentheils auf dem Schlachtfelde oder in Gefängnissen begraben lagen, zu Muthe war, läßt sich wohl denken, aber nicht beschreiben. — Die fünf obersten Zehnen allein mußten seit dem Einmarsch der Franken über 8000 Stück Schlachtvieh liefern. Was ihm an solcher Waare auf den Alpen und anderswo gewaltsam entrissen worden, läßt sich gar nicht berechnen. Der helvetische Commissär W i l d schildert in einem einläßlichen Bericht den Zustand des Landes in folgender Weise:

„Das unglückliche Wallis, welches schon Anfangs Juni nur Elend, Leichenhaufen und niedergebrannte Dörfer dem Blicke darbot, ist noch jetzt der Schauplatz des Grausens und der Zerstörung.... Alles ist geraubt und zerstört... Selbst die vom Feuer verschonten Häuser sind meist unwohnbar gemacht: Pforten, Fenster, Getäfel und Dächer fortgerissen! Welch ein Elend!... Schon seit 14 Tagen nähren sich ganze Familien mit „Holderbeeren“.... Die Kranken entbehren der nöthigen Pflege. Ich selber kenne früher bemittelte Leute, die jetzt elend in einer offenen und leeren Kammer wohnen. Schließe man daraus auf den Zustand von Familien, die nur reich an Kindern sind u. s. w.“

5. Bischof Blatter, der von seiner Flucht aus Italien zurückgekehrt war, ließ diesen Bericht in allen Kirchen seines Sprengels verlesen, um dadurch das Mitleid und die thätige Liebe Derer anzuregen, welche vom Unglück des Krieges verschont geblieben waren. Der würdige Prälat verfehlte seine menschenfreundliche Absicht nicht. Reichlich flossen die Liebesgaben für die Unglücklichen. Das Unterwallis, das überhaupt seinen edlen Brudersinn nie verleugnet hatte, zeigte sich besonders großmüthig in diesen Tagen der Noth und des Elends. Viele Waisenkinder fanden dort bei guten Familien Unterkunft und eine standesmäßige Erziehung — einige wahre Eltern — und eine neue Heimath! Die helvetische Regierung schickte 6000 alte Schweizer-Franken zur Beschaffung von Ackergeräthen in's Oberwallis.

6. Selbst die Waadt wollte nicht zurückbleiben an edlem Biedersinn. Man sammelte im ganzen Kanton Nahrungsmittel, Arzneien, Kleidungsstücke, Bettzeug — und Geld für die armen Oberwalliser, und suchte in christlichem Wetteifer das wieder gut zu machen, was einige ihrer Landleute verschuldet hatten. In Sitten wirkte zu diesem schönen Zwecke ein eigens bestelltes Wohlthätigkeits-Comite mit dem besten Erfolge.

7. Indessen verzehrten aber die immer noch im Lande eingenisteten Truppen, die Gefangenen und anderes Gesindel, so die Lust zu Raub und Abenteuer herbeigelockt, den letzten Rest des Mundvorrathes. Die Zahl der arbeitenden Klasse war so gering, daß die helvetische Regierung für gut fand, 35 Bauern aus Freiburg in's Oberwallis zu schicken, um noch ausstehende Früchte

einzuheimsen. Diese Maßnahme wurde auf eine Weisung des französischen Direktoriums getroffen, welchem Hr. Reding aus Schwyz die traurigen Zustände des Walliserlandes in lebhaften Farben geschildert hatte.

8. Im August kehrte ein Theil der Gefangenen in einem erbärmlichen Zustande in die Heimath zurück. Man fand sich endlich bewogen, Leute in Freiheit zu setzen, welche meist nur Opfer des Verdachtes und des Partheihasses waren.

Der helvetische Commissär Billeter zeichnet den Zustand dieser Unglücklichen mit folgenden Worten:

„Ich fand in den unterirdischen Gefängnissen von Aarburg 186 Gefangene, ohne Stroh, gequält von ansteckenden Seuchen und Ungeziefer aller Art. Die schwerer Beschuldigten und Unbemittelten von Hunger und Elend verzehrt, lagen da mit halbverfaulten Kleidern am Leibe.“ — Dieser getreue Diener der Republick und der Justiz entließ aus verschiedenen Kerkern der Schweiz 255 Personen aus Wallis, Unterwalden, Schwyz und Zug; verlangte aber für diesen Akt der Menschlichkeit für den Kopf nicht weniger als 24 Franken für Mühewaltung!... Die Vermöglichen zahlten meist für die Aermern dieses Löse- oder Sündengeld!

9. Die Herren aus Oberwallis, welche der Franzosenfreundschaft verdächtig, zuerst in Leuk, dann in Raron, Naters, Brig, und endlich im sogenannten Stockalperthurm auf dem Simpelberg in Verwahr gehalten wurden, setzten die Kaiserlichen Anfangs Juni wieder in Freiheit, nachdem sie fast zwei Monate im Schalten gesessen.

10. Die Franken nahmen den Ländern, denen sie die nach ihrer Art zugeschnittene Freiheit und Gleichheit gebracht, Leute, Geld, Hab und Gut hinweg, als geringen Ersatz für die geleisteten guten Dienste. — Den Schandfleck, den sich die Sieger durch Ermordung und Mißhandlung der Besiegten aufgebrannt, wird wohl keine Zeit gänzlich mehr auslöschen! Viele sonst ehrbare und rechtschaffene Weibspersonen wurden von den Franken auf die schändlichste Weise mißbraucht und getödtet.

Eine Menge blödsinniger Menschen beiderlei Geschlechts verfolgte man gleich dem Wild und schoß sie nieder. „Diese Geschöpfe (die Kretins) gereichen der civilisirten Menschheit zur Unehre und nützen der Welt zu nichts; sie sind eine Last für den Staat und die Familie, hieß es, deßwegen ist es ein Gebot der Humanität, die Gesellschaft von diesem Auswuchs zu befreien u. s. w."

Nur im Bezirk Martinach sollen über 50 solcher Unglücklichen getödet worden sein. Auch in den obern Zehnen weisen die Todtenregister eine bedeutende Zahl solcher durch die Franken gemordeten „Halbmenschen" auf. Solche Begriffe von Menschlichkeit und Bildung brachten die Franzosen in die finstern Thäler des Walliserlandes!

11. Die Besatzung des Oberwallis dauerte fast ein ganzes Jahr fort. Am 9. Mai wurden die fränkischen Truppen — durch „Helvetier" ersetzt. Das Jahr 1800 war in den Gebirgsgegenden ein „Fehljahr" zu nennen, und das Elend erreichte dort einen erschreckenden Grad. Die Hungersnoth war fast allgemein im Lande.

12. Am 17. Mai 1800 begann der kühne Konsul Bonaparte seinen berühmten Uebergang über den großen St. Bernhard. Oberwallis mußte zu diesem Unterfangen 600 Mann und 300 Pferde liefern. Vom 17. bis zum 21. Mai passirte eine Armee von 60,000 Mann mit 50 Kanonen den wilden Alpen. Mehrere Männer wurden durch eine Lawine getödtet. Zu derselben Zeit setzte eine Abtheilung von 6000 Franken auch über den Simplon. Es galt den Austro-Russen in Italien in die Flanke zu fallen. Der Plan wurde vom besten Erfolge gekrönt. Von Italien kam kein Getreide mehr, und so stieg die Theurung im Wallis auf eine Höhe, die nur dem Reichen noch den Ankauf von Lebensmitteln ermöglichte. Die Armen und Unbemittelten litten daher große Noth und unsägliches Elend.

13. Es war dieß die natürliche Folge der traurigen Ereig- der letzten Jahre. Das Land verlor einen guten Theil seiner Arbeitskräfte, und so blieb viel urbar gemachter Boden brach liegen. Die Unsicherheit der Gegenwart und die trüben Aus-

sichten auf bessere Zustände entmuthigten auch den fleißigsten Landwirth. — In einer Zeit, wo kein Eigenthum Schutz fand vor dem Recht des Stärkern, wollte Niemand sich abmüden, um vielleicht dem ärgsten Feinde des Landes erwünschte Beute zu bereiten. Ueberdieß waren alle Vorräthe gänzlich aufgezehrt, der Viehstand auf die Hälfte reduzirt, — die Zufuhr durch ungewohnte Zölle und Abgaben erschwert — und die Geldkräfte des Volkes durch die vielen Brandsteuern so erschöpft, daß auch die Wohlhabendsten in große Verlegenheit geriethen. So ist es denn begreiflich, daß die Noth und das Elend im Rhonenthale einen vielleicht noch nie dagewesenen Grad erreichten.

Nur unerschütterliches Vertrauen in eine allwaltende Vorsehung und eine nie versiegende Hoffnung auf bessere Zeiten konnte dieses so schwer heimgesuchte Völklein vor Verzweiflung bewahren.

Dritter Abschnitt.

Erstes Kapitel.

Die neue Freiheit.

(1800.)

1. Das neunzehnte Jahrhundert begann mit dem Elend, welches ihm das achtzehnte überliefert hatte. Die Weltlage war eine äußerst gespannte. Alles deutete auf eine allgemeine Umwälzung der Dinge in Europa, die schon zum Theil begonnen und ausgeführt war. Im Wallis hauste jetzt Namens der großen Nation der General Torreau. Die neue Freiheit wollte eben nicht gedeihen unter solcher Pflege. Unser Chronist Ritter schildert das junge Militär-Regiment in folgender Weise:

„Am Ende des Jahres (1800) ist in Sitten ein Herr (Torreau) angekommen; dieser sprach das ganze Land bis an die Massa hinauf an — als sein. Für seinen Aufenthalt (Unterhalt) forderte er täglich 24 Schildedubel und 100 Brod für seine Soldaten. Er stellte sich bald wild, bald barbarisch; — bald hielt er es mit den Herren; bisweilen mit den Bauern, die er wacker „strigelte." — Er soll im Sinn gehabt haben, die Kirchen schließen zu lassen, wenn die Walliser nicht mit Frankreich halten wollen u. s. w."

2. Die Franzosen, vorab die großen Handelshäuser von Lyon und von Mailand betrieben jetzt allen Ernstes die Erstellung einer Heerstraße über den Simplon. Das Projekt kam wirk-

lich zur Ausführung. Die Gemeinden der 4 obersten Zehnen von Wallis mußten schwere Frohndienste leisten und große Steuern bezahlen. *) Auf diese Weise hoffte man das Wallis immer mehr mit Frankreich und seinen Interessen zu versöhnen und zu befreunden, und so einer definitiven Anschließung des Landes den Schein des Rechts zu verleihen. Der General Torreau war wohl der rechte Mann, um ein schwaches und erschöpftes Völklein mit der eisernen Gewalt der Waffen dem Willen des Direktoriums zu unterwerfen; allein das Vertrauen und die Liebe des Volkes konnte er sich nie und nimmer gewinnen; man haßte im Wallis den Repräsentanten der Gewalt — und in ihm die ganze französische Nation, deren Sinnen und Trachten er getreulich verrieth — und zu verwirklichen sich bestrebte, wie wir weiter unten sehen werden. —

Zweites Kapitel.

Fränkische Annexionspläne.

(1802).

1. Das Wallis fand jetzt Gelegenheit, die Wohlthaten einer militärischen Besatzung kennen und schätzen zu lernen. Das Land wurde hart durch diese neue Bescheerung gedrückt und ausgesogen. Die Sittlichkeit ward so sehr gefährdet, daß der Bischof es für nöthig fand, durch ein Kreisschreiben alle Eltern, welche Kinder in Sitten oder Siders — und deren Umgebung im Dienst hatten, aufzufordern, selbe sofort heimzurufen, sofern ihnen deren zeitliches und ewiges Wohl am Herzen liege. Schändungen und Entführungen von jungen Mädchen — Kindermorde und andere Verbrechen, so der Anstand zu nennen verbietet, waren an der Tagesordnung. Bis auf diesen Tag finden sich noch hinwieder

*) Das Riesenwerk kostete — die Frohnarbeiten abgerechnet, über zwanzig Millionen Franken.

lebendige, den Gemeinden zur Last gefallene Zeugen aus dieser jammervollen Zeit moralischer Zerrüttung.

2. Zwar drangen die drei „Potentaten" Oesterreich, Rußland und England darauf, daß diese entsittlichten Horden bis zum 18. August das arme Wallis verlassen möchten, allein solche Ermahnungen und Wünsche blieben stets ohne Erfolg, und wurde jede ernstliche Vorstellung auf jede mögliche Weise vereitelt. Frankreich fühlte sich jetzt stark genug, denselben zu trotzen, und es verbarg seine Absicht länger nicht mehr, aus dem Rhonethal eine französische Provinz zu schaffen. Oesterreich, stets reich an guten Vorschlägen und Projekten, aber schwach an Thatkraft, wollte in der Schweiz Alles auf den alten Fuß gestellt wissen — versprach zu diesem Zwecke sogar militärische Hülfe — blieb aber leider — oder glücklicher Weise bei der Drohung stehen, weil es im eigenen Hause zu schaffen genug hatte, um dem mächtigen Anprall des Zeitgeistes zu wehren.

3. Das Walliservolk seinerseits sann nun allen Ernstes auf Mittel, einer fränkischen Annexion zu entgehen. Ein solches Mittel erblickte es vorerst in einem engern Anschluß an die Eidgenossenschaft. Zu diesem Behufe wählten 94 Gemeinden des Oberwallis eine Gesandtschaft, die sich nach Bern verfügen, und um Aufnahme in den „Schweizerbund" anhalten sollte. Im Hornung überschritten die Abgeordneten den wilden Gemmipaß, und gelangten, wie zu dieser Jahreszeit begreiflich ist, nur unter schwerer Lebensgefahr zum Ziele. An der Spitze dieser zahlreichen, meist aus Bauern bestehenden Deputation standen die Herren Ludwig von Kalbermatten — und Al. Kuntschen von Sitten.

4. Das Bittgesuch um Einverleibung in den eidgenössischen Verband lautet ungefähr wie folgt:

„Unser Loos ist gegenwärtig hart, und eine Menge unsäglicher Leiden beugen uns tief darnieder; allein das Elend falle noch einmal so schwer auf uns, es drücke uns zu Boden, es vernichte uns — wenn nur der theure Schweizername uns unverletzt bleibt, wenn Wallis nur ein ständiger Theil der Eidgenossenschaft bilden darf. Jedes andere Opfer wollen wir gering achten! Nur der Verlust des schweizerischen Bürgerrechtes wäre unerträglich, weil unwiderbringlich. — In diesem Wunsche stimmen alle ächten Walliser, alle Freunde der Freiheit überein, so sehr die bewegte Zeit die politischen Ansichten und Meinungen getheilt haben mag; denn es handelt sich jetzt um die Existenz, um das Sein oder Nichtsein — unserer Nationalität, und um dieses höchste Gut stehen alle Patrioten ein und halten zusammen wie ein Mann! 2c." .....

5. Unterm 1. März beantwortete die helvetische Regierung dieses Gesuch in sehr schmeichelhafter Weise. Wir entnehmen dem Aktenstück folgende Stellen: „Die Erhaltung des Wallis ist der gemeinsame Wunsch unserer Regierung, und es sollen zu diesem Zwecke alle Vorsichtsmaßregeln getroffen werden; allein ein definitiver Beschluß in Sache hängt von einer höhern Macht ab. — Wartet daher mit Ruhe auf die Entwicklung der Dinge. — Der erste Konsul (Napoleon Bonaparte) wird in Anerkennung eurer so patriotischen Gesinnungen nicht gleichgültig sein gegenüber diesen gerechten Wünschen eines ganzen Volkes. Hoffen wir, daß er, eben so gerecht als großmüthig und erhaben — in seinen Gesinnungen, — eure Rechte schützen werde, um so mehr, da eure Schwäche und euer Unglück dieselben nur ehrwürdiger und heiliger machen 2c. ....

Die helvet. Regierung hat, euerem Wunsche gemäß, in jedes Kantons-Archiv je ein Exemplar eures Gesuches niedergelegt — als bleibendes Denkmal eurer Bundestreue! — Seien Sie daher versichert, daß jeder Schweizer, der diesen Nothschrei vernehmen wird, für eure Sache mit der ihm zu Gebote stehenden Kraft einstehen werde 2c." ..

6. Indessen fuhren die französischen Machthaber und Agenten um so eifriger fort, das unglückliche Volk zu quälen und auszubeuten. Was man durch List und Schmeichelei nicht erzielen mochte, sollte durch Druck, Gewalt und Grausamkeiten aller Art erreicht werden. Zu diesem Zwecke überhäufte man die widerspenstigen Gemeinden so sehr mit Truppen, daß oft eine einzige

Haushaltung mit 15—16 Mann bescheert wurde, und die Eigenthümer oder Bewohner sich gezwungen sahen, in Scheunen und Ställen ein Obdach zu suchen. Um den starren Sinn dieses Volkes zu brechen, nahm Torreau oft zu Gelderpressungen seine Zuflucht. Viele Walliser verweigerten dem fränkischen Geßler die Annahme ihnen angetragener Aemter — oft vielleicht auch aus dem Grunde, um sich bei dem Volke nicht der Franzosenfreundschaft — ein wahres todeswürdiges Verbrechen der Zeit — schuldig zu machen.

7. In Paris verwendete sich der damalige Ambassador der Schweiz — Hr. Stapfer in anerkennenswerther Weise sehr nachdrücklich für die Erhaltung des Wallis, und wurde in diesem edlen Streben vorzüglich durch Hrn. Alois Reding unterstützt. — Doch alles umsonst. Der erste Konsul hatte zwar das Wallis als ein freies, unabhängiges Land, als eine für sich bestehende Republik anerkannt — und öffentlich als solche proklamirt; allein die geheimen und offenen Umtriebe der Franken dauerten fort, wurden von Oben herab genährt und steigerten sich in dem Maaße, daß nur die unerschütterliche Festigkeit und treue Anhänglichkeit der Walliser an's Erbe der Väter der List und der Gewalt auf längere Zeit zu trotzen vermochte.

Endlich wurde der Bau der Simplonstraße rüstig an die Hand genommen — und wie oben bemerkt, mußte jeder Bürger einen Tag durch Woche unentgeltlich an diesem „nationalen Werke" arbeiten.

Das Wallis sandte den gewandten und im Geruch der Franzosenfreundschaft stehenden Hrn. Augustini nach Paris ab, um gegen einen solchen in unsern Thälern ungewohnten Gewaltsakt Beschwerde zu erheben. Auch sollte er besonders dahin wirken, daß endlich die „Jakobiner" (die französische Besatzung im Wallis) aus dem erschöpften Lande abberufen werden möchten. Allein die Mission blieb erfolglos. Hr. Augustini kehrte wohl mit vielen trostvollen Aussichten heim, aber die Erfüllung wollte nicht nachfolgen. Das Wallis blieb noch im Jahre 1803 von fränkischen Truppen besetzt. — Man wußte gar wohl — warum?

Drittes Kapitel.

Wallis — ein französisches Departement.

(1804—1810.)

1. Am 18. Mai 1804 wurde der erste Konsul Napoleon Bonaparte zum Kaiser der Franzosen proklamirt — und am 10. Juni feierlich gekrönt. Frankreich vermag alles zu tragen — nur nicht die Freiheit. Unter Republick verstanden die meisten Citoyen's nichts anders, als ein Privilegium zu Raub — und Eroberung. Auf solch morschem Grund konnte freilich kein dauerndes Gebäude aufgeführt werden!

Auch die Schweiz mußte dem gekrönten Herrscher an der Seine ihre Glückswünsche zu seiner Erhebung auf den Thron in offizieller Weise darbringen. Napoleon erwiederte dieselben in folgender Weise:

„Als Oberhaupt des französischen Kaiserreiches muß ich auch der Beschützer der schweizerischen Unabhänigkeit — und als ihr Vermittler zugleich ihr bester Freund sein u. s. w.“

Schon bei Ueberreichung der Vermittlungsakte am 10. Feb. 1803 versicherte der erste Konsul unter anderm: „Eure Nationalität ist gesicherter als jemals; Frankreich hat den Simplon, Oestreich das Tyrol und seine Alpenpässe. Doch wenn die Aristokraten fortfahren, fremde Intervention und Hülfe anzurufen, werden sie sich zu Grunde richten .....“ Ein wahres Wort, das sich durch die ganze Geschichte bewährt hat. Noch zur Zeit und bei Anlaß der Inkraftsetzung der Mediationsackte am 15. April 1803 wird das Wallis eine unabhängige Republick genannt, obgleich es damals unter fränkischem Drucke schmachtete.. Die schönen Worte und Phrasen sollten indessen die bösen Absichten und die gefaßten Entschlüsse der französischen Regierung vor den Augen der Welt bedecken und verheimlichen helfen.

2. In edler Anerkennung der dem Wallis geleisteten Dienste wurde dem „großherzigen“ Kaiser der Franzosen der Entwurf einer neuen Verfassung zur Genehmigung vorgelegt. — Am

2. August kehrte der französische Resident mit diesem Aktenstück von Paris nach Sitten zurück — bemerkend: „Der Kaiser habe wesentliche Mängel darin gefunden, und sieben notable Bürger aus Wallis zu sich beschieden, um mit ihnen das Grundgesetz ihres Landes einläßlich zu besprechen ....“

Diese kaiserliche Siebenzahl reiste sofort nach Paris ab, und man sagte ihr — dort ziemlich unverblümt, daß die Verhältnisse im Wallis derart gestaltet seien, welche sehr befürchten lassen, daß es sich selber nicht mehr zu organisiren und zu regieren im Stande sei. Dafür bot man ihm die kaiserliche Huld — und Frankreichs freundschaftliche Gesinnungen und gute Dienste an. Dieß war das Vorspiel der folgenden Annexions-Comödie im Wallis.

3. Alles was der Consul und der Kaiser im Namen Frankreichs — und in dessen Interesse für die Republik, die Freiheit und die Wohlfahrt dem Wallis gethan, das mußte jetzt zum Vorwande und zur Rechtfertigung einer gänzlichen Einverleibung in das Kaiserreich, und einer Verschmelzung mit der großen Nation dienen. — Wallis wurde durch ein kaiserliches Machtgebot — nach langen Plänkeleien und Umtrieben — endlich am 14. November 1810 als „Département du Simplon“ proklamirt. Das Annexions-Dekret lautet:

„Wir Napoleon, Kaiser der Franzosen ꝛc. ꝛc. .... Erwägend, daß die Simplonstraße, welche unser Kaiserreich mit unserm italienischen Königreiche verbindet, mithin mehr als 60 Millionen Menschen zu großem Vortheil und Nutzen gereicht, und unsere Staatskassen mehr denn 18 Millionen Franken gekostet hat — eine zwecklose Arbeit wäre, sofern der Handel nicht den nöthigen Schutz und die erforderliche Begünstigung fände;

„Erwägend überdieß, daß das Wallis seine übernommenen Verpflichtungen nicht erfüllt — und daher wir uns bewogen fühlen, der Anarchie, die das Land entzweit, ein Ende, und die Prätentionen der Partheien unschädlich zu machen...

Beschlossen — und beschließen, was folgt:

Art. 1. Das Wallis ist dem Kaiserreich einverleibt.

Art. 2. Das Land bildet ein Departement unter dem Namen: „Département du Simplon."

Art. 3. Dieses Land macht einen Theil der siebenten Militärdivision aus.

Art. 4. Es soll sofort in unserm Namen davon Besitz ergriffen werden. Ein General-Kommissär ist während dem Rest dieses Jahres mit der Leitung der Geschäfte betraut."

Sig. **Napoléon.**

4. Gleichen Datums langte General Berthier an der Spitze von 2000 Soldaten in Sitten an, übergab dem in Gala versammelten Staatsrathe obiges Dekret, und nahm dann seinen Sitz zwischen dem Landeshauptmann und dem französischen Residenten. In schwungvoller Rede erklärte er nun die Besitznahme des Landes Wallis — im Namen seines großen und erhabenen Gebieters und Herrn, des Kaisers der Franzosen. Hr. Landeshauptmann von Stokalper erwiederte diese Anrede in einer Weise, wie die Umstände es erheischten d. h. er dankte dem großherzigen Kaiser, daß er sich gewürdigt, des isolirten Rhonethales in Gnade zu gedenken, und dasselbe dem großen und mächtigen Kaiserreiche als integrirender Theil einzuverleiben. Hiemit war der offizielle Akt der Annexion abgespielt.

Graf Cäsar Berthier im Einverständniß mit dem Staatsrathe, erließ nun eine sehr beschwichtigende Proklamation an das Volk von Wallis, um dasselbe so gut wie möglich mit der neuen Ordnung bekannt zu machen — und auszusöhnen. Es unterzog sich schweigend der eisernen Nothwendigkeit — dem Tiger gleich, der sich in die Fallstricke des Jägers verwickelt und fruchtlos sich abgemüdet, endlich ruhig sein Schicksal erwartet.

Auf höhern Befehl mußte am Sonntag den 18. November in allen Pfarrkirchen ein feierliches „Te Deum" abgesungen, und am 26. desselben Monats die Eidesleistung an den neuen Landesherrn vorgenommen werden. Man fügte sich so ziemlich allgemein mit mehr oder weniger Sympathie den Weisungen der neuen Regenten — und machte den Spektakel mit, weil man sich nicht der Gefahr aussetzen wollte, verklagt und — deportirt zu werden.

5. Durch ein kaiserliches Dekret wurde das neue Departement vom „Simplon“ in drei Kreise eingetheilt: Sitten, Hauptstadt und Sitz des Präfekten; Brig und St. Moritz — mit Unterpräfekturen.

Sechs Bürger, welche die höchsten Staatsabgaben zahlten, bildeten das sogenannte „Wahlkollegium,“ welches 12 Deputirte auf den Generalrath des Departements zu wählen hatte. Der Präfekt wählte die Mitglieder des Munizipalrathes der Gemeinden auf zehn Jahre. Die Stadtbehörden von Sitten, Brig und St. Moritz — wurden durch den Kaiser selbst bezeichnet. Das bezügliche Organisations-Dekret erschien unterm 26. Dez. 1810 und trat mit dem neuen Jahre 1811 in Kraft — und produzirte den berühmten „Eilfer“, vielleicht dazu bestimmt, um die Gemüther für Frankreich besser zu stimmen.

6. Auf Hrn. Berthier's Vorschlag gieng eine Deputation, der Bischof an der Spitze, bis nach Paris, um dem Kaiser zu sagen, wie gut sich das Wallis — d. h. die kaiserlichen Beamten und Schwänzlinge, unter seinem glorreichen Szepter befinden, um den tiefgefühlten Dank zu den Stufen des Thrones niederzulegen und endlich alldort in tiefster Ehrfurcht zu — ersterben. Ihro Majestät empfieng die Gesandtschaft im Thronsaale der Tuilerien in feierlicher Audienz, und nahm ihre Huldigung gnädigst entgegen. Die lange und äußerst höfische Rede ihres Wortführers, Hrn. von Stokalpers, beantwortete der Kaiser kurz und drastisch, und gab den Herrn Deputirten seine Gnade und Gewogenheit — sammt einigen Ordensösterchen mit auf den Weg. — Mit dieser kaiserlichen Beute kehrten unsere neuen Barone und Ritter guter Dinge und — voll Begeisterung für den hohen Herrscher und Gebieter in ihre Heimath zurück, fanden aber bei dem Volke wenig Anklang und Sympathie; die angeborne Freiheit galt ihm mehr als dieser fürstliche Flitter, dazu bestimmt, die Ketten zu decken, die es tragen mußte. —

7. Zum Präfekten des Département du Simplon wurde der Reichs-Ritter Derville-Malèchard ernannt, und vom Grafen Berthier feierlich in sein neues Amt im Namen des Kaisers installirt, (25. Februar).

Inzwischen wurden die völkermörderischen Schlachten bei Leipzig und in Rußland geschlagen. Das Wallis allein mußte 700 Mann an die kaiserlichen Heerschaaren liefern. Es war dieß — nach der Strenge der neuen Aushebungsgesetze, die Hoffnung des Landes — im eigentlichen Sinne des Wortes. Von denen, welche als fränkische Soldaten die Grenzen des Vaterlandes überschritten, kehrte kaum der zehnte Theil in die theure Heimath zurück. Die Uebrigen fielen — oder verschmachteten auf fremdem Boden, fern von ihrem Vaterlande, ohne selbstbewußten Zweck; nicht für Haus und Hof, nicht für Weib und Kinder — sondern zur Sättigung unmäßigen Ehrgeizes und wilder Ländergier; — sie verbluteten demnach als wackere Soldaten, treu der Fahne, zu der sie geschworen, weil es das Verhängniß so gewollt. Während dieser zwei Jahre flossen mehr Thränen im Wallis um die auf diese Weise gewaltsam zur Schlachtbank verurtheilte Jugend, als selbst während der zwei Kriegsjahre, wo die gesammte wehrfähige Mannschaft gegen einen überlegenen Feind — aber für die Freiheit und das Vaterland focht — und starb. —

Bald aber fing auch der Glücksstern Napoleons zu erbleichen an; Wallis schöpfte wieder Hoffnung auf baldige Erlösung, und diese Hoffnung sollte bald in nie geahnter Weise in Erfüllung gehen.

Viertes Kapitel.

Schluß der französischen Herrschaft im Wallis.

1. Das Volk von Oberwallis konnte seine Freude über die Niederlagen Napoleons nicht verbergen, und gab derselben oft, trotz angedrohter Strafe, durch sehr beißende, sarkastische Gassenhauer Ausdruck. Wenn auch seine eigenen Kinder unter seiner Fahne verbluteten, so siegte doch die Hoffnung auf Erlösung von fränkischer Despotie über den Schmerz eines so großen Verlustes.

Am 24. Oktober 1813, auf die Nachricht, daß die drei verbündeten Mächte bei Leipzig über Napoleon triumphirt, verlegte der Herr Präfekt Rambuteau seinen Sitz von Sitten auf St. Moritz, um auf den ersten Wink über die Grenzen laufen zu können. Der schlaue Franke hatte seinen Plan gut berechnet. Schon im Christmonat besetzten die Sieger von Leipzig die Grenzen der Schweiz. Eine Kolonne Oesterreicher unter General Bubna besetzte Genf, eine andere unter Oberst v. Simbschen nahm das Wallis und seine Alpenpässe gegen Italien in Beschlag.

2. Das Walliservolk setzte begreiflicher Maßen diesem Unterfangen keine Hindernisse entgegen. Im Herzen begrüßte es freudig den Gang der Ereignisse, indem es darin mit richtigem Vorgefühl seine Rettung und sein künftiges Heil erwartete. Die guten Leute konnten sich auch bei dem besten Willen in eine monarchische Ordnung nicht finden. Seit 13 Jahren war man aus allen Kräften herzlich bemüht, sie dafür empfänglich zu machen. Kein Mittel blieb unversucht: Schmeichelei, Privilegien, Zugeständnisse, Ordensverleihungen, Titulaturen, Drohungen, Gewalt — alles ging an dem geraden, ächt demokratischen Sinn dieses Volkes verloren! — Nur einige wenige Männer aus der Aristokratie, welche unter dem mächtigen Szepter Napoleon's eine glänzende Zukunft, eine einträgliche und schmeichelhafte militärische oder politische Laufbahn — eine „Position“ hofften, ließen

sich blenden, und für die fremde Sache gewinnen. Dafür aber zogen sie sich den Haß, das Mißtrauen, die Verachtung ihrer eigenen Landsleute zu. — Ein „Franzosenfreund" hatte damals stets noch die Bedeutung eines Verräthers an Freiheit und Vaterland! —

3. Ein Beweis, wie schwer es ist, einem von Natur und Geburt aus republikanischen Volke gehörigen Respekt und Ehrfurcht vor einem Monarchen beizubringen, mag folgende Thatsache liefern.

Als sich die erhabene Kaiserin Marie Louise zum ersten Male Mutter fühlte, säumte der entzückte Gemahl und Kaiser nicht, diese Freudenbotschaft im ganzen Umfang seines Reiches kund und offenbar zu thun. Die Bischöfe mußten auf Wunsch Ihres Herrn und Gebieters in ihren Sprengeln öffentliche Gebete ausschreiben — und verordnen.

Auch im Departement vom Simplon, der Diözöse von Sitten, erging ein bischöfliches Kreisschreiben im Sinne des Kaisers an alle Pfarrer, mit der Mahnung, nach dem sonntäglichen Gottesdienste ein feierliches Te Deum — und Oremus pro imperatice Nostra Maria Ludovica etc. anzustimmen, um eine glückliche Niederkunft — wenn möglich mit einem erlauchten Prinzen — zu erzielen. —

Allein viele Geistliche weigerten sich, das Schreiben von der Kanzel zu verlesen, die meisten thaten es aus Gehorsam gegen ihren Bischof, oder aus Furcht vor einer Bezüchtigung; das Volk aber lachte über eine solche Firlefanzerei, und machte seine Witze, „weil es für etwas beten solle, was es sich lieber verbeten hätte" — d. h. einen Prinzen.*)

3. Am Weihnachtsabend nahm Herr Graf und Präfekt Rambuteau sammt seinem Hofstaat den Weg über Forclaz nach Chamounix unter die Füße; — der übrige fränkische Troß aus

*) Man hatte sich im Wallis schon mit der Hoffnung getröstet, daß der Kaiser ohne „Leiberben" absterben — und mit Ihm die Monarchie wieder zu Grabe getragen werde. —

ganz Wallis folgte in eiliger Hast und in großer Verwirrung nach. — Indessen hatte man doch nicht vergessen, aus der Staatskasse ein Reisegeld von 110,000 Franken mitzunehmen. Diesen Leuten fehlte es selten an Muth und Geistesgegenwart, wenn es galt, ein besiegtes Volk zu necken — oder auszubeuten. Besonders waren es die sogenannten „Profosen" (Landjäger und Zöllner) die es sich zum Vergnügen rechneten, unsere guten Bauern auf irgend einer Gesetzverletzung zu ertappen, zu denunciren, in Gefängnisse zu schleppen — und zu guter Letzt ein Theil ihres Vermögens in die Tasche zu stecken. Mancher dieser Schergen aber mußte seine außerordentliche „Pflichttreue" mit dem Tode bezahlen — oder mit eingeschlagenem Schädel das Feld räumen. Man betrachtete diese niederträchtigen, am Marke des Volkes nagenden Leute als Mörder der Freiheit, als aufgedrungene Quälgeister, und machte sich ziemlich wenig Gewissensbisse, einen dieser Schurken unter gegebenen Umständen mißhandelt — oder ihm gar das Licht des Lebens ausgeblasen zu haben, wenn man nur dem rächenden Arm der Gerechtigkeit entrinnen konnte. So tief sinkt ein sonst biederes und religiöses Volk unter der Geisel eines Despoten! — Alle Mittel scheinen ihm erlaubt, alle Wege heilig, — wenn es nur die erlittene Schmach rächen — und das verlorne Recht, das geraubte Gut wieder erlangen kann. —

4. Am acht und zwanzigsten Dezember 1813 ergriff der Oberst von Simbschen im Namen der aliirten Mächte offiziellen Besitz von Wallis — mit dem Wunsche, dasselbe möchte sich, gleich der übrigen Schweiz, diesen Mächten anschließen und mit ihnen gegen Frankreich, den gemeinsamen Feind, gemeine Sache machen. So was ließen sich die Leute nicht zweimal sagen. Man war der Franzosenherrschaft im Wallis so satt, daß diese Gelegenheit allseitig und freudig ergriffen wurde, um derselben sobald wie möglich — und auf ewige Zeiten los zu werden. Sofort wurde Hr. Eugen von Stockalper mit der Bildung einer provisorischen Regierung beauftragt. Dem Oberst von Simbschen stellte man 400 Mann Jäger zur Verfügung, um die öffentliche Ordnung und Sicherheit zu handhaben, — und bot

alle Mittel auf, die neue Organisation des Landes zu beschleunigen, oder vielmehr — die alte wieder herzustellen. —

5. Die provisorische Regierung ward aus den hochedlen und „hochwisen“ Herrn Baron E. von Stockalper, Graf von Courten, Baron von Werra, Franz de la Soie und Graf de Quartéry zusammengesetzt. Als Stellvertreter aber wurden bezeichnet: die edlen und „wisen“ Herrn von Sepibus, Taffiner, Walter, von Rivaz, von Lavallaz und Morand-Dufay.

Man sieht, das Ding riecht ziemlich nach russisch-östreichischem Geschmacke — nach Aristokratie. Das nivellirende, jakobinische „Citoyen“ mußte gleich entfernt, und dafür wieder die lieben alten Titulaturen — und sollten sie auch aus Paris stammen, zu Ehren gebracht werden. Nach russisch-östreichischen Begriffen durften nur Grafen und Barone mit den ersten Aemtern eines Staates betraut werden — und sollte die Welt darüber zu Grunde gehen. In diesem fatalen Prinzip wurzelten denn auch großen Theils die spätern Partheikämpfe der Schweiz — und im Wallis, denn dasselbe repräsentirt die Stabilität mit der Maxime: L'Etat, c'est moi! während der Geist der Zeit, einmal in Fluß gebracht, — vorwärts drängt, und nimmer ruht, bis das Ziel erreicht ist und es eine Wahrheit wird: L'Etat, c'est le peuple! d. h. „Das Volk regiert sich selbst in einem freien souveränen Staate, sofern der Name „Republik“ keine Lüge ist.“

6. Auch die Gerichtsbarkeit stellte man wieder auf den alten Fuß, d. h. jeder Zehnen besaß einen obersten Gerichtshof, der über Tod und Leben zu sprechen hatte. Dabei trat auch das hochnothpeinliche Halsrecht Karl V. wieder in Kraft, doch glücklicher Weise hatte der Zeitgeist demselben die Spitze abgebrochen, und es kam während der kurzen Dauer des austro-russischen Regiments nur selten zur praktischen Exekution!

7. Am 24. Januar 1814 wurde zu Basel vom Prinzen Metternich eine Deputation aus dem Wallis empfangen, an deren Spitze Hr. Baron von Werra stand. Der edle Prinz, Oest-

reichs Seele und Hort in der verhängnißvollen Zeit, entließ die Gesandschaft mit der trostreichen Versicherung: „Der Kaiser wird das Wallis von Frankreich ablösen, und es wird dieß Land wieder jene Vorrechte erhalten, die von jeher dessen Glück begründet haben.“ Das sollte heißen, Wallis sei wieder zu einer unabhängigen Republik berufen. Diese erwünschte Botschaft wurde denn auch unterm ersten Februar dem Walliservolke durch eine regierungsräthliche Proklamation kund gethan; Alles freute sich dieser schnellen Umgestaltung der Dinge und schwärmte schon in einer schönen Zukunft — die jedoch noch ziemlich lange auf sich warten ließ. —

Fünftes Kapitel.

Die Gefechte auf dem Simplon.

(1814.)

1. Am 3. Februar 1814 verlegte Oberst von Simbschen sein General-Quartier von Sitten nach St. Moritz, und ließ daselbst — wie auch auf dem Simpelberge Festungswerke anlegen und Besatzungen aufstellen. Der östreichische Oberst hatte seine guten Gründe dafür.

Schon gegen Ende dieses Monats versuchte eine Colonne von etwa 10,000 Mann „welsche Franzosen“ unter Oberst Ponti über den Simplon in's Wallis einzufallen. Man beabsichtigte dadurch eine Verbindung zwischen Italien und Frankreich herzustellen. In der Nähe Genf's lag eine französische Division unter dem Befehl des Herzogs von Castaglione, und sollte im Einverständniß mit Ponti operiren. Auf dem Simpelberge wurden die kaiserlichen Vorposten durch den Feind bereits angegriffen — und zurückgeworfen. Auch die 400 Walliserjäger vermochten nicht länger dem Andrang eines so überzähligen Feindes Widerstand zu leisten. Dieß Gerücht von einer ernsten Gefahr verbreitete sich sehr schnell im Oberwallis, und fand den lebhaftesten Wiederhall in den Gemüthern der Bewohner.

2. In allen Gemeinden rief die Sturmglocke die waffenfähige Mannschaft unter die Waffen. Jeder bewaffnete sich so schnell und so gut es ging, und eilte dem Simplon, dem bedrohten Punkte zu. Am 28. Februar — und während den drei ersten Tagen des Monats März wurden die „welschen Franzosen“ in der Umgebung von Berisal, im Gantherthal und im rothen Wald meist bei der Finsterniß der Nacht angegriffen, umgangen, eingeschlossen — und dann von verschiedener Seite her mit lebhaftem Feuer beschossen. Nach kurzem Widerstand, vom Schrecken übermannt, ergaben sich die Helden von Marengo den Bauern von Wallis auf Gnade — und Ungnade. Als das Treffen vorüber und der Sieg errungen war, eilte auch der östreichische Hauptmann von Luxen mit Hülfstruppen auf den Kampfplatz. —

3. Hundert und achtzig Gefangene wurden nach Sitten eskortirt; darunter 27 Offiziere; unter diesen ein Oberst und Bataillons-Chef. — Hiemit war der Simplon wieder in die Gewalt der Oberwalliser gebracht. Man rückte jetzt — durch Oestreicher verstärkt, nach Domo d'Ossola vor, und stellte dort starke Vorposten aus. (5.—9. März.)

Unterm 13. März gab die Regierung dem Walliservolke offizielle Kenntniß über die glücklichen Erfolge auf dem Simplon, und verordnete öffentliche Dankgebete, dem Himmel die erfochtenen Siege und die gnädig vom Vaterlande abgewendete Gefahr zuschreibend.*) —

*) Bei diesen Gefechten zeichneten sich die Bauern besonders durch gute Disciplin, Entschlossenheit und Todesmuth aus. Unter ihnen verdienen die Anführer Hauptmann Gatteln von Raron und Kämpfen von Geschinen spezieller Erwähnung. Beide hatten als 20jährige Jünglinge schon in den Jahren 1798 und 1799 gegen die Franzosen gefochten. Letzterer erbeutete auf einer Patrouille bei Gondo ein Pferd sammt Zubehör, nachdem er den Reiter, der es gewagt, auf die Wache 2 Pistolenschüsse abzufeuern, heruntergeworfen, und als Gefangenen erklärt hatte. Gatteln diente später als Offizier in

Indessen hielt sich auch Oberst Simbschen in St. Moritz stets marschfertig, falls der Feind den Simplon siegreich überschreiten sollte.

4. Nach dem glänzenden Siege der Alliirten bei Leipzig wurde Napoleon zur Verzichtleistung auf den Thron Frankreich's gezwungen, und nach der Insel Elba verbannt. — Die Dinge in Europa nahmen wieder eine ganz andere Gestalt und Farbe an. Die Karte, welche der besiegte Welteroberer bereits gezeichnet hatte, wurde plötzlich zerrissen — und dafür meist wieder die alten Grenzlinien in Kraft bestehend erklärt. Die Vergangenheit lag nur noch wie ein schwerer Traum vor dem Geiste der Völker.

Damit hörte denn Wallis auch von selbst auf, eine Provinz des großen Kaiserreichs zu sein, da Frankreich wieder in ein einfaches Königreich zurückgesunken war. Dieser Fall wurde im Wallis als ein glückliches Ereigniß begrüßt und mit Freudenfesten gefeiert.

Man erblickte in dem Sturze Napoleons ganz richtig das Wiederaufleben der alten Freiheit und Unabhängigkeit des Walliserlandes — und dessen definitiven Anschluß an die schweizerische Eidgenossenschaft, wonach sich alle wahren Freunde des Vaterlandes längst gesehnt hatten, wofür so viele edle Männer und Jünglinge ihr Blut verspritzten! —

5. Am 16. Mai verließen alle fremden Truppen das Wallis; nur ein Corps Oestreicher blieb zurück, um die Alpenpässe zu bewachen.

Frankreich und Neapel, und starb als pensionirter Hauptmann im Christmonat 1866. — Kämpfen, der Vater des Schreibers dieser Blätter, machte den Feldzug unter Napoleon in Spanien mit, trat später als erster Oberlieutenant in französische Dienste, focht 6 Mal für die Freiheit des Vaterlandes — und schloß seine militärische Laufbahn erst im 70. Altersjahre als Major eines

Am 23. desselben Monats ging wieder eine Gesandtschaft nach Paris, um sich von den alliirten Mächten eine für das Wallis ersprießliche Verfassung auszubitten. Eine andere Deputation begab sich zu gleicher Zeit und zu gleichem Zwecke zu den Ministern von Rußland und Oestreich. Schon unterm 2. Mai erhielt das Wallis von der eidgenössischen Tagsatzung eine schmeichelhafte Einladung, dem Bund der Eidgenossen beizutreten. In dieser Absicht wurde am 30. Mai ein außerordentlicher Landrath einberufen, der von jedem Zehnen durch drei Mitglieder beschickt wurde. Es beschloß die h. Versammlung einen Ausschuß an die Bevollmächtigten der Alliirten nach Zürich zu schicken. Die Deputation ward sofort erkiesen und reiste nach dem Ort ihrer Bestimmung ab. Auftragsgemäß erklärte sie den hohen Herren: „daß die große Mehrheit des Walliservolkes nichts sehnlicher wünsche, als der schweizerischen Eidgenossenschaft als Kanton und integrirender Theil einverleibt zu werden“.....

6. Diese Gesandtschaft wurde am 13. Juni auch von den Ministern der verbündeten Mächte und den Bevollmächtigten der Tagsatzung aufs freundschaftlichste empfangen und versichert: „daß den Wünschen des Walliservolkes bald möglichst werde Genüge geleistet werden.“ — Hierauf kehrten die Herren Deputirten guter Dinge in ihre Heimath zurück, und harrten dort mit dem ganzen Volke der amtlichen Anzeige: „Das Wallis sei von nun an ein Kanton der schweizerischen Eidgenossenschaft!“

Am 11. März 1815 entwischte der enthronte Kaiser Napoleon von der Insel Elba. Die Schweiz besetzte mit den Alliirten ihre Grenzen — und belagerte die Festung Hüningen bei Basel. Wallis lieferte hiezu 2 Bataillone unter Graf Eugen von Courten. Als Napoleon im Juni sich mit einer bedeutenden Armee der Schweiz näherte, zog eine österreichische Colonne von 80,000

Bataillons der Sonderbundstruppen im Jahre des Heils 1847. Nach dem unglücklichen Ausgang dieses Feldzuges zerbrach er in gerechtem Unwillen sein altes Schlachtschwert — und setzte sich zur Ruhe, allwo er noch in der Erinnerung lebt. —

Mann über den Simplon durch's Wallis nach Genf, um dessen Vorrücken aufzuhalten.*)

Am 18. Juni 1815 wurde endlich die entscheidende Schlacht bei Waterloo geschlagen — und der Kaiser auf die Insel St. Helena im stillen Ozean auf Lebenszeit verbannt. Hier fand der große Völkermörder, und folglich der größte Feldherr des Jahrhunderts, Zeit genug, über den Wechsel alles Irdischen reiflicher nachzudenken — und für seine Sünden Buße zu wirken. Auch die Festung Hüningen fiel, und wurde geschleift. —

7. Im Wallis wurde der Sturz Napoleons mit großer Genugthuung vernommen. Wenn auf den ersten Augenblick äußere Festlichkeiten als unpassend vermieden wurden, waren die Gemüther der meisten Patrioten nicht weniger mit der Vorsehung einverstanden, welche durch den tiefen Fall des mächtigen Herrschers das Land von einer Geisel befreit hatte. Man vergaß jetzt die Leiden, die seit 16 Jahren ein sonst so glückliches und genügsames Volk zu Boden drückten.

Auf dem großen Friedens-Congreß in Paris vom 20. November, sowie auf jenem zu Wien — wurde die Schweiz als neutraler, souveräner Staat anerkannt und gewährleistet, und erhielt 300,000 Franken Entschädigung für Kriegskosten. Dem Wallis schenkte der Kaiser von Oestreich in würdiger Anerkennung der der guten Sache geleisteten Dienste sechs 24Pfünder-Kanonen, welche unsere liberale Regierung von 1848 an die Eidgenossenschaft verhandelte — zum großen Aerger vieler Patrioten aus guter, alter Zeit!

*) Das Land wurde durch diesen Durchmarsch wieder hart mitgenommen. Die Preise der Lebensmittel stiegen auf's Höchste, und litten die dürftigern Klassen große Noth.

Sechstes Kapitel.

Die Verfassung von 1815 im Wallis.

1. Nachdem der Feind nach Außen bezwungen und unschädlich gemacht worden war, erhob die alte Schlange der Zwietracht, des Mißtrauens und der Herrschsucht auf's Neue ihr Haupt im Innern des Landes selbst. Es sollte nun der Kanton Wallis politisch organisirt — und mit einer neuen Verfassung beschenkt werden. Dieß war ein schweres Stück Arbeit, sollte sie allen Wünschen der Landleute ob- und unter der Morse entsprechen. Eine aus drei Mitgliedern bestehende eidg. Kommission (Krudener, Schraut und Adington) legte unterm 23. Oktober dem Walliser-Volke einen Verfassungs-Entwurf zur Prüfung und Genehmigung vor, allein das Elaborat fand keinen Anklang, und mußte einer neuen Bearbeitung unterworfen werden.

2. Die Spannung wuchs nun in dem Grade, daß man ernstlich an eine Trennung des Landes in Ober- und Unterwallis dachte; ein Gedanke, der in der Folge bei jeder Gelegenheit wieder auftauchte, aber weder bei der Mehrzahl des Volkes — noch bei der Tagsatzung günstige Aufnahme fand. — Die guten Oberwalliser, an's Herrschen, Befehlen und Tributiren Anderer gewöhnt, hatten in einer sechszehnjährigen Leidensschule noch sehr wenig — oder nichts gelernt. Sie forderten von den alliirten Mächten und der eidgenössischen Tagsatzung nichts weniger als den Status quo, d. h. alle Rechte und Privilegien zurück, wie sie die 7 Zehnen vor dem Kriege besessen und gegenüber dem Unterwallis ausgeübt hatten. Man hielt an diesem unsinnigen Begehren mit einer Hartnäckigkeit und Ausdauer fest, die einer bessern Sache würdig gewesen wäre. — Die Unterwalliser wehrten sich mit vollem Recht gegen eine solche Zumuthung. Beide Partheien appellirten jetzt an die alliirten Mächte und an die Tagsatzung. Es wurde ein Verfassungsrath eingesetzt. Man zankte sich eben von Artikel zu Artikel herum, als vom

Wienerkongreß die Schweiz anerkannt (9. März) und an Wallis die Einladung erging, man möchte endlich mit der Verfassung fertig werden. (15. April.) Auf diese Mahnung hin fand man sich bewogen, die Arbeiten zu beschleunigen und es kam denn endlich am 12. Tag Mai die Zangengeburt unter großer Angst und Noth — zur Welt. Unterm 7. August wurde die neue Verfassung durch Hrn. Stockalper und Dufour den Tagesherrn in Zürich zur Genehmigung unterbreitet. Am 17. Juni wurde das Wallis sammt seiner in etwas modifizirten Verfassung als der zwanzigste Kanton der Schweiz proklamirt — und am 27. August der neue Bund von allen 22 Kantonen gemeinsam und feierlich beschworen. — Wallis, das erschöpfte, zahlte an die eidgenössische Kriegskasse 9600 Fr. statt 500,000 — und stellte 1300 Mann in die Bundesarmee. Diese Umgestaltung wurde vom gesammten Volke mit Freuden begrüßt und durch besondere Feste gefeiert.

3. Die so viel besprochene fünfzehner Verfassung entsprach trotz der zahlreichen Korrekturen — am Ende doch keiner Parthei; nicht den Obern, weil sie ihnen die alten Vorrechte vorenthielt; nicht den Untern, weil nicht die Volkszahl, sondern die Zehnen als Norm in Ausübung politischer Rechte angenommen wurde. Dieser Zopf sollte denn auch so lange den Erisapfel im Wallis bilden, bis er gänzlich heruntergeschnitten und vertilgt war!

Siebentes Kapitel.

Die neue Entwicklungsperiode.

(1816—1830.)

1. Die Kriegsplagen waren mit dem Jahre 1815 für einstweilen vorüber; dagegen brachte das Jahr 1816 seines Mißwachses wegen große Theurung und Hungersnoth fast über ganz Europa.

Die Schweiz wurde besonders schwer heimgesucht. Auch das Wallis, durch große Truppenanhäufung in den letzten Jahren bis auf's Blut ausgesogen, litt sehr empfindlich an dem Mangel der nöthigsten Nahrungsmittel. Dennoch kamen viele Fremde, von der Noth getrieben, in's Land. Nur aus der Gemeinde Marbach im Kanton Luzern wanderten acht Familien nach Wallis. Jeder hatte nun an den leiblichen Sorgen genug, und so ließ man sich denn auch weniger auf politische Fragen ein. Bei Errichtung der Schweizerregimenter in Frankreich nahm eine große Zahl junger Männer Handgeld — und zog nach dem Wunderland, von welchem sie seit so vielen Jahren genug zu hören bekommen hatten. Die jungen und ältern, von Thatenruhm, Ehrgeiz und Geldgier geplagten Herren aus der Aristokratie fanden hier eine erwünschte Gelegenheit, ihre verschiedenartigsten Wünsche, Bedürfnisse — und Leidenschaften zu befriedigen. Sie ließen sich zahlreiche Offiziersbrevete ausstellen, und Jeder sorgte zugleich für eine halbe oder ganze Kompagnie Soldaten, die man aus den niedern Klassen zusammenrekrutirte. Es war dieser französische Dienst ein äußerst ersprießlicher „Abzugskanal", bei der allgemeinen Verarmung, Geldlosigkeit — und Theurung; ein schöner Ersatz für den Verlust so vieler Aemter und Erwerbsquellen, die bei der frühern Organisation so manchem Brodbedürftigen offen standen. Auch mancher „Bauernbub" fand hier sein Stück Brod, und was noch mehr ist — selbst Bildung — Unterricht im Lesen, Schreiben und Rechnen. Mancher der als elender unwissender Schlingel und Taugenichts die Heimath verlassen hatte, kam oft nach wenigen Jahren als ein ordentlich geschulter Mann zurück, und konnte in Gemeinde- und Staatsangelegenheiten die Pflichten eines wackern Bürgers erfüllen. Ueberdies kam viel Geld von daher wieder in's Land, wohin sein früherer Wohlstand und Reichthum ausgewandert war. Das sind die Wege einer höhern Vorsehung.

2. Die Landvogteien, die einträglichen, waren leider trotz aller Gegenanstrengungen für das Oberwallis eingegangen. Dafür wurden jetzt die Jesuiten nach Brig, ihre alte Burg, berufen,

und nahmen gegen eine Geldentschädigung die Leitung des höhern Unterrichts bereitwillig an die Hand, und boten ihre guten Dienste dem Bischof und dem Staate in gleicher Weise an. Die höhern Lehranstalten fielen sofort in ihre Hände.*) — In kurzer Zeit hatten sie sich eines bedeutenden Einflusses auf geistliche und bürgerliche Angelegenheiten des Landes zu erfreuen. Die im Werden begriffene Neugestaltung der Dinge, und ein durch und durch aristokratisches Regiment kam ihren Wünschen und Absichten vortheilhaft entgegen. Auch der durch so viele Wechselfälle des politischen Lebens, und durch die Gräuel des Krieges schwergeprüfte „Pöbel" wünschte endlich Ruhe und bessere Pflege seiner seelischen Bedürfnisse. Diese bot ihm der Jesuiten-Orden durch seine zahlreichen und erschütternden Missionen in Fülle. — Damit aber die Hauptstadt und das restaurirte Unterwallis nicht ganz leer ausgehe, und man für den Augenblick keine Jesuiten mehr auftreiben konnte, berief man auch Kapuziner nach Sitten und St. Mauritz, die sich ihrer edlen Aufgabe zwar in bescheidener, aber vielleicht ebenso wirksamer Weise entbanden. Jedenfalls genossen sie stets das volle Vertrauen und die aufrichtige Liebe des Walliservolkes, indem sie überhaupt mehr belehrend, ermunternd und tröstend — als erschütternd und erschreckend auftraten. Dabei machten sie niemals in Politik, und der Staat hatte von ihrer Intrigue nichts zu fürchten, während sie der Kirche eben so gute Dienste leisteten — als die feinpolizirten Söhne Loyola's.

3. Das Jahr 1818 gab eine äußerst reiche Erndte, und machte der Noth und dem Elend wieder ein Ende, die das vorhergehende durch Mißwachs verursacht hatte. Für den Bezirk Martinach war es aber ein Jahr des Schreckens und schwerer Prüfung. Es war dies der fürchterlich verheerende Ausbruch des Getroz-Gletschers am 16. Juni. Schon 1595 hatte dasselbe Unglück das Entremont schwer betroffen und kostete

*) Die Regierung hatte auf diesem Felde nichts anderes zu thun, als den Schlußprüfungen und den Theater-Vorstellungen beizuwohnen — und zu zahlen!

145 Menschenleben. Diesmal gingen an 50 Menschen zu Grunde und der angerichtete Schaden wurde auf anderthalb Millionen Franken geschätzt. Viele Familien sahen sich — trotz der reichlich fließenden Liebesgaben, genöthigt, ihr Vaterland zu verlassen, und zogen über das Weltmeer, um in Brasilien eine neue Heimath zu gründen.

4. Im Jahre 1822 reifte der beste Wein dieses Jahrhunderts, und dabei gedieh auch Friede und Eintracht eben so gut, was leider nicht immer der Fall ist. Uebrigens war die Zeit arm an Ereignissen. Nur fiel in diesem Dezenium Hr. Landeshauptmann von Augustini auf den seltsamen Einfall, sich auf Lebensdauer sein einträgliches Amt zu sichern, wurde aber dafür auf ewige Zeiten in den wohlverdienten Ruhestand versetzt.

5. Im Jahre 1827, den 17. Januar, wurde ein Theil der Dörfer Biel und Selkingen in Goms durch eine Lawine verschüttet. Zwei und fünfzig Personen fanden dabei ihren Tod. Seit uralter Zeit wußte man nie von einer derartigen Gefahr in diesen Ortschaften, und man legte sich daher, trotz der ungewöhnlichen Schneemasse in den Gebirgen, — ruhig zu Bette. — Um Mitternacht lösten sich im Hintergrunde des Selkingerbaches die angehäuften Schneeschichten von den steilen Abhängen los und schwollen auf ihrem Laufe fortwährend an. Oberhalb der unglücklichen Dörfer theilte sich die Lawine in zwei Arme — und stürzte mit mächtiger Gewalt in direkter Richtung auf jedes derselben, verschüttete an die 30 Gebäulichkeiten und begrub gegen 80 Personen unter den Trümmern. Ein Theil dieser Unglücklichen konnte noch gerettet werden. Seit jener Zeit zeigte sich auch keine Spur von einer Lawinengefahr mehr an jener Stelle. Noch leben Personen, die 2—3 Tage lebendig begraben gelegen und nur Gottes besonderer Fügung ihre Rettung danken.

6. Dreißig Jahre früher zerstörte eine Lawine das Dorf Obergesteln; vier und achtzig Personen fanden dort ihren jämmerlichen Untergang — und liegen in einem Grab. —

7. Im Jahre 1807 starb allgemein betrauert — und fast im Rufe der Heiligkeit Bischof Anton Blatter; ihm folgte Jos. Xaver von Preux, von Siders, der durch seine Umsicht und Klugheit während der französischen Regierung manches Unheil von dem Lande fern hielt. Er leitete die Diözese Sitten bis 1817. Nach ihm wurde durch den Landrath — nicht ohne einige Anstrengung, Augustin Sulpitius Zen-Ruffiner von Leuk auf den bischöflichen Stuhl von Sitten erhoben, — ein Mann von sehr gewöhnlichen Geistesgaben, stand er doch seinem Sprengel während 12 Jahren mit dem besten Erfolge vor. Seine Zeit war eine Zeit der Ruhe und des Friedens, was ihm seine schwierige Aufgabe um Vieles erleichtern mochte. Als Nachfolger wurde im Jahre 1830 der bescheidene, anspruchlose Domherr Moritz Fabian Roten von Raron gewählt, der sich eine Wahl ausdrücklich verbeten hatte — und die dennoch ihm übertragene Bischofswürde hartnäckig ablehnte, bis die ehrenvolle Bestätigung und der ausdrückliche Wunsch von Seite des päpstlichen Stuhles ihn zur Annahme bestimmte. — Neben ihm ward auch P. Sigismund Furrer, Provinzial der ehrw. Väter Kapuziner in der Schweiz — auf die Kandidatenliste gesetzt, und besonders durch den Dom-Dekan Berchthold für den bischöflichen Stuhl empfohlen worden; allein der würdige Sohn des hl. Franz von Assisi wieß eine solche Zumuthung allen Ernstes von sich, und wurde in der Folge der aufrichtigste Freund und beste Rathgeber seines „Rivalen", — deren es noch recht viele unter dieser Sonne auf geistlichem und bürgerlichem Gebiete geben sollte. —

8. Uebrigens verliefen die zwanziger Jahre ohne bedeutende Ereignisse. Die Aristokratie hatte im Wallis, wie in der übrigen Schweiz, wieder das Regiment übernommen, forderte wenig Tribut von dem Volke, lebte mit allen Potentaten in gutem Einverständnisse — strich das für jene Zeit ziemlich gute Honorar ein — und ließ für Schulen, Straßen, Flüsse, Ackerbau, Viehzucht und Bettler den lieben Herrgott, die Jesuiten — und die Bauern sorgen. — In mancher Beziehung war man fast zur frühern, patriarchalischen

Einfachheit zurückgesunken. Die Deputirten auf den Landrath trugen nicht selten ihren nöthigen Mundvorrath mit sich in der Tasche, und wanderten 10—15 Stunden zu Fuß nach der Hauptstadt, allwo sie das offizielle Schwert um ihre Lenden gürteten, und den imponirenden „Nebelspalter" auf den landesväterlichen Schädel setzten, und so ausgerüstet den Verhandlungen der hohen Versammlung beiwohnten. Es soll sogar vorgekommen sein, daß der Landeshauptmann in höchsteigener Person in einer „Mistbenne" von Leuk nach Sitten kutschirte, und die fünf gewöhnliche Stunden lange Strecke in einem Junitag zurücklegte. Ein schönes Zeugniß für den guten Zustand der Heerstraße — und die Lauffähigkeit aristokratischen Fuhrwerks. Dabei muß man aber eingestehen, daß sich die Finanzen sammt ihrer Verwaltung des besten Gedeihens freuten. Aus verschiedenen Gründen und von verschiedenen Standpunkten aus betrachtet, darf wohl dieses Dezennium als eines der friedfertigsten — und glücklichsten in der neuern Geschichte von Wallis bezeichnet werden. Die großen Herren verstanden es, die Aemter und Erwerbsquellen unter sich im guten Frieden zu theilen, und der Bauer, des langen Haders müde, bearbeitete seine Felder, Aecker und Wiesen, zahlte den Zoll, Zehnten — und das Salz zu 4—5 Kreuzer das Pfund — und Alles war zufrieden und guter Dinge. Genügsamkeit macht glücklich! —

Achtes Kapitel.

Der Verfassungsstreit.

(1830—1840.)

1. Mit dem Jahre 1830 begannen sich die Geister im ganzen Schweizerlande wieder lebhaft zu regen. Während fünfzehn Jahren waltete und schaltete das aristokratische Element in den meisten Kantonen fast unumschränkt. Es war während dieser

Stagnation manches wieder faul geworden im staatlichen Organismus, und rief nach Heilmitteln zur Genesung.

2. In den letzten Julitagen stürzte der Bourbonenthron in Frankreich nochmals zusammen, und ein konstitutioneller König, Ludwig Philipp von Orleans, ergriff das Ruder des Staates. In Folge dieser Umwälzung kehrten auch die Schweizerregimenter, an 9000 Mann, in ihre Heimath zurück. Dieß brachte Feuer und neues Leben in die Kantone. Die Leute wollten Brod -- und mithin Aemter und Stellen haben. Diese aber waren bis jetzt fast ausschließliches Eigenthum einiger adelicher Familien gewesen; wer also diesen Titel nicht an einem langen Stammbaume nachzuweisen vermochte, stieß bei seinen Bewerbungen — trotz anderweitiger Fähigkeiten, auf unüberwindliche Hindernisse. Da gab es natürlich ernstliche Bedenken über demokratische Theorie und Praxis. Die heimgekehrten Milizen hatten in Frankreich selbst noch was von Freiheit und Gleichheit reden gehört, oder vielleicht noch ein Stück Rousseau zu lesen bekommen, und wollten sich so wohlfeil nicht abspeisen lassen, noch ihre vermeintlichen ewigen Rechte so leichten Kaufes an einige Junker losschlagen. Einige dieser Herren, die nicht Freunde politischer Fehden und Umtriebe waren, räumten gleich wieder das Feld, und zogen nach Neapel, wo sich ihnen eine neue militärische Laufbahn geöffnet hatte. — Dagegen verdoppelten die Zurückgebliebenen ihre Thätigkeit. Ein Kanton nach dem andern, Bern, das alte, patrizische vorab, wurde vom Restaurationsfieber gerüttelt, und wie Pilzen stiegen neue, demokratische Verfassungen über Nacht gleichsam aus der lockern Erde hervor.

3. Wallis blieb noch lange ruhiger und müßiger Zuschauer und wähnte sich sicher hinter seinen himmelhohen Bergen. Allein der Sturm war zu allgemein und zu heftig, als daß er sich wieder zur Ruhe legen konnte, ohne den letzten Winkel ausgefegt zu haben. Auch die Walliser-Athmosphäre bedurfte der Erfrischung, um nicht schädlich zu werden.

Die ersten Symptome eines heranziehenden Sturmes zeigten sich, wie billig, zuerst im Unterwallis. Der Landrath hatte im Mai 1831 ein Wahlgesetz für Zehnenämter erlassen, welches besonders im untern Landestheile heftige Gegner fand. Es sollte zwar erst in den Gemeinden laut Vorschrift der Verfassung darüber abgestimmt werden. Weil man aber eine Mehrheit für Annahme desselben fürchtete, so wollte man der gesetzlichen Abstimmung zuvorkommen. In Martinach rottete sich eine große Zahl Mißvergnügter zusammen, verlangte in einer energischen Zuschrift an die Regierung die Zurückziehung des fraglichen Gesetzentwurfes, und pflanzte Freiheitsbäume auf. Die Aufregung der Gemüther griff rasch um sich, und nahm einen bedenklichen Charakter an. Die Regierung bot sofort Truppen auf; die Tumultuanten ihrerseits rüsteten sich zur Gegenwehr. Da trat der h. Vorort unaufgefordert in's Mittel. Die Stände Bern, Waadt und Genf wurden zur Wachsamkeit gemahnt und zwei außerordentliche Commissäre: Schultheiß von Montenach aus Freiburg, und Staatsrath Jayet aus der Waadt, in's Wallis abgesandt, um offiziellen Bericht zu erstatten, und fernere Instruktionen zu gewärtigen.

Inzwischen besetzte die Regierung mit eigenen Truppen den Schauplatz des Aufruhrs. Die Anführer der Unzufriedenen zerstreuten sich, die übrigen Bewohner unterzeichneten die vorgelegte Unterwerfungsakte — und damit war die Ruhe für den Augenblick wieder hergestellt. Das unselige Wahlgesetz trat wesentlich modifizirt in Kraft, und sollte den Sieg und die Autorität des bestehenden Regiments befestigen helfen, diente aber nur dazu, die Gemüther zu reizen — und dem Unmuth bei der ersten Gelegenheit wieder Ausdruck zu verleihen. —

4. Im Jahre 1834 Ende Augusts entlud sich ein furchtbares Föhngewitter über der südlichen Schweiz. Das Wallis wurde besonders hart mitgenommen. Die ganze Ebene lag unter Schlamm und Wasser. Auch die Seitenwässer der Rhone richteten große Zerstörungen an. Die Noth unter der Bevölkerung war groß, der Jammer allgemein. Eidgenössische Bruderliebe linderte das Elend. Dazu ergab die Weinlese eine außerordentliche Quantität und Qualität, und es wurde dadurch mancher

Kummer erleichtert — und manch' erlittener Schaden wieder vergessen.

Die schweizerische gemeinnützige Gesellschaft bethätigte sich auf rühmliche Weise durch Sammlung von Liebesgaben für die Beschädigten; im Wallis war es Domherr Berchtold der sich durch gewissenhafte Berechnung des Schadens und billige Vertheilung der geflossenen Beiträge von nah' und fern' den Dank seiner Mitbürger verdiente. —

5. Dem Oberwallis war es gelungen, eine seinem Interesse mehr als günstige Verfassung zu erhalten. Hierin lag aber auch der Zündstoff zu all' den folgenden Fehden und Zerwürfnissen im Lande. Durch das Stimmrecht der Zehnen wurde ihm die Herrschaft über das ganze Land wieder gesichert. Sieben Zehnen mit je 4 Stimmen zählten zu Oberwallis, während das Unterwallis nur aus 6 Zehnen mit einer weit größern Volkszahl bestand; der Bischof hatte im Großen Rath die Stimmen eines Zehnens, und hielt es fast immer mit den Obern, denen er schon von Geburt stets angehörte; es waren daher in allen wichtigen Fragen fast immer 32 gegen 24 Stimmen, mithin das Unterwallis stets in Minderheit. — Gehorchen und Stillschweigen war daher für einstweilen sein Loos. Die 7 obern Zehnen zählten damals 32,864; die 6 untern 42,934 Seelen. — Nach den abnormalen Bestimmungen der Verfassung vom Jahre 1815 aber konnte die Minderzahl die Mehrzahl meistern, ohne das es nöthig war, daß der Bischof sein Gewicht in die Wagschale lege. —

Es gab im Lande viele Titulaturen, amtliche Formeln, feierliches Ceremonienwesen und äußerliches Gepränge bei wenig Gehalt. Der hohle, faule Kern bedurfte einer anschaubaren Schale, um das gebührende Ansehen der Behörden nach Außen und Innen zu wahren. Hohle Phrasen und poetische Redensarten mußten die Gehaltlosigkeit der Gedanken verbergen. So wirkten die politischen Einrichtungen nachtheilig auf den Volkscharakter und erschwerten das große Werk einer grundsätzlichen Restauration im Geiste der Zeit. Tauchten etwa geistige Kräfte und hellere Köpfe im Lande auf, ließ man sie meist brach liegen — oder man suchte sie auf alle mögliche Weise zu verdächtigen — und so von der Theilnahme am öffentlichen Leben fern zu halten. So nutzte sich denn manches schöne Talent in unwürdiger und unerquicklicher Weise ab, weil ihm durch die allmächtig gewordne Aristokratie und deren feige Söldlinge und Schwänzlinge der Zutritt zu einer angemessenen Stellung im Staate verrammelt ward. *)

Viele einsichtige Männer aus beiden Landestheilen fühlten und beklagten die niedere Stufe, auf welcher ihr Vaterland in mancher Beziehung sich befand, — konnten aber nicht helfen, weil die Umstände zur Stunde noch mächtiger waren — als sie und ihre Aufklärung. Man schrieb sehr richtig die Schuld auf Rechnung der eben so unbilligen als verhängnißvollen Vertretung des Landes in der gesetzgebenden wie vollziehenden Behörde. Siders selbst rügte schon im Jahre 1820 diesen abnormalen Paragraphen der Verfassung, konnte aber mit seinem Antrag auf eine billigere Repräsentation nicht durchdringen. So verflossen denn mehrere Jahre scheinbarer Ruhe und Zufriedenheit, während man sich in der äußern Schweiz fortwährend befehdete und fast in den meisten Kantonen wesentliche Umgestaltungen stattfanden.

6. Schon im Jahre 1833 entstand im Bezirk Martinach und St. Moritz wieder ein Auflauf von unzufriedenen Patrioten. Am 11. April wurde eine Versammlung aus den 4 untersten Zehnen in Martinach anberaumt. Man rednerte über Gleichstellung aller Bürger, Theilnahme derselben an den öffentlichen Angelegenheiten u. s. w. und pflanzte die eidgenössische Fahne auf. Als sich aber der stattliche Zug unter vielem Gepränge der Feststadt näherte, wurde er von einer wilden Volksmasse — durch die Geistlichkeit und einige Aristokraten unter falschen Vorwänden — aufgehetzt, mit Stöcken, Sensen, Mistgabeln 2c. empfangen — und auseinander getrieben. Der Pfarrer von Monthey, ein Herr Pottier von dort, stand bei den so Mißhan-

*) Vergleiche Baumgartner: „Die Schweiz in ihren Kämpfen und Umgestaltungen.“ II. Band. Seite 81 und folgende.

delten im stärksten Verdacht der Aufstiftung dieses Krawalls, und erlitt daher von dieser Seite schwere Verfolgung. Man konnte jedoch die erhobenen Anklagen nicht erhärten. Im Laufe der folgenden Tage wurde von beiden Seiten öfters die Sturmglocke gezogen; allein es kam zu keinem bedeutenden Zusammenstoß. Eine bei der Regierung erhobene Kriminalklage gegen die bewaffneten Bauern von Martinach und Entremont hatte keine Folge; der Landrath fand es für gut, den eingeleiteten Prozeß niederzuschlagen. Dagegen waren zur Stunde noch einige Inkulpaten aus dem Jahre 1831 mit der Bürgeracht gebrandmarkt, weil sie eben keine Freunde der Verfassung von 1815 waren. — Dieß konnte den Mißmuth und die Unzufriedenheit der Gemüther nur steigern — und es mußte in kurzer Zeit zu einer friedlichen oder gewaltsamen Entscheidung kommen, das war unvermeidlich, so sehr man die bestehende Ordnung der Dinge zu erhalten bestrebt war.

7. In dieser Zeit wurden viele wichtige Streitfragen in der äußern Schweiz entschieden, und fanden meist im Geiste der Zeit und des Fortschrittes ihre friedliche oder gewaltthätige Lösung. Diese günstige Gelegenheit benutzte das Unterwallis sehr klug, um seine gerechten Klagen auf's Neue zu erheben — und seine Rechte geltend zu machen. Man brachte den Grundsatz der Gleichberechtigung und die Repräsentation in der obersten Landesbehörde nach der Volkszahl — statt nach Zehnen — in den Gemeindeversammlungen zur Sprache. Die angeregte Frage fand großen Anklang und wurde nun zur Lebensfrage gestempelt. Unter Mitwirkung von Abgeordneten aus den Zehnen Martinach, Entremont, St. Moritz und Monthey wurde eine Denkschrift an den Staatsrath abgefaßt und unterzeichnet. Man berief sich hierin ganz richtig auf die feierliche Verzichtleistung der sieben obern Zehnen auf jede fernere Bevormundung und all' und jedes Privilegium gegenüber dem Unterwallis — so wie auf die durch die Verfassung von 1802 eingeführte und acht volle Jahre zu Recht bestandene Vertretung nach Kopfzahl, und folgerte daraus auf die Unzuläßigkeit und Widerrechtlichkeit einer

auf abnormalen Traditionen beruhenden Repräsentation. Männer der jungen und alten Schule fanden sich hier einig, und unterzeichneten das wichtige Aktenstück. Wir begegen hier den bedeutsamen Namen der Hrn. Joseph und Moritz Barmann, de Coratrix, Morand, Cäsar Groß, Favre und Emanuel Bonjean, welch' letzterer für die Ansprüche des Unterwallis vorzugsweise seine gewandte Feder in Bewegung setzte.

8. Die Eingabe kam im Dezemberlandrathe 1833 zur Verhandlung; nach vergeblichem Hin- und Herreden verschob man, wie gewöhnlich alle schwierigen und delikaten Objekte — auf die nächste Sitzung des Jahres 1834. — Inzwischen versammelte sich jedoch eine Abordnung aller Zehnen in Sitten zur vorläufigen Besprechung des Gegenstandes, den man nicht mehr schlechthin ad acta zu legen wagte. Verschiedene Anträge und Vorschläge zu einer Ausgleichung des Streitpunktes kamen zur Verhandlung — jedoch ohne Erfolg. Man schied unverrichteter Sache und in sehr gereizter Stimmung auseinander. Im Mailandrath 1834 sollte wie gesagt, die Denkschrift des Unterwallis einer ernsten Diskussion und Würdigung unterbreitet werden; allein die bekannte Mehrheit dieser Behörde verwieß — in Anbetracht der trüben Zeitverhältnisse — die nähere Erörterung der Beschwerdeschrift aus Unterwallis — auf „ruhigere Zeiten". — Die Unterzeichner und Anhänger dieses Aktenstückes mußten sich eine solche ungerechtfertigte Verschleppung ihres guten Rechtes in Geduld gefallen lassen. Man konnte die Stimme einer so gerechten Klage und Protestation wohl eine Zeit lang überhören, ersticken konnte man sie nicht mehr. — Die Macht des Zeitgeistes war stärker als alle Vorurtheile, Privilegien, Gebräuche, Zöpfe und Anmaßungen aus Jahrhunderten, die längst — und ohne Thränen zu Grabe gegangen waren. —

9. Durch ein aufrichtiges Entgegenkommen hätte in dieser Zeit der Krisis ein unseliger Kampf noch vermieden werden können. Die Unterwalliser beschränkten ihre Wünsche so zu sagen auf's Nothwendigste, das ihnen Niemand vorenthalten konnte,

ohne sich vor der ganzen Welt ungerechter Anmaßung gegen Mitbürger und Brüder schuldig zu machen. Das Oberwallis, gestützt auf die in Kraft bestehende Verfassung, glaubte nur seine Pflicht zu erfüllen, wenn es am „Alten" unverbrüchlich festhalte, und jeder Stimme nach Neuerung beide Ohren verschließe. Jeder Vorwand schien eine Verzögerung — oder direkte Zurückweisung bezüglicher Anträge und Wünsche zu rechtfertigen, bis es zu spät war, den Sturm zu beschwören. —

Neuntes Kapitel.

Eidgenössische Vermittelung.

1. Der Verfassungskampf hatte einige Jahre geruht. Was indessen die ganze Schweiz bewegte und in Athem hielt, waren die ernsten Differenzen und Angelegenheiten konfessioneller Natur. Strauß in Zürich, die Klosterstürmerei im Aargau, die Umtriebe einer Menge fremder Flüchtlinge — und die Ausweisungsgeschichte des Prinzen Louis Napoleon ließen der Tagsatzung keine Zeit übrig, sich mit dem Wallis zu beschäftigen. Auch war im Kantone selbst damals viel Werg an der Kunkel, so daß die Reformpartei im Unterwallis mit ihrer „Lebensfrage" stets zu ungelegener Zeit den Landrath interpellirte, und somit stets auf Geduld angewiesen wurde. Diese Geduld schien aber dem Unterwallis endlich im Jahre 1838 auszugehen. Die Abgeordneten des französischen Landestheiles erhielten im Mai dieses Jahres von Seite der Zehnen-Räthe die ausdrückliche Weisung, die Verfassungsrevision allen Ernstes im Landrathe zu betreiben.

2. Der Staatsrath hatte etwas über die gereizte Stimmung im Unterwallis in Erfahrung gebracht, und ging in seiner klugen Vorsicht dießmal einen Schritt weiter vorwärts: Er beantragte, daß zwar jeder Zehnen seine vier üblichen Gesandten auf den Landrath schicke, dabei aber befugt sein solle, für je 1500 Seelen

mehr einen Abgeordneten zu wählen. Dieser Antrag erhielt zwar die knappe Mehrheit des Landraths — nicht aber die gesetzlichen zwei Drittel Stimmen. Man brachte nun das Projekt an die Zehnen zur Abstimmung. Die sieben obern Zehnen verwarfen den Vorschlag, während die sechs untern mit dieser sehr knappen Konzession sich einstweilen zufrieden geben wollten — und annahmen, was geboten wurde — Brosamen vom Tische des Herrn. Auch diese wurden ihnen also verweigert. Allein man ließ sich dießmal nicht mehr so leicht zur Ruhe weisen. Es erging zwar ein bischöfliches Kreisschreiben an alle Pfarrer, mit der Mahnung, allen sich etwa einstellenden Gelüsten nach Neuerung mit aller Macht des Ansehens durch Wort und That — entgegen zu treten. Es wollte nicht mehr verfangen. Die Frucht war reif, sie mußte fallen! —

2. Im Herbste des gleichen Jahres erneuerten die Unterwalliser ihr Begehren nach dem ganzen Umfange eines auf absolute Gleichheit sich fußenden Repräsentationsrechtes. — Die Stadt Sitten hatte indessen ihre Ansicht im Sinne der Petenten modifizirt, und der Staatsrath sah sich bewogen, das motivirte Gesuch als ein Recht demokratischer Regierungsform bei der obersten Landesbehörde zu unterstützen und zu empfehlen. Es ergab sich eine Mehrheit von 29 gegen 27 Stimmen, allein nicht die nöthigen zwei Drittheile für Genehmigung des Antrages. Dabei konnte man aber dießmal nicht mehr stehen bleiben, das sagten die bedenklichen Symptome aus Unterwallis klar genug. Der Staatsrath war durch Erfahrung wirklich klüger geworden und gab der Sache eine andere Gestalt. Es wurde einfach eine Verfassungsrevision in Vorschlag gebracht, und der Landrath — allen Rechten der Parteien unbeschadet — auf den 14. Januar 1839 einberufen. Das Geschäft der Verfassungs-Revision ward einer Kommission übergeben, in welche jeder Zehnen ein Mitglied lieferte. Kaum hatten sich aber die Abgeordneten der untern Zehnen entfernt, suchte man sofort wieder Ausflüchte und Wege, die eingegangenen Verpflichtungen und sogar den Mehrheitsbeschluß illusorisch und erfolglos zu machen. Dazu benutzte man die aus-

drückliche Klausel, unter welcher eine Revision der Verfassung zugegeben wurde — nämlich „die Verwahrung der Rechte aller Theile!“ Man wollte nur eine neue unveränderte Auflage der alten Verfassung gestatten. — Das waren leider noch immer die Patrioten von 98 und 99 des vorigen Jahrhunderts; sie hatten in der großen Leidensschule nichts gelernt — und Alles vergessen! —

3. Auf die Nachricht von sothanen Umtrieben bildete sich in Martinach das sogenannte Central-Comite; mit dem Auftrage, den Ansprüchen des Unterwallis unter allen Umständen Geltung zu verschaffen. In Sitten versammelte sich am 3. Jannar 1839 eine kleine Tagsatzung von 13 Mitgliedern aus den 13 Zehnen des Kantons, jedes mit besondern Instruktionen, ab Seite seiner Leute versehen.

So erklärte der Abgeordnete des Zehnen Goms unumwunden, „bei der alten Verfassung stehen zu bleiben — oder sich von Unterwallis zu trennen. Nur unter sehr delikaten Verklausulirungen könne er zu einer andern Ausgleichung des Spans die Hand bieten; sofern gewisse Vorschläge, die er zu machen gedenke, nicht unbedingte Annahme finden, müsse er sich zurückziehen .....“ Eine gleiche oder sehr ähnliche Sprache führten die Gesandten von Brig, Raron und Leuk. Auch Siders wollte es beim Alten bewenden lassen, sofern die Wünsche des Unterwallis in Minne befriedigt werden könnten. Sitten und Ering zeigten sich für Revision der Verfassung geneigt und protestirten gegen eine Trennung des Landes.

4. Die Oberwalliser stellten nun nicht weniger als achtzehn Bedingungen zur Theilnahme an einer Verfassungs-Revision. Man wollte das Wallis in drei unter sich fast unabhängige Theile – Ober-, Mittel- und Unterwallis — scheiden. Dieses Ansinnen fand aber bei den untern Zehnen keinen Anklang — und wurde von 7 Zehnen verworfen. Der Gesandte von Goms zog sich zurück und diejenigen der 5 andern obern Bezirke enthielten sich von nun an der Theilnahme an den Verhandlungen, die von den 7 untern fortgesetzt wurden. Bis zum

9. Januar war ein neues Verfassungs-Projekt vorbereitet und sollte sofort an der Stelle der alten Verfassung in Kraft treten. Es war der Grundsatz der Repräsentation nach Volkszahl als maßgebend angenommen.

Im Unterwallis bewaffnete man sich für den Fall einer Verwerfung der neuen Verfassung von Seite des Oberwallis. Man war entschlossen — das mit Gewalt zu erzwingen, was man ihm seit Jahren auf friedlichem Wege zu gewähren verweigerte. Schon am 15. Januar sollte sich der Landrath versammeln. Da erschienen aus dem Unterwallis Gesandte nach Maßgabe der Bevölkerung. Der Schritt war rasch, kühn, gewagt, entsprechend der Volksstimmung, die sich nicht länger durch eine bedeutende Minderheit wollte einschüchtern und schulmeistern lassen. Der Staatsrath wagte es am ersten Tage nicht, gegen eine so offene Verletzung der verfassungsmäßigen Ordnung einzuschreiten. Am folgenden Tage wurde die Versammlung auf unbestimmte Zeit vertagt und die eidgenössische Dazwischenkunft angerufen — beide Beschlüsse gleich gefährlich und verhängnißvoll für das Vaterland. Eine friedliche Ausgleichung des Spans war beinahe zur Unmöglichkeit geworden. Es war dieß die letzte Sitzung des Landraths von Wallis!

5. An die Stelle des Landraths trat jetzt ein aus den Abgeordneten der Zehnen Sitten, Ardon, Martinach, Entremont, St. Moritz und Monthey — gebildeter Verfassungsrath. Als Mehrheit sich betrachtend, legten sie sich die Bezeichnung einer konstituirenden, legalen Versammlung bei, und handelten auch als solche. Der verfassungsmäßige Zustand hatte sein Ansehen und seine Wirksamkeit verloren. Ering und drei Gesandte aus Siders wohnten den Berathungen bei. So wurde eine neue Verfassung geschaffen, am 30. Januar promulgirt — und am 17. Februar zur Abstimmung dem Volke unterbreitet. Sie betonte die Repräsentanz nach der Volkszahl und unterdrückte die vier Stimmen des Bischofs von Sitten, ohne ihn aus den übrigen politischen Rechten als Großrathsmitglied zu verdrängen. Auch der Geistlichkeit wurde ein Platz in der obersten Landes-

behörde vergönnt, und deren Vorrechte (Immunitäten) gewährleistet. Die katholische Religion war ausschließlich als die Religion des Staates anerkannt. Unterm 8. Jänner hatte eine Versammlung der höhern Geistlichkeit diese Zugeständnisse ausdrücklich verlangt und nur unter dieser Bedingung versprochen, zu einer friedlichen Beilegung der Zerwürfnisse mitwirken zu wollen. —

6. Der Staatsrath bewarb sich nun in seiner Rathlosigkeit und Verwirrung um eine eidgenössische Vermittelung bei dem Vororte Zürich. Dieser wieß jede Einmischung im Sinne der Bittsteller von der Hand. Indessen ernannte er vorsorglich zwei Commissäre: den Schultheiß Schaller von Freiburg und Landammann Baumgartner von St. Gallen. Da der Staatsrath sein Gesuch um eidgenössische Dazwischenkunft wiederholt erneuerte, wurden diese Herrn in's Wallis geschickt mit der Weisung, auch eine friedliche Ausgleichung des Zwist's und Verfassungsrevision im Sinne der von Unterwallis angestrebten Rechtsgleichheit hinzuwirken. Gewaltmaßregeln sollten durch ihr Zuthun keine in Anwendung kommen.

Die Herren Commissäre hielten treu an ihrem Mandate und suchten durch alle Mittel, die ihnen zu Gebote standen, die aufgeregten Gemüther zu beruhigen, die Oberwalliser zur zeitgemäßen Nachgiebigkeit und billiger Reform zu bewegen. Am 17. Februar erschienen sie auf einer von den obern Zehnen zahlreich beschickten Versammlung in Brig und schilderten mit beredten Worten die Gefahren einer Trennung, die Nachtheile einer fortgesetzten Fehde — und eine durch die Zeit und die Billigkeit gleich gebotenen Gleichstellung aller Bürger eines Landes. Man verlangte von der Versammlung offiziellen Bescheid auf die besagten Anträge und Wünsche. In einer zahlreichen Versammlung vom 18. Februar wurde beschlossen, an der alten Verfassung fest zu halten. Dieser verhängnißvolle Beschluß wurde den Commissarien in aller Form und unter höflichster Verdankung ihrer Bemühungen — zur Kenntniß gebracht. Die Herren mußten mit diesem Resultat wieder den Rückzug antreten. In Sitten machten sie neue Versuche bei der Regierung im Sinne eines gütlichen Ausgleichs, allein auch hier blieben ihre edlen Bestrebungen leider erfolglos. Unterm 22. Hornung erließen sie eine Proklamation an das gesammte Volk von Wallis, mahnten zur Verständigung, warnten nachdrücklich vor einer Trennung des Landes, und empfahlen dem Oberwallis das freiwillige Aufgeben seiner vermeintlichen Vorrechte und eine neue Verfassung auf Grundlage einer gleichen Vertretung in den obersten Behörden des Kantons. — Es ist sehr zu bedauern, daß diese eben so wohlgemeinten als zeitgemäßen Rathschläge von Seite der Oberwalliser nicht die verdiente Berücksichtigung gefunden haben; manches Unheil wäre dadurch vom Vaterlande abgewendet worden. Starres Festhalten am Bestehenden und Alten ist nicht immer vom Guten. Jede Zeit will ihre Reformen — oder ihre Opfer haben! —

7. Inzwischen wurde im Unter- und Mittelwallis die neue Verfassung angenommen, Abgeordnete auf den „Großen Rath" gewählt und derselbe auf den 4. März zur konstituirenden Versammlung einberufen.

In den obern Zehnen hielt man wieder zahlreiche Conferenzen, wo die eidgenössischen Kommissäre noch einmal vermittelnd aufzutreten wagten, aber bei der Aufregung der Gemüther kaum ihr Ansehen zu wahren vermochten. Der Vorort Zürich lag sich, Volk und Behörde, wegen dem „Straußenhandel" förmlich in den Haaren. Im Wallis glaubte man gerne an den Sturz der vorörtlichen Regierung und in Siders wurden auf diesen Glauben hin die Herren Kommissäre ziemlich unzweideutig an die Unzuverläßlichkeit ihrer amtlichen Stellung erinnert. Siders war jetzt der Mittelpunkt der Opposition. Die hier weilenden Kommissarien wandten sich, jeden weitern Versuch auf persönliche Vermittelung aufgebend, — wieder nach der Hauptstadt Sitten. Hier waren sie bemüht, die Leute zu bereden, daß die von nur einem Landestheile aufgestellte Verfassung nicht anerkannt werden könne, drangen daher auf Erwählung eines neuen und allgemeinen Verfassungsrathes, Schonung der geistlichen Rechte —

und Festhalten am Grundsatze der Repräsentation nach Volkszahl. Anfangs zeigte sich einige Hoffnung auf Erfolg, bald aber änderte sich die Scene. Der Große Rath trat zusammen und machte Miene, eine neue Regierung zu wählen. In beiden Theilen des Landes wurde gewaffnet und mit Gewalt gedroht; die Trennung des Kantons in zwei Halbkantone stand bevor. Da war guter Rath theuer. Die Kommissäre sahen nur in einem eidgenössischen Machtgebot den einzigen Weg zur Rettung. Baumgartner eilte mit diesem Vorschlag nach Zürich; fand aber nicht den gewünschten Anklang — und dankte ab. — An seine Stelle wurde Hr. Emanuel Laharpe aus der Waadt gewählt.

8. Die neuen Kommissäre Schaller und Laharpe brachten schon unterm 9. Februar neue Vorschläge ein, in welchen dem Bischof und dem Klerus besonders Rechnung getragen wurde, stießen deswegen im Unterwallis auf lebhaften Widerstand. Um diese Zeit weilten in Sitten bereits zwei Regierungen — eine alte und eine neue, erstere hinsiechend, letztere täglich an Kraft gewinnend und erstarkend. Der Große Rath war ebenfalls versammelt — und der Landrath wollte sich auch nach der Hauptstadt begeben, konnte aber von diesem gefährlichen Entschlusse abgebracht werden. Siders ward jetzt zum Sitz der Opposition erkiesen. Im Heumonat verlegte auch der alte Staatsrath seine Residenz nach Siders. So war faktisch die Trennung des Landes vollzogen, allein eine rechtliche Anerkennung von Seite der Eidgenossenschaft wurde von beiden Theilen vergeblich angestrebt. Der Zustand war ein gespannter, unnatürlicher — und somit von kurzer Dauer.

Im Oberwallis machten sich zu dieser Zeit vorzüglich zwei Klassen — oder Stände bemerkbar: die Demokraten mit alter heimischer Sitte — und an sich redlichen Absichten — und eine Aristokratie, eine in fremden Diensten mehr zu den Anschauungen und Gewohnheiten der Höflinge übergegangene, durch fürstliche Jahresrenten wohlgenährte Zunft. Zu den erstern zählten einige aus dem Volke hervorgegangene und unter dem Volke lebende Männer — wie: Walter, Jost, Bürcher, Berchtold ꝛc., zu den letztern: Taffiner, Stockalper, von Courten, Allet und andere. — Auch im Unterwallis bestand eine solche Gruppirung in der eigenen Parthei; allein das liberale Element hatte bald die Oberhand gewonnen, und riß Alles mit sich fort, weil in der Hauptfrage alle einig waren. An der Spitze standen die beiden Brüder Barmann, Joseph, ein Mann von wissenschaftlicher Bildung, feinen Sitten und gelassenen Wesens den Staatsmann; — Moritz, heftig und leidenschaftlich — den Partheiführer repräsentirend, Alexis Joris, ungestüm und kampflustig, ein ehemaliger Offizier aus französischen Diensten, vertrat das kriegerische Element — und gehörte mit den beiden Barmann der neuesten Schule an. Die aristokratische Färbung trugen die Herren Dufour, Morand, Cocatrix, Devantery, de Rivaz ꝛc. In der Mitte beider Partheien stand der sehr bedächtige und einsichtsvolle Staatsrath Burgener von Visp, der sich jedoch vergebens abmühte, eine Verständigung im Sinne der eidgenössischen Kommissäre zu erzielen, und dafür von vielen seiner Landsleute verdächtigt — und verfolgt wurde. —

Wie bei allen heftigen Partheikämpfen wurde auch hier die Stimme der Vernunft, des Rechtes und der Mäßigung oft überhört, und dadurch das Uebel gefördert und die Erbitterung auf die Spitze getrieben.

Zehntes Kapitel.

Der Walliserhandel vor der Tagsatzung.

(Juli 1839.)

1. Nachdem auch die Eidgenossenschaft zu der Ueberzeugung gekommen, daß das Wallis sich selbst nicht mehr helfen und einigen könne, nahm die Tagsatzung diese wichtige Frage an die Hand. So wie es im Wallis bereits zwei Regierungen und zwei gesetzgebende Körper gab, so gab es jetzt auch zwei Gesandt-

schaften auf die Tagsatzung. Für Unterwallis ward Joseph Barmann und Karl von Rivaz — für Oberwallis Moritz von Stockalper und Kaspar Zen-Ruffinen nach Zürich gesandt. Sie fanden sich frühzeitig in der Bundesstadt ein, und suchten ihre Parthei zu empfehlen — allein beide Deputationen wurden von der Theilnahme an den Verhandlungen bis auf Weiteres — ausgeschlossen. Die hohe Versammlung hatte den Zustand im Wallis insoweit richtig erkannt, als sie von der Ansicht ausging, es müsse eine Rekonstituirung der Zerwürfnisse durch Bundesbeschlüsse erzielt werden. Die Gesandten von Oberwallis verwahrten sich gegen den Ausschluß, die des untern Theiles fügten sich schweigend. Die Tagsatzung erkannte am 4. Juli, daß keine Trennung des Kantons zugegeben werden dürfe, und verfügte, daß von je tausend Seelen ein Mitglied in einen Verfassungsrath zu wählen sei; dieser habe eine neue Verfassung auszuarbeiten und dem Volke zur Genehmigung vorzulegen. Damit waren auch die beiden im Wallis bestehenden Verfassungen gerichtet, d. h. beide verworfen. Waadt betheiligte sich nicht an diesen Beschlüssen, weil es eine Trennung des Wallis gewünscht und gefördert hatte. —

2. Diese Verfügungen wurden den eidgenössischen Kommissären mitgetheilt und selbe zugleich mit der Ausführung betraut. Man schritt sofort zur Wahl der Verfassungsräthe und berief sie auf den 29. Juli zur konstituirenden Versammlung nach Sitten ein. Im Unterwallis, in Sitten und einigen Gemeinden von Ering gingen am 24. Juli diese Wahlen ohne Störung vor sich; das Oberwallis aber wählte gar nicht — und verharrte in seiner protestirenden Stellung. In einer aus den Zehnenpräsidenten, Gemeindevorstehern und vielen Freiwilligen geistlichen und weltlichen Standes zusammengesetzen Versammlung wurde beschlossen „sich den Verordnungen der Tagsatzung zu widersetzen, im ganzen Lande noch einmal abstimmen zu lassen, ob man die alte oder eine neue Verfassung wolle — und eine Abordnung aus dem „Bauernstande“ nach Zürich zu schicken, um dort geeignete Vorstellungen zu machen ....“ — .

Diese Abgeordneten „der Landsgemeinde von Oberwallis" wie man sie nannte, langten wirklich am ersten August in Zürich an, und verlangten vom Tagsatzungs-Präsidenten Rücknahme der gefaßten Beschlüsse — und freie Volksabstimmung über die Verfassungsfrage. Der Präsident antwortete ungefähr mit Pilatus: Quod scripsi, scripsi, d. h. was beschlossen ist, ist beschlossen — und entließ die achtgliedrige Gesandtschaft im Frieden.

3. Mittlerweile hatte sich ein Verfassungsrath aus Deputirten des Unter- und Mittlerwallis versammelt, und im Laufe weniger Tage eine neue Verfassung auf Grund der frühern ausgearbeitet. Den Wünschen des Oberwallis ward in mancher Rücksicht Rechnung getragen, der Preis des Salzes von 5 bis auf 4 Kreuzer reduzirt. Das war allerdings eine Lockspeise für die Obern, aber nicht hinreichend, um sie zu fangen. Der Verfassungsrath vertrat die Mehrheit der Bevölkerung, und konnte auf Erfolg Anspruch machen. Die so entstandene Verfassung wurde unter Mitwirkung der eidg. Kommissarien unterm 25. August dem Volke zur Abstimmung unterbreitet. Das Resultat zeigte 7605 Annehmende gegen 601 Verwerfende. — Hiemit trat die neue Verfassung in Rechtskraft, da auch die Tagsatzung die Stimmenmehrheit als normgebend bezeichnet und die Proteste der Oberwalliser zurückgewiesen hatte. Dessen ungeachtet beharrte die Opposition im obern Landestheile bei ihrer frühern Renitenz; — versöhnliche Stimmen wurden durch Drohungen niedergehalten und zum Schweigen gebracht.

4. So trieben sich die Dinge hartnäckig und unverbesserlich fort, bis kein anderes Mittel übrig blieb — als Gewalt!

Die Tagsatzung ernannte nun einen Ausschuß, den sie mit der Vollziehung ihrer Beschlüsse im Wallis beauftragte; derselbe bestand aus den Herren: Heß, Neuhaus, Kopp, Baumgartner, Maillardoz, Munziger und Kramer. Die Wahl eines neuen Großen Rathes hatte indessen stattgefunden — und mußte dieselbe entweder unbedingt anerkannt — oder zu einer förmlichen Trennung des Landes Hand geboten werden. Letztere war aber durch die Tagsatzung untersagt worden. Die Kommissäre stellten daher den formellen Antrag: „es sei die Verfassung vom August 1834 anzuerkennen, und über alle gegen dieselbe eingebrachten Bemerkungen und Beschwerden einfach wegzugehen.“ (5. September 1839.) Oberst Maillardoz wollte der Mißachtung dieses Beschlusses sofort militärische Gewalt entgegenstellen, was aber für den Augenblick nicht beliebt wurde. —

5. Die Herrlichkeit der eidgenössischen Vermittelung ging rasch ihrem Ende entgegen. Im Oberwallis fand nämlich am 18. August ebenfalls eine Volksabstimmung statt, wobei sich 10,770 Stimmen für Beibehaltung der alten Verfassung ergeben haben sollen, was aber niemals erhärtet werden konnte. Die Zahl schien nämlich mit der Volkszahl der obern Zehnen in auffallendem Widerspruch zu stehen, und wurde daher nicht ohne Grund von den Gegnern angefochten. Es handelte sich hier nicht mehr blos um die numerische Mehrheit und Minderheit, sondern um ein altes — oder neues Staatsrecht. Die Anhänger beider Systeme glaubten sich berechtigt, ihre Ansichten mit allen ihnen zu Gebote stehenden Mitteln zu verfechten und geltend zu machen. An einen friedlichen Uebergang vom Alten zum Neuen war bei der Stimmung im obern Landestheil nicht zu denken. Die neue Regierung wie der neue Große Rath, sich in vollem Rechte und von der Tagsatzung anerkannt glaubend, wollten auf eine weitere Unterhandlung mit den Obern eintreten, und vermieden daher allen amtlichen Verkehr mit den eidg. Kommissären. Es mußte schon aus diesem Grunde jeder Gedanke auf eine erfolgreiche Vermittelung aufgegeben werden. Als der h. Vorort zwar eine Truppenmacht in den Nachbarkantonen unter Oberst Bontemps aufgeboten, aber deren Einschreiten und Verwendung im Wallis äußerst stark verklausulirt hatte, und überdieß den eidg. Staatsschreiber von Gonzenbach als neuen Friedensstifter in's Land gesandt, steigerte sich die Unzufriedenheit der Kommissarien gegen ihre Auftraggeber selbst; sie verlangten und erhielten ihre Entlassung und kehrten nach Hause zurück. Ende Januar 1840 standen sich im Wallis die beiden Regimente, das alte in Siders, das neue in Sitten, wieder auf sich selbst ange-

wiesen — gegenüber. Keines von beiden durfte sich noch des Sieges oder besonderer eidgenössischer Sympathien rühmen. — Es blieb wieder nur die Alternative übrig: Entweder Einigung durch Gewalt — oder definitive und bleibende Trennung des Landes — in Ober- und Unterwallis; beides gleich verderblich für die Zukunft. —

Eilftes Kapitel.

Entscheidung durch die Waffen.

(1. April 1840.)

1. Beide Parteien suchten sich jetzt neue Anhänger und Ausdehnung ihrer Macht — zu gewinnen. Die Regierung von Siders beanspruchte einige Gemeinden von Herens und gründete darauf das Recht des Salzverkaufs in denselben. Die Regierung von Sitten widersetzte sich dieser Forderung, und sandte etwa 6—7 Landjäger in die fraglichen Gemeinden, um dort ihre Ansprüche geltend zu machen. Die Polizeidiener stießen aber in Evolenaz auf bewaffneten Widerstand, und wurden mit Ausnahme eines Einzigen — übel zugerichtet. Zwei Bauern wurden getödtet. (22. März 1840.)

Auf diese Nachricht griff die Mannschaft der umliegenden Weiler sofort zu den Waffen, besetzte das Dorf Evolenaz, übte das Faustrecht an den Anhängern der neuen Verfassung — und machte der Herrschaft dieser Partei sogleich den „Garaus." Die Regierung in Sitten erblickte in diesen Vorgängen ganz richtig einen Angriff auf das neue System und die Verfassung, berief einen außerordentlichen Landrath — und forderte den Staatsrath von Siders auf, alle Ansprüche auf das Eringerthal aufzugeben und dasselbe zu räumen.

Gleichzeitig wurde im Centrum und im Unterwallis alle waffenfähige Mannschaft aufgeboten, um die neue Verfassung gegen die Anfechtungen der Obern zu schützen.

Die Regierung von Oberwallis wollte nicht zurückbleiben an kriegerischen Demonstrationen. — Sofort beeilte sie sich, auch ihre „Getreuen" zu bewaffnetem Aufbruch zu mahnen; allein dieses Aufgebot fand überhaupt nicht jene begeisterte Aufnahme, die man erwartet hatte. Es fehlte dießmal das Feuer und die Belebung, welche nur die Heiligkeit der zu vertheidigenden Sache — und der Geist einer entschlossenen Regierung verleihen können. Gerade diese Entschlossenheit, dieses Bewußtsein einer heiligen Sache ging dießmal dem Oberwalliser-Volke ab und seine ganze Geschicklichkeit beschränkte sich auf die gewöhnlichen politischen Umtriebe, auf einige demagogischen Taschenspielerkünste; überdieß fehlte es an Munition, Waffen und Lebensmitteln, — kurz an allem Erheblichen, was zu einem erfolgereichen Feldzuge unerläßliche Bedingung ist.

Dagegen rükten die Unterwalliser auf den ersten Ruf ihrer vollziehenden Behörde gegen achttausend Mann stark und gut bewaffnet in die Hauptstadt ein. Dort stand ihnen das Zeughaus mit seinem Inhalte zu Gebote; auch war für Munition und Verpflegung bestens gesorgt. Moritz Barmann von Saillon erhielt den Oberbefehl über die Truppen. —

Auf Antrieb des Bischofs wurde noch ein letzter Versuch zur Verständigung gemacht. Jede Parthei sandte vier Abgeordnete zu einer Conferenz nach St. Leonhard. Oberwallis, seine Schwäche bemerkend, schien versöhnlicher gestimmt und verlangte Theilung der Staatskasse und des Zeughauses; die Untern Herstellung des Zustandes — wie vor dem 20. März. Man stritt sich lange herum — und ging endlich in höchster Erbitterung wieder auseinander. Ein Entscheid durch Waffengewalt war die unvermeidliche Folge!

2. Indessen stunden sich bereits beide Landestheile kampfbereit gegenüber. Graf Ludwig von Courten führte die Oberwalliser an, über ihm stand Staatsrath Taffiner aus Goms, der

jedenfalls mehr Soldat — als Politiker und Diplomat war. Etwa 5000 Mann hatten dem Aufgebot Folge geleistet. Man besetzte die Anhöhen und Umgebungen von Sitten, und machte Verhaue auf der Landstraße zwischen Siders und Sitten. Die Hauptmacht wurde bei Brämis aufgestellt, und erwartete den Feind.

Am frühen Morgen des ersten April begann der Kampf auf beiden Flügeln. Die Untern vertrieben ihre Gegner nach kurzem Widerstand aus mehrern vortheilhaften Stellungen auf der ganzen Operationslinie, und hatten schon am Abend des ersten Tages bereits den Sieg errungen. Als die noch in Siders harrenden Landstürmer von dem Vorrücken des Feindes Kunde erhielten, verlangten sie Munition, Anführer — und Brod. Als man ihren Wünschen nicht sogleich entsprechen konnte, schrie man laut über Verrath von Seite der „Herren“ — stets die erste Folgerung des Bauern aus einem mißlungenen, kriegerischen Unternehmen. In diesem kritischen Moment traf ein vorörtlicher Befehl ein, der die Niederlegung der Waffen für beide Theile verordnete. Derselbe wurde von den Untern nicht beachtet; — in Siders ward Staatsrath Taffiner mit der Begutachtung dieser Note beauftragt. Ein trauriger Zwischenfall gab der ganzen Sache eine rasche Wendung — und vielleicht den besten Ausschlag

Als die Oberwalliser diese Ordonanz vernahmen, steigerte sich ihre Wuth aufs höchste. Man klagte vor allem die Regierung des Verraths an. — Einige Verblendete drangen bewaffnet in die Wohnung des Landeshaupmanns ein, und da sie denselben nicht fanden, übten sie Rache an dem gewiß schuldlosen Bruder, Peter von Courten, rissen ihn unter fortwährenden Mißhandlungen die Treppe herunter, bis er endlich den Kolbenstreichen und mehrern Bajonnetstichen erlag. Man sagte, er habe auf verschiedene Anfragen der Meuterer mit beissendem Spott geantwortet, doch ist dieß nicht wahrscheinlich, noch weniger bewiesen worden. Vor der eigenen Unthat erschreckend, zerstreuten sich die Briganten nach verschiedenen Richtungen hin. Auch die Mitglieder der Regierung, auf ihre persönliche Sicherheit bedacht —

suchten in der eiligsten Flucht ihr Heil. Kaum nahm sich Taffiner noch Zeit, den Oberwallisern den Befehl zur Heimkehr zu ertheilen. Alles dieß geschah schon am ersten April, während die Elite bei Sitten und Brämis im Kampfe stand. —

Am 2. April zog sich der Befehlshaber Graf Ludwig von Courten auf Siders zurück. Erst hier vernahm er die an seinem Schwiegervater verübte Gräuelthat und die Flucht der Regierung — so wie den Befehl zur Entlassung der Truppen. Dieser Befehl wurde auch sofort gegeben; die Mannschaft verlief sich unter lautem Murren und Schimpfen nach allen Seiten hin. Der flüchtige Staatsrath und die höhern Offiziere hatten große Noth, der Volkswuth zu entrinnen. Der Landeshauptmann von Courten entkam auf verborgenen Pfaden durchs Gebirge nach dem Kanton Bern; Stockalper und Taffiner hielten sich auf dem Simplon verborgen.

3. Noch am gleichen Tage rückten die Unterwalliser in das weißbeflaggte Siders ein. Die Sieger waren bald entschlossen, nicht auf halbem Wege stehen zu bleiben, sondern das Ziel zu verfolgen; sie besetzten sodann Leuk nnd Turtmann. Hier empfingen sie die Abgeordneten (am 4. April) der Zehnen Goms, Brig, Visp und Raron. Diese brachten die Unterwerfung ihrer Bevölkerung und baten den siegreichen Feind, nicht weiter vorzurücken und ihnen die Schmach uud die Kosten einer militärischen Besatzung zu ersparen, was auch gewährt wurde. Damit hatte dieser Feldzug sein Ende erreicht; schon im Laufe der nächsten Tage trateu die Untern den Rückzug an — und wurde die Mannschaft unverzüglich entlassen. Der Sieg ward mit sehr geringen Opfern erkauft; nur wenige Menschenleben waren zu beklagen. Die Besiegten fügten sich endlich, wenn auch knirschend — in ihr Schicksal, das durch die Großmuth der Sieger um Vieles gemildert wurde.

4. Nach den Vorfällen in Evolenaz berichteten beide Regierungen an den Vorort; die von Siders verlangte eidgenössische Intervention, jene von Sitten verbat sich dieselbe. Auch Waadt hatte sich beeilt, Meldung zu machen. Der Vorort sandte

Herrn Meyenburg-Stockar mit der Vollmacht zu bewaffnetem Einschreiten ab, um einen Bürgerkrieg zu verhüten. Er kam zu spät. Die Unterwalliser waren schon in Siders, als Oberst Bontemps die Milizen von Waadt, Bern, Freiburg und Genf aufzufordern und nach Wallis zu beordern im Begriffe stand. (5. April.) Meyenburg-Stockar sandte wieder den Herrn Monnard aus der Waadt ins Wallis, um besonders die Unterwalliser zur Mäßigung gegen die Besiegten zu bestimmen. Derselbe wurde kalt empfangen — spendete jedoch der Mäßigung der Sieger alles Lob. Auf diesen Bericht hin wurden alle militärischen Vorkehrungen zur Intervention eingestellt, und der Hausstreit im Wallis den Betheiligten allein zur Ausgleichung überlassen. Auf die geübte Großmuth der Sieger mag aber das Interventions-Kommando des Vororts nicht ganz ohne Einfluß gewesen sein. —

5. Am 6. April schon fand in Siders eine Friedens-Konferenz statt, an welcher nebst den Führern des Unterwallis auch Abgesandte der obern Zehnen Theil nahmen. Diese sprachen jetzt die Anerkennung der neuen Verfassung aus — und man schritt auch sofort zur Wahl der Deputirten auf den Großen Rath — nach Maßgabe der Verfassung, d. h. nach der Volkszahl. — Der Große Rath versammelte sich vollzählig am 18. Mai in Sitten. Der Bischof und der Probst von St. Bernhardsberg nahmen ihre Plätze ein. Joseph Barmann eröffnete die Sitzung mit einer Anrede, die von der ganzen Versammlung sehr günstig aufgenommen wurde. Der Staatsrath ward in seiner Vollzahl wieder einstimmig bestätigt, da in demselben beide Kantonstheile ziemlich gleichmäßig vertreten waren. Man schien beiderseits das Vergangene vergessen zu wollen. Bei zufälligem Zusammentreffen umarmte der gewesene Landeshauptmann Moritz von Courten den Anführer der Unterwalliser — Herrn Moritz Barmann. Die Laune war überhaupt die beste von der Welt — da der Staatsschatz kein Defizit aufwies — und die neue — so schief beurtheilte Verfassung bei näherer praktischer Untersuchung auch im Oberwallis Boden

und Anhänger fand. Das Land ging allem Anscheine nach einer friedlichen und bessern Zukunft entgegen. —

6. Die ordentliche Tagsatzung von 1840 ertheilte der Verfassung des Kantons Wallis vom 3. August 1839 die volle Anerkennung und den väterlichen Segen. So freute sich das Land wieder einer gesetzlichen Ordnung der Dinge und einer einheitlichen Verwaltung. Die persönlichen Befehdungen und Rivalitäten traten in den Hintergrund, das Ruder des Staates befand sich in jungen, rüstigen Händen. Verfassung und Behörden fanden von Seite des Volkes fast ungetheilte Anerkenung; kein einziger Bürger wurde wegen der vergangenen Ereignisse weder gerichtlich noch außergerichtlich verfolgt. —

7. Der eidgenössische Commissär Baumgartner charakterisirt die Partheiführer der Zeit ungefähr in folgender Weise:

1) Staatsrath Taffiner und der fast fanatische Jost aus Goms — waren beharrliche Vertheidiger der alten Zehnenrechte, und wollten jede Vermischung mit dem welschen Elemente des Kantons verhütet wissen; überdieß leiteten sie die Beschlüsse der Bauern, fanden sich unter dem Volke heimisch — und blieben seinen Sitten treu.

2) Der Landeshauptmann Graf Moritz von Courten war ein Mann von ganz aristokratischen Formen und Gesinnungen; mit seinen Orden und Spenden mehr den monarchischen — als dem einfachen republikanischen Elemente verwandt; dabei ohne Kraft und Entschlußfähigkeit — stets nur bestrebt, den wankenden Staatsbau durch einen endlosen und hohlen Redefluß aufrecht zu halten.

3) Sein Sohn, Adrian von Courten, ritterlich und feuerig, keke und prunkende Rede zugleich liebend, war der Agitator im welschen Theile von Oberwallis, repräsentirte vorzugsweise die aristokratischen Interessen, die bei dem vorwürfigen Uebergang zur Demokratie nur verlieren konnten. —

4) Freiherr Moritz von Stockalper, ein Mann ohne Geist und Kenntnisse, bei dem das deutsche Element das

welsche, dieses das deutsche nie zur vollen Geltung kommen ließ — wie dieß im Wallis häufig vorkommt.

5) Im Unterwallis zählten Dufour und Morand zur alten, die beiden Barmann zur neuen Schule; im Interesse ihres Landestheiles aber wußten sie theoretische Differenzen zu vergessen, und boten sich redlich die Bruderhand zum gemeinsamen Zwecke. —

6) Joseph Barmann war Staatsmann, ruhig, gebildet, feinen Umgangs —; sein Bruder Moritz, feurig, waghalsig, leidenschaftlich — ein geborner Parteiführer — (und Demagoge)?

7) Alexis Joris, ungestüm, ungezügelt, kampflustig, ein ächter Haudegen.

8) Staatsrath Burgener von Visp hielt die Mitte — und vereinigte so die Mehrheit auf seiner Seite, hielt aus Ueberzeugung zu Unterwallis — ohne deßwegen dem Radikalismus zu huldigen.

Wir enthalten uns der Glossen und Bemerkungen zu dieser gewiß nicht ganz unkompetenten Charakteristik, indem wir der Zeit zu wenig nahe standen, um uns selber über die Lenker der Ereigniße ein richtigeres Urtheil zutrauen zu dürfen. — Genug, daß wir dafür unsern Gewährsmann, der mit Land und Leuten der Zeit durch seine amtliche Stellung gewiß in nahen Beziehungen stand, und dessen geistige Befähigung auf diesem Felde allgemein anerkannt ist — namhaft gemacht haben. —

Zwölftes Kapitel.

Die „Neuschweiz" im Unterwallis.

(1843.)

1. Durch den entschiedenen Sieg der Unterwalliser vom 1. April 1840 war die Rechtsgleichheit im Wallis zwar faktisch und

gesetzlich hergestellt; allein mit dieser Errungenschaft wollte sich nun die junge Schule im Unterwallis nicht zufrieden geben; sie strebte nach tiefer greifenden politischen und religiösen Reformen im Sinne der Revolution. Zu diesem Zwecke gründete man einen Verein unter dem schönen Titel: „Die Jungschweiz" (la jeune suisse) und dessen Organ das „Echo des Alpes" unter der Redaktion von Alphons Morand, Sohn des frühern Staatsrathes Morand. Als Stifter dieses schönen Bundes werden gewöhnlich Cäsar Gros und Advokat Pottier von Monthey genannt; der Hauptsitz der Zunft war Monthey. Man besaß ein eigenes Zeughaus, und übte allerlei Gewaltthaten an friedlichen Bürgern. Das Unterwallis selbst theilte sich nun in zwei Parteilager, und es entstand bald eine entschiedene Mehrheit im Volke gegen die kirchenfeindlichen Pläne der Reformer. Die Partei, welche die Rechtsgleichheit im Lande herbeigeführt, war nicht mehr Herr der Geschicke. Die Mitglieder der Jungschweiz setzten jedem ihren Zwecken nicht entsprechenden Beschluß des Grossen Rathes Gewalt entgegen; drohte mit den Waffen die Ausführung desselben zu verhindern. Die Regierung, unter sich selbst getheilt, fühlte nicht Muth und Kraft genug, dieser Anarchie gewaltsam ein Ende zu machen, und so verlor sie bald alle Selbstständigkeit und alles Ansehen — als Hüterin und Wächterin gesetzlicher Ordnung. —

2. Der Bischof, durch die unerhörten Exzesse dieses neuen Ordens bewogen, erklärte selben unter jene Kategorie von Gesellschaften, welche von Leo XII. mit dem Kirchenbann belegt wurden. So waren die Mitglieder aus dem kirchlichen Verband ausgeschlossen — und die Sakramente durften ihnen nur auf eine schriftliche Austrittserklärung hin ertheilt werden. Etwa 40 Ordensgenossen traten auf diese Verordnung des Bischofs von ihren Gelübden zurük. Desto ergrimmter und schamloser trieben die „Getreuen" ihr Unwesen fort. Außerkirchliche Taufen und Beerdigungen fanden öfter statt, gaben grosses Aergerniß und steigerten die Erbitterung unter dem streng katholischen Volke — gegen die Neuerer. Eine bischöfliche Verwarnung und väterliche

Mahnung an das „Echo von den Alpen“ wurde durch eine regierungsräthliche Proklamation paralisirt, indem darin die vom Bischof behauptete Gefährdung der Religion einfach in Abrede gestellt wird. Man sieht, die Regierung war bereits von der Jungschweiz überflügelt — und in's Schlepptau genommen. Das waren somit wieder untrügliche Vorboten trauriger Ereignisse für den Kanton Wallis (1842.)

3. Besiegt hatte sich das Oberwallis in die neuen Zustände gefügt — und bald sogar mit denselben ziemlich ausgesöhnt; es herrschte seither verfassungsmäßige Ordnung daselbst. Mit dem Oberwallis sympathisirte dießmal auch die meiste Bergbevölkerung des untern Landestheiles — und reichte ihm zur Herstellung rechtlicher Zustände und zur Unterdrückung der Anarchie brüderlich die Hand. Dadurch kam die Jungschweiz in große Noth und Bedrängniß. Die Konflikte mit der Kirche und ihren treuen Dienern mehrten sich indessen von Tag zu Tag. Die Gesellschaft hatte sich seit der Exkommunikation noch um vier Sektionen vermehrt. Diese Ausdehnung und die gesteigerte Schamlosigkeit und Gewaltthätigkeit erregte große Besorgniß und gerechte Erbitterung unter allen Freunden der Religion und staatlicher Ordnung und Sicherheit. Um dem Fortschreiten der Anarchie erfolgereichen Widerstand leisten zu können — bildete sich im Jahr 1843 ein Gegenverein: „die Altschweiz“, — die sich bald über das ganze Land ausbreitete — und militärisch organisirte. Bei solcher Stellung der Parteien sollte im Frühjahr die Gesammterneuerung des Großen Rathes — und der übrigen Behörden stattfinden. Die Jungschweiz griff, um sich den Sieg zu sichern, überall zu Mitteln der Gewalt. Die konservative Presse hatte bereits grossen Einfluß gewonnen, und war somit den Gegnern ein Gegenstand des Hasses. In der Nacht vom 12. auf den 13. April zerstörte eine Bande Jungschweizer, darunter auch Waadtländer, französische und italienische Flüchtlinge, die Presse der gefürchteten „Gazette du Simplon“ in St. Moritz — und zertrümmerte alles dahin bezügliche Material. So griff der Radikalismus gewaltsam in die Rechte des Eigenthums ein und verletzte auf die

empörendste Weise die ersten Grundsätze der Ordnung und der öffentlichen Sicherheit. Diese Gewaltakte öffneten manchem guten Liberalen die Augen, und führte ihn auf die Seite der Konservativen. Die Wahlen fielen nicht im Sinne der „Rebellen" aus: der Große Rath bestand zu zwei Dritttheilen aus Freunden gesetzlicher Ordnung; in diesem Sinne wurde auch die neue Regierung bestellt. Diese beeilte sich durch eine Proklamation vom 29. Mai die Pflege religiöser Gesinnung und staatlicher Ordnung als höchstes Bedürfniß der bürgerlichen Gesellschaft — anzupreisen und alle Bürger zur Mitwirkung an diesem schönen Werke aufzufordern. —

4. Dieser Mahnnng setzte die Jungschweiz Hohn und Trotz entgegen. Schon am 23. Mai zog Alexis Joris mit einer Bande dieser Leute nach Monthey, beherrschte von da aus seine Partei, hielt die Gegner in Schrecken — und die Behörden in Ohnmacht. Die Zustände verschlimmerten sich in einem bedenklichen Grade. Die Altschweiz rüstete und drängte die Regierung zu energischem Einschreiten gegen die unverbesserlichen Ruhestörer und Banditen. Diese suchte noch immer auf friedlichem Wege die Rückkehr der verfassungsmässigen Ordnung zu erzielen — allein umsonst! Ein finsterer Geist zog jetzt durch die Gauen der Eidgenossenschaft, der Geist der Befehdung, der Irreligiösität — der Gewalt, der sich in den sogenannten „Freischaarenzügen" Ausdruck verlieh, aber meist auf so kräftigen Widerstand stieß, daß das Ziel selten erreicht wurde.

Dreizehntes Kapitel.

Erster Feldzug gegen die Jungschweiz.

(August 1843.)

1. Den ganzen Sommer des Jahres 1843 dauerte der anarchische Zustand im Wallis fort, lähmte die Behörden, zerklüftete das öffentliche Leben, steigerte die Parteileidenschaft, vergiftete

selbst die Privatverhältnisse und den ordentlichen Gang rechtlicher und gerichtlicher Angelegenheiten. Endlich ging der Regierung die Geduld aus — und sie schritt zu militärischen Maßregeln. — Ein Bataillon wurde aufgeboten und eine Kompagnie zur Handhabung der Ordnung nach St. Moritz befehligt. Statt der Truppen ging aber eine staatsräthliche Deputation nach St. Moritz —; es wurde auf den 24. August der Große Rath einberufen und das gesammte Kontingent des Landes auf's Piquet gestellt, um allfälligen Gewaltthätigkeiten vorzubeugen.

2. Im Großen Rathe trat die radikalisirende Partei dießmal mit entschiedener Herausforderung auf. Man verlangte Zurückgabe der nach dem Unterwallis abgeführten Kanonen: diese Zumuthung wurde als beleidigend zurückgewiesen. Hierauf wurde beschlossen, auch der Altschweiz grobes Geschütz aus dem Zeughaus zur Verfügung zu stellen. Ein konservatives Mitglied des Staatsrathes wurde durch ein der Jungschweiz befreundetes verdrängt, daher ein Antrag auf Mäßigung und Nachgiebigkeit gegenüber der Macht der Umstände — und Genehmigung desselben von Seiten des Großen Rathes. Für alle politischen Vergehen wurde mit Vorbehalt der Civilklage — Amnestie ertheilt. Gleichzeitig beschloß man, die Truppen zu entlassen, und wurde der Große Rath am 29. August wieder im guten Frieden verabschiedet. Indessen trieben im Unterwallis die Jungschweizer ihr altes Spiel ärger als je — spotteten der Ohnmacht der obersten Behörden und schöpften neuen Muth zu Gewaltakten. — In Monthey wurde der Pfarrer Dumoulin vor die Mündung einer geladenen Kanone gestellt, mit der Drohung ihn zu tödten, wofern er ihren Wünschen nicht willfahren, und einige ihm vom Bischof untersagte geistliche Funktionen vornehmen würde. Nur die vermittelnde Dazwischenkunft eines angesehenen Bürgers verhinderte die blutige That. —

Eine Bande dieser Banditen zwang den Großkastellan Rouiller von St. Moritz zur Niederlegung seines Amtes, drängte eine Vorwache der Altschweiz bei Mieville zurück — und zog gen Sitten, um einem Ueberfalle von Seite der Oberwalliser zuvorzukommen. Voll Unmuth kehrten die Obern auf regierungsräthliche Ordre nach Hause, besonders die 100 Freiwilligen aus dem Einfischthale, die es allein mit dem Feinde aufnehmen wollten. Unter den Befehlen von Alexis Joris und Kasimir Dufour rückte eine Abtheilung Jungschweizer schon am ersten Tage nach der Entlassung der Oberwalliser in Sitten ein, und ließen sich hier durch den geängstigten Staatskassier 13000 Fr. zur Besoldung ihrer Leute ausbezahlen. — Nach einer „Kapitulation“ mit der Regierung trat die Bande den Rückmarsch an, und bezeichnete denselben durch manche schimpfliche Handlung der Gewalt und der Ausgelassenheit. Umsonst protestirte die Minderheit der Regierungsmitglieder gegen diese Vorgänge, beantragte Verlegung des Regierungssitzes nach dem Oberwallis — und verlangte eidgenössische Intervention — zum Schutze der Verfassung. Das war der Zustand des Walliserlandes: im untern Theil eine bewaffnete, zügellose Bande, das Faustrecht in voller Ausdehnung ungestraft übend; im Oberwallis und anderswo alle Freunde der Ordnung durch eine in sich zerfallene Regierung und einen schwachen Großen Rath zur Unthätigkeit und zum Zuschauen verurtheilt, ein großer Theil rechtschaffener friedlicher Bürger im Unterwallis den schändlichsten Angriffen auf Hausrecht und Eigenthum, ja auf persönliche Sicherheit ausgesetzt — und zur Flucht genöthigt. Unter solchen Umständen sah sich denn der h. Vorort endlich zum Einschreiten verpflichtet — und sandte anfangs September 1843 den Staatsschreiber Bernhard Meyer von Luzern über die Gemmi nach dem Wallis ab. Dieser sollte genau Bericht geben über die Zustände des Landes. Gleichzeitig wurden Waadt und Uri, als Nachbarstaaten gemahnt, die Vorgänge im Wallis zu verfolgen und zu überwachen. Die Regierung von Sitten erhielt die Weisung, unter Zusicherung eidgenössischer Unterstützung die verfassungsmäßige Ordnung strenge zu handhaben. Seltsamer Weise beschloß eine Versammlung aus den östlichen Zehnen am 20. September in Turtmann, jede eidgenössische Dazwischenkunft abzulehnen.

Das war das Ende des ersten sogenannten Feldzuges gegen die Jungschweiz. Wir haben aus dem Gesagten ersehen, wer die Hauptschuld an dem Mißlingen dieses erfolglosen Unternehmens trägt. Das Aergerniß kam auch hier, wie fast überall, von Oben herab; vom Kopfe ging das Uebel aus und hemmte die Thätigkeit des gesammten Organismus. Während die Wächter und Freunde der gesetzlichen Ordnung entweder müssig zuschauten, oder durch unselige Beschlüsse zur Geduld verdammt waren, schritt die Revolution auf dem betretenen Wege ungehindert vorwärts — und drohte allem Bestehenden den unvermeidlich scheinenden Umsturz. —

3. Wenn sich auch der Zweck, den die junge politische Schule anstrebte, einigermaßen rechtfertigen ließe, so waren die dazu angewandten Mittel meist sowohl vom Standpunkte der Moral als des Rechts aus betrachtet, verwerflich. Freilich kennt die Revolution kein Gesetz, allein die Gründe zu einer solchen waren nicht genügend. Das Unterwallis hatte ja seine angestrebten Rechte erkämpft — und was es darüber wünschte und verlangte, war ihm von Aussen her eingegeben worden. Es war Sesselpolitik, und dazu ein Kampf des neusten frivolen Zeitgeistes mit den letzten — aber sich hartnäckig sträubenden Resten der Aristokratie, — ein Kampf auf Tod und Leben allerdings. Der Geist läßt sich nicht todtschlagen, — am wenigsten der Zeitgeist. — Die gesammte Eidgenossenschaft hatte sich in ihren alten, seit 1815 wieder in den Vordergrnnd getretenen Formen überlebt. In den meisten Kantonen entschied sich die Gährung zu Gunsten der neuen Ideen. Auch im Wallis war noch ein gutes Stück Zopf hängen geblieben. Die „Jungschweiz" hatte sich die verwegene Aufgabe gestellt, unter allen Umständen auch diesen ehrwürdigen Rest zu vertilgen — und sollte es den Kopf selber kosten. Dieß zum nähern Verständniß der Zustände und Folgendem.

Vierzehntes Kapitel.

Der zweite entscheidende Feldzug gegen die Jungschweiz.

(Mai 1844.)

1. In der Innern Schweiz war die Jesuiten- und Klosterfrage an die Spitze getreten und rief große Gährung unter den Geistern der neuen revolutionären oder freisinnigen Richtung hervor. Im Wallis blieb der Orden Lojola's auch nicht ganz unthätig, sondern drang durch alle ihm zu Gebote stehenden Mittel auf eine gewaltsame Entscheidung. Es entwikelte sich daher rasch eine Gefahr drohende Krisis. Die vorortliche Mahnung an die Regierung blieb unbeachtet und fruchtlos. Schon im Februar besorgte man eine Sprengung dieser Behörde durch die Jungschweiz. Diese hatte nun ihren Tummelplatz nach Gundis — und vorzugsweise in die Gemeinde Ardon, anderthalb Stunden unterhalb Sitten, versetzt. — Der Staatsrath forderte unterm 27. März durch eine Proklamation jede Gemeinde auf, in ihrem Gebiet die gesetzliche Ordnung aufrecht zu halten und bedrohte die Widerspenstigen mit militärischer Besatzung und Verantwortlichkeit für weitere Störung der öffentlichen Ruhe. Einige Gemeinden des Unterwallis wiesen diese Mahnung an die Urheber zurück; andere erfreuten die Regierung mit Ergebenheits-Adressen. Es war zu spät; die Partei des Umsturzes fühlte sich in ihrem Unrecht stärker als die Behörde bei ihrem guten Rechte.

2. Anfangs Mai 1844 beging die Jungschweiz wieder neue Gewaltthätigkeiten in St. Moritz und Umgegend. In Verossaz wurde Großrath Böffrey von einer Bande aus der Mitte des Gemeinderathes weggeschleppt und auf dem Felsen oberhalb St. Moritz auf den Bauch gelegt — und mit 13 Stockstreichen gezüchtigt. Ludwig Martin von Monthey führte die Horde an. Da aus diesem Grunde ein Mitschuldiger verhaftet wurde, drang ein Rodel dieser Leute in die Wohnung des Gerichtspräsidenten und mißhandelte zur Nachtzeit denselben auf die schmählichste

Weise, und befreite durch gewaltsame Sprengung des Gefängnisses den „Kameraden."

Schon unterm 25. April hatte sich in Martinach ein radikales Komite gebildet, und durch Proklamation an alle Gesinnungsgenossen verkündet, alle Versuche der Gegner durch gewaltsamen Widerstand zu vereiteln.

Auf die Kunde von den erwähnten Gewaltakten beschloß die Regierung unterm 7. Mai die Gemeinden St. Moritz, Verossaz und Massongex militärisch zu besetzen — und ein Reservekorps nach Sitten zu beordern — und den Großen Rath auf den 14. desselben Monats einzuberufen. Ueberdieß rief man die eidgenössische Intervention an, in Folge welcher der Vorort einige Truppen aus Waadt, Freiburg, Bern, Luzern und Obwalden unter dem Kommando des Obersten Ulrich von Salis, zu den Waffen rief. Gleichzeitig beschloß man zwei eidgenössische Kommissäre in's Wallis zu senden. Nach mehrern Ablehnungen der Gewählten kam Landammann Schmid von Altdorf allein auf den Schauplatz des Haders.

3. Während diesen Vorkehrungen trat am 12. Mai das Martinacher-Komite zusammen, bezeichnete das Benehmen der Regierung als Meineid und Verrath — mahnte seine Leute zur Wachsamkeit — und beschloß gewaltsamen Widerstand gegen alle ihren Plänen zuwiderlaufenden Maßnahmen der obersten und gesetzmäßigen Landesbehörde. Durch diesen Beschluß war der Aufruhr — wenn auch in verhüllter Form, offen erklärt, und es konnte sich nur die Frage aufwerfen, auf welcher Seite sich die vorhandene Kraft mit dem Erfolg — paaren werde? In der Westschweiz, besonders in Bern und der Waadt, fanden die Maßregeln und Beschlüsse des radikalen Komite's von Martinach günstige Aufnahme — und viele Aufmunterung zur Exekution derselben.

Der Große Rath war fast vollzählig erschienen; in seiner Mitte saßen auch Mitglieder des Komites von Martinach. Die Handlungsweise des Staatsrathes wurde gebilligt. Die militärische Besatzung von St. Moritz sollte auf Antrag des

Staatsrathes unterbleiben, dafür aber ein Dekret erlassen werden, welches alle außerordentlichen, militärisch organisirten Vereine aufhebe. Zu diesem Behufe wurde eine Kommission niedergesetzt. Dieß gab den Gegnern der Ordnung Anlaß, auch ihrerseits einen Schritt vorwärts zu thun. Gegen zwanzig Mitglieder verlangten nun Zurücknahme des fraglichen Dekrets. Als dieß verweigert wurde, verließen viele Deputirte, besonders aus den Zehnen Monthey und Martinach die Versammlung. Der Große Rath wählte nun einen Oberkommandanten der Landwehr in der Person des Hrn. Wilhelm von Kalbermatten, der zugleich erstes Mitglied einer Kommission war, die besonders zur Handhabung der öffentlichen Ordnung dem Regierungsrathe beigegeben wurde. Unterm 17. Mai erging das Aufgebot an alle organisirten Korps von Freiwilligen der östlichen Zehnen. Eine Stunde später forderte das Martinacher-Komite auch seine Leute zu den Waffen auf — „zur Vertheidigung seiner Freiheiten!" Als Präsident unterzeichnete Moritz Barmann das Aufgebot, und verließ mit seinen Anhängern sofort die Stadt. —

4. Am folgenden Tag beschloß der Große Rath, den Zehnen St. Moritz militärisch zu besetzen; und so standen sich Wilhelm von Kalbermatten und Moritz Barmann als feindliche Heerführer gegenüber. Der Krieg hatte begonnen. —

5. Kalbermatten besetzte am 18. Mai die Hauptstadt des Kantons; am 19. standen seine Truppen schon 3000 Mann stark unter den Waffen im Centrum. Die Vorposten der Jungschweizer lagen in der Nähe der Stadt Sitten, und machten einen fruchtlosen Angriff auf dieselbe. Nachdem der Feind auch bei Saviese und auf dem rechten Flügel den Kürzern zog, verschanzte er sich bei Ardon. Am 20. Mai wurde er von den Obern hier ebenfalls angegriffen — und über die Brücke von Riddes zurückgedrängt. Diese wurde hinter dem Rücken in Brand gesteckt und die Flucht bis gen Martinach fortgesetzt. Indessen trafen auch die Altschweizer im Unterwallis ihre kriegerischen Maßregeln. Man dachte darauf, dem nach Sitten vorgerückten Feinde den Rückzug abzuschneiden. Schon am 18. Mai waren einige Posten bei

Evionnaz von ihren Leuten besetzt; eine Kolonne Jungschweizer unter Joseph Torrent ließ man nach einigem Kugelwechsel aufwärts passiren, und postirte sich dann etwa 350 Mann stark, meist aus Salvan, am Trient, wo die Natur eine sichere Schanze bot, und dem Feinde nur die Landstraße und die Brücke über den wilden Bergstrom zur Rettung übrig ließ. Noch am 20. Mai dachten die Führer Joris und Barmann mit ihrer Kolonne von 900 Mann St. Moritz zu erreichen, allwo sie ein waadtländisches Hülfskorps erwartete. Sie schlugen jedoch ihr Nachtlager in Martinach auf. Am 21. in der Frühe zogen sie weiter, wurden aber bei der Brücke von Trient, durch einen mörderischen Kugelregen empfangen. Es entspann sich ein erbitterter und blutiger Kampf, zuerst an der Trient, nachher unterhalb des Flusses. Hier fiel, nebst andern Hauptleuten der Jungschweizer, der Oberstlieutenant de Nucé; im Ganzen gab's 54 Mann Todte und 22 Verwundete. Eine beträchtliche Anzahl wurde gefangen genommen. Barmann und Joris entkamen mit großer Noth — der letztere durch Schwimmen über die Rhone, der erstere tapfer sich durchschlagend. Schon auf dem Marsche am Vortag wurden die Jungschweizer durch bewaffnete Bauern aus dem Entremont hart bedrängt; die Oberwalliser folgten ebenfalls auf der Ferse nach — bis zur Brücke von Riddes, wo sie die Nacht über Halt machen mußten, weil sie nicht mehr war. Am 21. aber wurde eine provisorische Brücke über die Rhone geschlagen, am Abend noch Martinach und am 23. St. Moritz und Monthey besetzt. Die Jungschweiz hatte bei Trient eine entschiedene Niederlage erlitten; aller Widerstand hatte aufgehört, die revolutionäre Gewalt war vernichtet, die Führer, welche sie geübt, hatten in der Flucht ihr Heil gesucht. — Die Landwehrtruppen aus Oberwallis zogen als Sieger bis an die Landesgrenze, und wurden von der Landbevölkerung als Befreier empfangen, der Sieg war vollständig! —

6. Die Vertheidiger der Ordnung und des Rechts aus dem Oberwallis und dem Centrum waren bis auf 8000 Mann ange-

schwollen. Den Oberbefehl hatte bekanntlich Herr Wilhelm von Kalbermatten. Die Gomer führte Oberstlieutenant Taffiner, und war zugleich zweiter Chef der Regierungstruppen. Adrian von Courten war Chef des Generalstabs. Ignatz von Werra kommandirte die rechte, Nikolaus Roten die linke Flügelkolonne. Im Centrum, unmittelbar unter dem Oberkommandanten von Kalbermatten standen die Battaillonsführer von Preux, Elias von Courten und Cathrin. Die Artillerie befehligte der Lieutenant Wolf von Sitten; den Hinterhalt am Trient leitete ein 65 jähriger Greis aus Salvan, früher Offizier in französischen Diensten. — Die Bewaffnung und Organisation, sowie die Führung und Verpflegung der in Eile zusammengeläuteten Volkstruppen ließ dießmal nur wenig zu wünschen übrig. Dazu war der Widerstand kein erheblicher und die Zahl des Feindes amtlich blos auf 1300 Mann veranschlagt, mithin wenig Anlaß zu großen Thaten geboten.

7. So sehr wir die gesetzwidrige und freibeuterische Erhebung der Jungschweiz mißbilligen, können wir doch nicht umhin, das überflüssige und brudermörderische Treffen am Trient zu bedauern. Freilich hatte der Feind durch seinen Widerstand zur Fortsetzung des Kampfes Anlaß gegeben; allein die Umstände waren der Art, daß jedes Blutvergießen auch dem Kurzsichtigsten als zwecklos erscheinen mußte, und nur äußerste Erbitterung und Rachelust vermögen einigermaßen ein solches Gemetzel zu entschuldigen. Uebrigens verdient die Mannszucht alle Annerkennung Die im Hause Barmann's zu Saillon vorgekommenen Exzesse von Einzelnen fanden von den Obern keine Billigung und sind auch unter den gegebenen Umständen kaum als strafbare Vergehen zu bezeichnen. Einige Sester Wein und Schinken darf dem Sieger in Feindesland wohl Niemand leicht vorenthalten, sofern er sich für erlittenes Unrecht zu entschädigen glaubt. Indessen wagen wir es auch nicht, das Geschehene zu billigen, obgleich sich der Geschädigte später für diesen Verlust reichlich schadlos gehalten haben soll. —

8. Dem Freischaarenzug werden mehrere Brandstiftungen, die durch militärische Gründe nicht gerechtfertigt werden können, zur Last gelegt. Wir sind leider nicht im Falle, die nöthigen Beweisstücke für diese Anschuldigung aufführen zu können, und nehmen daher gerne an, es sei der ächten Wahrheit in etwas Eintrag gethan worden auf Rechnung des verhaßten Widerparts, wie dieß unter Umständen nur zu oft vorkömmt.

Der Kanton Waadt konnte auch dießmal seine Sympathien für seine Pflegkinder im Unterwallis, die Jungschweizer, nicht verfechten. Dem Aufgebot des Vororts wurde nicht Folge gegeben, dagegen hielt man, wie oben bemerkt, schon mehrere Corps bereit, um die Rebellen gegen die gesetzliche Ordnung zu unterstützen. Der entscheidende Schlag bei Ardon und Trient machte jedoch diese freundnachbarliche Dienstleistung überflüssig — und man mußte sich mit der Ehre begnügen, die flüchtigen Führer der Empörer aufnehmen und an ihnen Gastfreundschaft üben zu können. —

9. Am 19. Mai beorderte der Vorort wieder zwei Kommissarien in's Wallis; allein diese langten erst nach der Niederlage der Jungschweiz dort an — und wurden jetzt von der Regierung auch empfangen, während man früher eine eidgenössische Intervention zu verschiedenen Malen sich verbeten hatte. Das eidgenössische Kommissariat wirkte nun dahin, den rechtlichen Zustand im Wallis zu sichern. Auf seine Weisung hin wurden die von Salis bereits marschfertigen Interventionstruppen wieder verabschiedet, die waadtländischen Corps entlassen, und die zahlreichen Flüchtlinge aus Wallis von der Grenze entfernt. Die Oberwalliser traten sofort ihren Heimmarsch an; nur wenige Compagnien hielten noch die Zehnen St. Moritz und Monthey besetzt. Am 11. Juni verließen die Kommissäre und der eidgenössische Oberkommandant das Wallis, das nun ihrer Hülfe nicht mehr bedurfte. Die Flamme war scheinbar erstickt, aber nicht ausgelöscht, wie die Folge zeigen wird. —

Fünfzehntes Kapitel.

Das Centralgericht.

1. Während den erzählten militärischen Vorgängen im Unterwallis blieb der Große Rath in Sitten in beschlußfähiger Anzahl versammelt, und setzte die Berathungen fort. Alle, welche absichtlich gegen die Regierung und die gesetzliche Ordnung die Waffen ergriffen hatten, wurden als „Rebellen" erklärt und deren Führer und Aufwiegler in Haft zu setzen verordnet. Diejenigen, welche mit den Waffen ergriffen wurden, sollten vor ein Kriegsgericht gestellt und zur Strafe gezogen werden. Alle die am Aufruhr Theil genommen, wurden zur Niederlegung der Waffen aufgefordert, und den meist kompromittirten Gemeinden eine Contribution von 14000 Fr. auferlegt. Später wurden einige dieser Verfügungen etwas gemildert. Das Kriegsgericht fiel weg, dagegen wurde ein sogenanntes Central-Gericht (Tribunal central) aufgestellt, welches Preß- und andere politische Vergehen zu beurtheilen hatte. Den Angeklagten blieb aber stets noch der Rekurs an das verfassungsmäßige Appellations-Gericht offen. Die Zehnengerichte im Unterwallis hatten in letzter Zeit ihre ganze Kraft und Autorität eingebüßt, was die Anwendung der besagten Maßregeln auch einigermaßen rechtfertigen mag. Das vielseitig angefochtene und verpönte Central-Gericht wurde vom Volke mit großer Mehrheit sanktionirt und erhielt dadurch volle Rechtskraft, obgleich selbes vom rein formellen Standpunkte aus betrachtet, nicht ganz am rechten Platze war. Auch wurden durch diese, bei politischen Vergehen selten angewandte Strenge, die Gemüther mehr empört als beschwichtigt, und der fortglimmenden Empörung der Geister neue Nahrung geboten. Blinder Eifer kann nur schaden!

2. Ein ebenfalls vom Volke gebilligtes Dekret vom 30. Mai bezeichnete näher die Kategorien der bei dem Aufstande Betheiligten, gegen welche die gerichtliche Verfolgung in Anwendung

kommen sollte. Unter die Strafbaren wurden nun auch gezählt: die Mitglieder der Komite's von Martinach und des Kantonal-Komites der jungen Schweiz, welche die Proklamation vom 12. Mai unterzeichnet hatten. Das Echo des Alpes wurde unterdrückt, weil es am stärksten zum Aufruhr geblasen — Eine mobile Colonne von 150 Mann sollte der Regierung zur Verfügung stehen, um das gefährliche Gebiet zu säubern und die Beschlüsse des Großen Rathes zur Ausführung zu bringen. Die Gesellschaft der „Jungschweiz" ward als aufgelöst — und jede andere bewaffnete Vereinigung ohne Genehmigung des Grossen Rathes im Kanton strenge untersagt. Ueberdieß wurde noch eine Verfassungsrevision angeordnet und am 5. Juni die Sitzung geschlossen. —

3. Die eidgenössischen Kommissäre Schmid von Altdorf und Bernhard Meyer von Luzern schildern die Mai-Ereignisse im Wallis mit folgenden Worten sehr treffend:

„Der ganze Verlauf hat den augenscheinlichsten Beweis geliefert, daß keineswegs zwei verschiedene Landestheile des Kantons Wallis mit einander im Kampfe standen, sondern die ungeheure Mehrzahl der Landesbevölkerung gegen eine störrische, aufrührerische Faktion. Wirklich wurde auch der Hauptschlag zur Vernichtung der Aufrührer von der bewaffneten Mannschaft des Unterwallis selbst geführt; am Orte selbst, wo die Ruhestörung ihren Ursprung hatte, wo sie heranwuchs zum Aufruhr — wurde sie vernichtet." —

Dieß Urtheil bestätigte zur Zeit ein unparteiisches Organ aus der Waadt: „Der letzte Kampf hat es bewiesen, heißt es da, daß fünf Sechstheil von Wallis sich gegen einen erhoben haben. Auf der einen Seite fand sich ganz Oberwallis mit allen Seitenthälern — und einigen Gemeinden der Ebene des Unterwallis; auf der andern Seite die Jungschweiz, der Radikalismus, einige Liberale guten Schlags gewaltsam mit sich fortreissend .... Das Zahlenverhältniß beider Parteien und die Zusammensetzung der Sieger zeigt es zur Genüge, daß es dießmal kein Kampf zwischen Ober- und Unterwallis, zwischen der retrograden und liberalen Sache war, sondern vielmehr ein Kampf zwischen der jungen Schweiz und Allem, was von ihr angegriffen; zwischen dem wilden irreligiösen Radikalismus und Allem, was ihn verabscheut, zwischen einer durch ihre Exzesse unmächtigen Minderheit und der durch priesterliche Macht geleiteten Volksmeinung" 2c.

4. So sehr wir früher die Bestrebungen des Unterwallis auf gleiche Rechtsstellung aller Bürger annerkennen mußten, so sehr müssen wir die Willkür und die unbegründete Erhebung gegen Verfassung und gesetzliche Zustände, jene schmählichen Eingriffe in fremdes Eigenthum, Verletzung des Hausrechtes und schändliche Mißhandlung einzelner Persönlichkeiten, wie sie von der Jungschweiz längere Zeit im französischen Landestheile verübt wurden, aufrichtig bedauern und hiemit öffentlich brandmarken. Jeder Freund des Rechtes und geordneter Staatsverhältnisse wird gewiß unsere Ansicht theilen und unser Urtheil unterschreiben. Selbst solche die vom Zeitsturm mit in den damaligen Strudel fortgerissen wurden, erkannten später ihr Unrecht, und schämten sich der Fahne, unter welcher sie gefochten, einige sogar mit einer Entschlossenheit, die einer bessern Sache würdig gewesen wäre. Das Centralgericht, das so viele Feinde sich geschaffen und böse Galle verursachte, verdient übrigens die Rügen und Verwünschungen nicht in dem Grade, als sie ihm zu Theil geworden. Einige von ihm erlassene Verbannungs- und Confiskationsurtheile gegen schwer Belastete kamen entweder gar nicht — oder nur unter bedeutender Ermässigung der buchstäblichen Form zur Anwendung. Sofern aber eine solche Auflehnung gegen Gesetz und Recht, gegen Ordnung und ihre Güter, wie die Jungschweiz sie sich zu schulden kommen ließ, ungestraft bliebe, würde durch eine solche Nachsicht und Toleranz in einem Staate das „Faustrecht" in seiner ganzen Ausdehnung als zu Recht bestehend proklamirt und damit einer Anarchie der schlimsten Sorte die Thore geöffnet. Wer es also redlich meint mit der Aufklärung, mit dem Fortschritte und der öffentlichen Wohlfahrt eines Volkes, der wird solche Exzesse verdammen, und mit dem Aufgebot aller seiner Kräfte bekämpfen.

5. Waadtland spie Feuer und Flammen über den unerwünsch-

ten Abschluß der Walliser-Wirren, und drang auf Einberufung der Tagsatzung. Obgleich der Kanton von sich aus Kundschafter in's Wallis gesandt, und sich über den Gang der Dinge täglich genau erkundigt hatte, wollte man noch weitere Aufschlüsse, besonders über das Verhalten der eidgenössischen Kommissarien, deren offizielle Berichte man sogar zu erbrechen gewagt, durch die Tagsatzung sich geben lassen. Man ertheilte den Tagsatzungsgesandten sogar die Instruktion, dahin zu arbeiten, daß neue Kommissäre in's Wallis abgesandt, um eine unparteiische Untersuchung der dortigen Vorgänge vorzunehmen, daß jede fernere Verfolgung in Sache der letzten Ereignisse von Rechtswegen niedergeschlagen — und ein allseitig schützender Rechtszustand herbeigeführt werde .... Als man das gesetzliche Begehren von fünf Kantonen erpoltert hatte, trat die ausserordentliche Tagsatzung am 25. Juni wirklich im Vororte Luzern zusammen.

Hier ging es gleich Anfangs ziemlich stürmisch her. Die Ereignisse im Kanton Wallis standen an der Spitze der Verhandlungen. Die Meinungen und Ansichten waren sehr getheilt. Besonders schweren Stand hatten die beiden Komissarien Schmidt und Meyer, die von den Fortschrittsmännern, d. h. von den Freunden und Gönnern der Jungschweiz nicht selten auf die empörendste Weise interpellirt und zur Verantwortung aufgefordert wurden. Bernhard Meyer wurde auf dem Präsidentenstuhl der Tagsatzung von Herrn Munzinger aus Solothurn mit folgenden Worten apostrophirt: „So hat noch kein Kommissär gesprochen — und gehandelt, so noch kein Präsident der Tagsatzung seine blutigen Hände gegen die Versammlung ausgestreckt!" ...

Das Ende dieser unerquicklichen Debatte war die Anerkennung der vollzogenen Thatsachen im Wallis — und die Verheissung des eidgenössischen Schutzes an die dort gesetzlich bestehenden Behörden. Damit mußten sich nun die großen Poltergeister und Raufbolde zufrieden geben, und die erhaltene Schlappe mit nach Hause nehmen, jedoch mit dem kräftigen Vorsatz, selbe sobald wie möglich wieder auszuwetzen, wozu sich bald erwünschte Gelegenheit bieten sollte.

Sechszehntes Kapitel.

Vorboten neuer Zerwürfnisse.

(1844—1847.)

1. Es war viel Werg an der eidgenössischen Kunkel. In mehrern Kantonen hatte der Radikalismus glänzende Siege erfochten; andere lagen noch in Geburtsnöthen. Die Geister dieser neuen, revolutionären Richtung kannten sich, reichten sich die Bruderhand — über Gebirg und Thale. Die Klöster, als letzte Zufluchtsstätte des Friedens und als reichliche Erwerbsquelle in den Tagen der Noth — waren diesen Leuten ein Dorn im Auge; auf sie war stets das erste Augenmerk gerichtet, wenn es einen entscheidenden Schlag zu führen galt. So fielen die reichen Klöster des Aargau's mit ihren Millionen in die Hände der Gewalt. Die Jesuiten mußten in andern Kantonen zum Vorwand des Kampfes und des Umsturzes dienen, so in Luzern, Schwyz, Freiburg — und Wallis. Militärisch organisirte und wohl ausgerüstete Banditenbanden, die sogenannten Freischaarenzüge waren an der Tagesordnung, und stellten sich die wenig beneidenswerthe Aufgabe, gesetzlich bestehende Regierungen anderer Kantone, geistliche Körperschaften und religiöse Institute mit dem Recht des Stärkern anzugreifen, zu überfallen — und zu stürzen. Sie schöpften ihren Muth, ihre moralische und physische Unterstützung aus der Mehrheit ihrer Gesinnungsgenossen, ja selbst Regierungen in amtlicher Stellung scheuten sich nicht, solchen Freibeutern die Zeughäuser zur Verfügung zu stellen, und sie durch Wort und That in ihren ungesetzlichen Unternehmungen zu ermuthigen.

2. Das war der traurige Zustand der freien Schweiz im Verlaufe des Jahres 1845. Es war dieß aber nur noch der Anfang größern Unrechts und größern Uebels. — In der Meinung und redlichen, wenn auch kurzsichtigen Absicht, dem kommenden Sturm einen kräftigen Damm entgegen zu setzen, und das drohende Verhängniß abzuwenden — oder unschädlich zu ma-

chen — wurde von den sieben katholischen Ständen Luzern, Schwyz, Uri, Unterwalden, Zug, Freiburg und Wallis — unterm 10. Dezember 1845 in Luzern das sogenannte Schutz- und Trutzbündniß — der fatale „Sonderbund“ abgeschlossen und unterzeichnet. —

Statt die hochgehenden Wogen der Geister und Gemüther zu beschwichtigen, gab diese Maßregel neuen Zündstoff, um so mehr, als man gleichzeitig Wiederherstellung der Aarganischen Klöster — und Berufung der Jesuiten nach dem Vorort Luzern sehr ernstlich betrieb. Im Grundsatze konnte in Erwägung der Zeitumstände und der fortwährenden Eingriffe in die konfessionellen Rechte der Katholiken ein solches Bündniß wirklich als gerechtfertigt erscheinen. Auch wurde eine formelle Verletzung der Bundesakte von 1815 nie schlagend nachgewiesen; allein vom Standpunkte politischer Klugheit aus betrachtet, ließe sich Manches dagegen einwenden. Dazu war bei der Ausscheidung und endgültigen Gruppirung der Kantone wenig Aussicht auf Erfolg, sofern die Sache einen kriegerischen Charakter annehmen, und der Entscheid der Waffengewalt anheimfallen sollte, für welchen Fall der Bund eigentlich berechnet war. Ohne fremde Intervention konnte nur ein Wunder das Unheil abwenden, welches dadurch heraufbeschworen wurde. Erstere wäre nicht ohne einige Berechtigung als Verrath am Vaterlande zu üben möglich gewesen; das letztere durfte man um so weniger voraussetzen, als Manches auf Seite der Sonderbundsstände nicht in der Art angelegt war, eine göttliche Dazwischenkunft zu gewärtigen. Es ist immer ein gefährliches, tollkühnes Unterfangen, gegen den Strom zu schwimmen — und mit verwegener Hand in die Speichen des sich rastlos vorwärts wälzenden Zeitenrades zu greifen. —

3. Die „Mehrheit“, welche in demokratischen Staaten gewöhnlich den Ausschlag zu geben pflegt, sollte auch über das Sein — oder Nichtsein des Sonderbundes das entscheidende Urtheil sprechen — und sie sprach's! —

Unterm 20. Juli 1847 erklärte die eidgenössische Tagsatzung mit einer Mehrheit von 12 gegen 8 Stimmen die Auflösung des Sonderbundes — als unverträglich mit dem Bundesvertrage vom Jahre 1815, und machte die betreffenden Kantone für Nichtbeachtung dieses Beschlusses verantwortlich — sich weitere Maßregeln zur Nachachtung desselben vorbehaltend!

Eine Protestation der 7 verbündeten Stände unterm 22. Juli wurde zu den Akten gelegt. —

Am 4. September desselben Jahres beschloß dieselbe Mehrheit der Tagsatzung „es seien die Stände: Luzern, Schwyz, Freiburg und Wallis eingeladen, die Jesuiten aus ihrem Gebiete zu entfernen, — und jede künftige Aufnahme dieses Ordens in irgend einem Kantone der Eidgenossenschaft von Bundeswegen untersagt!"

Die sieben Stände des Sonderbündnisses waren nicht gesonnen, diesen in ihren Augen inkompetenten und gewaltsamen Zumuthungen Folge zu geben, und somit war das Signal zu einem verderblichen Bürgerkriege in der Schweiz gegeben. —

Man kann über die Begriffe und Entschliessungen der Sonderbundskantone verschiedener Ansicht sein, ohne sich der Gefahr auszusetzen, den schönen Mittelweg, auf welchem man gewöhnlich am sichersten zur Wahrheit gelangt, zu verfehlen. Die Fortschrittspartei, der übermüthige Radikalismus hatte offenbar an die katholische Konfession der Schweiz Forderungen gestellt, die grundsätzlich keine Berechtigung beanspruchen durften, mithin zurückgewiesen werden konnten, ohne sich den Vorwurf der Illoyalität zuzuziehen. Will man aber die äußerst gespannte Zeitlage, die Aufregung der Geister, die Ungleichheit der sich befehdenden Parteien und die Erfolglosigkeit eines in Aussicht gestellten, gewaltsamen Entscheids der Streitfrage mit in die Wagschale legen, so wird ein Urtheil in Sache nach zwanzig Jahren nicht mehr zweifelhaft sein können. Die Aufhebung der Aargauischen Klöster war nun einmal vollzogene Thatsache, und, was noch schlimmer, über ihr Vermögen bereits verfügt; die Jesuiten weder vom religiösen nach politischen Standpunkte aus eine strenge

Forderung der Zeit — und die fremde Intervention für jeden Fall ein Unglück, mithin verwerflich. Dazu die Unentschlossenheit, die Meinungsverschiedenheit und Zerrissenheit im eigenen Lager selbst: bei all' diesen Erwägungen war es wirklich mehr als Verwegenheit, den Handschuh hinzuwerfen, oder ihn aufzuheben. Durch Auflösung eines ohnehin fruchtlosen und kostspieligen Bündnisses und Ausweisnng einiger Jesuiten — unter Verwahrung konfessioneller Rechte, hätte man wahrscheinlich für einmal den Sturm beschwichtiget — und dem Vaterlande die Schmach und all' die unseligen Folgen eines Bürgerkrieges erspart. Indessen läßt sich's mit der Vorsehung nicht leicht rechten. Was kommen soll, das kommt. Es war Manches faul im Staate Dänemark, neues Holz mußte gezimmert werden, sollte das morsche Gebäude nicht vom ersten Sturm in Trümmer geworfen werden. Viel Spreu war vorhanden; die Tenne konnte nur durch einen kräftigen Arm, durch die Wurfschaufel ernster Prüfung gesäubert werden!

Siebenzehntes Kapitel.

Das Wallis und der Sonderbund.

(1847.)

1. Nach dem „glorreichen" Sieg bei Trient schlug das politische System im Wallis gänzlich wieder um. Das Staatsschifflein fuhr mit vollen Segeln auf aristokratisch-konservativen Wassern einher, bis es durch die geschickte Leitung einiger, von den Jesuiten inspirirten, Steuermännchen glücklich in den ersehnten Hafen des „Sonderbundes" einbugsirt wurde. Im Oberwallis war es Großrath Jossen von Brigerbad, der es sich in den Kopf gesetzt, den Großrath Leu von Ebersoll zu spielen. Zu diesem Behufe bereiste er die katholische Schweiz — alle irgendwie renommirten Gnadenorte ehrfurchtsvoll besuchend. Die Errungenschaften dieser Pilgerfahrt legte Herr Jossen in einem auf seine Kosten gedruckten dicken Buche der Mit- und Nachwelt zu

gefälliger Beachtung — nieder. Das Erbaulichste dieser in seiner Art klassischen Werkes ist eine ziemlich reichhaltige Litanie — oder ein Sündenregister der Jungschweiz, welches wirklich von großer Erfindungsgabe des Verfassers Zeugniß gibt. Man sagt, er sei dabei etwas von den Jesuiten in Brig inspirirt worden, welche Behauptung aber zur Stunde noch nicht erwiesen ist. Dem Buch widerfuhr die nicht gar seltene Ehre, von Niemanden gelesen zu werden, und es konnte so auch weder grossen Schaden — noch bedeutenden Nutzen stiften.

2. Indessen wurde das Walliservolk von verschiedener Seite her wacker bearbeitet und für die Ideen des Sonderbundes begeistert. Die Religionsgefahr stand natürlich an der Spitze der tausend Schlagwörter, durch welche man die Leute anzufeuern sich bemühte. Man glaubte sich in die Zeiten der Kreuzzüge versetzt. Von allen Kathedern, Kanzeln und Bühnen herab donnerte es in den verschiedenartigsten Accorden: „Zu den Waffen katholisches Volk! Deine heiligsten Güter, Religion und Vaterland sind in Gefahr!“ Ein Schurke, wer nicht alle seine Kräfte hergibt — sie zu retten! u. s. w.

Da erwachte denn wieder die alte Kraft und die alte Kampflust im Lande Wallis. Der Tagsatzungs-Gesandte antwortete dem „Bündner“ auf seine kecke Forderung: „Fort mit den Jesuiten“! — mit dem ritterlichen — aber verhängnißvollen Worte: „Kommet holet sie!“ — In kluger Berechnung legte die Regierung die wichtige Frage dem Entscheide des Volkes vor, und es ergab sich eine Mehrheit von 12,621 gegen 257 für den Krieg. Dazu muß aber bemerkt werden, daß viele an der Abstimmung gar nicht Theil genommen, Andere mehr aus Furcht vor der Macht der Umstände — als aus politischer Ueberzeugung — mit dem Strome schwammen. Man hatte seit dem Frühling stets gerüstet und sich in jedem Dörfchen im Spiel der Waffen geübt — und manche strenge Musterung in Ehren bestanden, und schämte sich nun fast, die Kunst umsonst erlernt — und die schlag- und schußfertigen Waffen so friedlich wieder an die Wand zu hängen. Ein Versuch mußte wenigstens gemacht werden; zum Kapituliren wäre noch immer Zeit, hieß es mitunter im Volke selbst. Zu der Kampfeslust trug nicht wenig das oft wiederholte Gerücht bei, daß im Kanton Luzern unleugbare Wunder und Zeichen zu Gunsten des Sonderbundes geschehen seien und noch fast täglich geschehen; und daß der Fürst Schwarzenberg mit einer österreichischen Armee an den Grenzen stehe, für den Nothfall der guten und gerechten Sache zu Hülfe zu eilen. Das Volk ist nie leichtgläubiger und abergläubischer, als in den Tagen ernster Gefahr. Da sieht es jeden Wald, jeden Zaun sich in Soldaten verwandeln, und einherschreiten, um seine bedrohten Rechte und seine gefährdeten Güter zu schützen und zu retten! —

3. Als auf der Tagsatzung im Oktober alle Vermittelungsversuche sich nutzlos zerschlagen, eine an die sieben katholischen Stände gerichtete Proklamation dem Volke gewaltsam vorenthalten, und die eidgenössischen Kommissarien kalt zurückgewiesen wurden — und damit der letzte Friedensversuch scheiterte — begannen sofort die kriegerischen Operationen von beiden Seiten. Die eidgenössischen Truppen 98,861 Mann stark unter General Dufour von Genf, die sonderbündische Armee — etwa 30,000 Mann hoch unter von Salis-Soglio aus Bündten standen sich in wenig Tagen wohl ausgerüstet — und kampfbereit gegenüber.

Schon Anfangs November wurde im Wallis die gesammte Mannschaft des Auszugs und der Landwehr unter die Waffen gerufen. Den Oberbefehl erhielt der General Wilhelm von Kalbermatten, die übrigen wichtigern Militärposten bekleideten die Herren Adrian, Niklaus, und Ludwig von Courten; von Preux, Baron von Werra, Oberst Taffiner, von Willa, Niklaus Roten, Cathrin, von Sepibus, Julier, Kämpfen, Escher, von Stockalper u. s. w. Die Truppen waren Anfangs von sehr gutem Geiste beseelt — und es herrschte eine Mannszucht, wie sie kaum bei einer regulären, stehenden Armee angetroffen wird. Hätte man diese Leute von Haus aus in den Kampf geführt, sie würden sich gewiß ruhmwürdig geschlagen haben. Oberst von Elgger zählte die Wallisermilizen selbst zu den bestorganisirten der gesammten Sonderbundsarmee. Die erste Klage ließ sich über das müssige Herumliegen und Herumspazieren vernehmen, die sich dann fast bis zur Rebellion steigerte, als man vertragsgemäß und auf wiederholtes Gesuch des Kriegsrathes zwei Bataillone über die Grenze des Landes schicken wollte: „Man habe sich nur zur Vertheidigung des eigenen Landes unter die Fahnen gestellt — und wurde keine Leute über die Grenzen ziehen lassen“ — hieß es, und schrie schon wieder ziemlich laut über Verrath! — In Münster und Ulrichen kam es zu bedenklichen Auftritten zwischen Soldaten und Offizieren, als der Befehl zum Marsch über die Furka nach Luzern — und über die Nuffenen nach Tessin — gegeben wurde. Endlich fügten sich die zwei dahin beorderten Bataillone, aber mit der ausdrücklichen Bedingung, „daß keine andern Truppen aus dem Lande spedirt werden.“

4. Die ersten Scharmützel setzte es auf dem Gotthardt ab, an denen auch Adrian von Courten mit drei Walliser-Kompagnien Theil nahm. Die Expedition nach dem Tessin drang ohne besondern Widerstand bis Airolo vor, wohin der Feind vom Gotthardt herunter bereits zurükgedrängt wurde. Man besetzte die menschenleeren Dörfer des Livinerthals, stellte Vorposten aus, aß und trank — und war guter Dinge, obgleich man wünschte, sobald wie möglich vor- und noch lieber rückwärts in's Wallis — zu kommen, denn man befand sich im November, und der wilde Gebirgspaß konnte über Nacht zugeschneit — und so der Rückzug äußerst schwierig und gefährlich werden. — Den Feind selbst sahen unsere Walliser nicht mehr; nur hatten sie die Ehre einige Bruchstücke von Oberst Luvini und seiner Heldenschaar aufzufinden und zu behändigen.

Nachdem der Gotthardt gesäubert und die Tessiner durch das erwähnte Landwehrbattaillon aus Goms in Schach gehalten wurden, zog das andere Auszügerbataillon unter Oberst Adrian von Courten nach Luzern ab, wo es fast überall äußerst kaltblütig empfangen und meist schlecht bewirthet — und logirt wurde. Dasselbe machte dann als Nachhut am 12. November den Zug nach dem Aargau mit, und als die Kolonne bei dem Dorf Geltwyl von den Eidgenossen geschlagen ward, soll es das erste in Luzern die Kunde von der Niederlage verkündet haben. Weil ein grosser Theil nichts deutsch verstund, glaubte man in der Verwirrung, die Nachhut wäre abgeschnitten, und bließ dann zum Rückzug, der auch in der besten Unordnung sogleich angetreten wurde.

5. Schon Ende Oktober's war ein Theil der Wallisertruppen an den Grenzen von Waadt aufgestellt, um bei einem Angriff auf Freiburg in diesen Kanton einzufallen. Die gesammte Mannschaft wünschte irgend welche kriegerische Operation, und war des langen Zuwartens bereits müde. Als aber der verabredete Zeitpunkt wirklich eintraf und Freiburg Hülfe verlangte, wünschte General von Kalbermatten sofort die Offensive gen Waadt zu ergreifen, wurde aber von der Regierung von diesem Unterfangen abgemahnt. Der Kriegsrath in Luzern drang mit aller Energie in dieselbe Regierung, dem General die Ordre zum Einmarsch in die Waadt zu ertheilen. Diese blieb bei ihrem Entschluß, weitere Ereignisse abzuwarten — und sie that gut daran, es wurde dadurch viel nutzloses Blutvergießen verhindert. General von Kalbermatten über dieses Zaudern erbittert, protestirte förmlich gegen die Haltung der Regierung und lehnte jede Verantwortlichkeit von sich ab. Auf eine letzte und dringende Mahnung hin, gab die Regierung am 15. November dem General von Kalbermatten den Befehl, in's Waadtland einzurücken, und das bedrängte Freiburg nach Kräften zu unterstützen. Es war zu spät. Am 14. hatte sich Freiburg den eidgenössischen Truppen nach kurzem Widerstand ergeben — und der Zug in die Waadt — unterblieb. *)

6. Die stärkste Macht der Walliser lag in den Bezirken Monthey und St. Moritz — mit dem Generalquartier im letzgenannten Städtchen, wo auch der Staatsrath einige Mal seine Sitzungen hielt. Einige Kompagnien bewachten die Berg-

*) Nach einer andern Quelle hätte General von Kalbermatten von Seite der Regierung eine Frist von acht Tagen verlangt, um die Expedition in die Waadt ausführen zu können; da war's leider zu spät!

pässe der Diablerets, des Sanetsch, des Rawyl, der Gemmi und der Grimsel. Die Posten wurden öfters gewechselt — und es war ein beständiges Auf- und Abmarschiren im Lande — und Niemand wußte eigentlich recht, wo der ganze Spektakel hinaus sollte. Die Staatskasse war bereits erschöpft, magere Kost und kärgliche Munition machte die Mannschaft mißmuthig, bei vielen Familienvätern stellte sich dazu noch das fatale Heimweh' ein; und es gab viele trübe Augen und schiefe Gesichter, als das Ding bei so günstiger Witterung nicht vor- und nicht rückwärts gehen wollte.

Der Fall Freiburgs brachte wenigstens neues Leben in die Truppen. Der Muth war zwar im Sinken begriffen; dagegen steigerte sich die Hoffnung auf einen baldigen Ausgang, und das war es, was ein grosser Theil der Mannschaft vorzüglich wünschte. Diesem Wunsche wurde in Erwägung der veränderten Lage, und mehr noch aus ökonomischen Gründen — durch Entlassung von zwei Bataillonen Rechnung getragen. Der Staatsrath verlangte ein Anleihen zu kontrahiren; wo? das war die schwierige Frage. — Die Jesuiten predigten noch den Sieg des Sonderbundes, als die Kunde einlief, Zug habe kapitulirt, Freiburg sei „über" und die Urkantone selbst machten Miene, den Kampf aufzugeben. Jetzt war natürlich keine Hoffnung auf irgend welchen erfolgreichen Widerstand für den Kanton Wallis verhanden — und doch gab es noch viele Hitzköpfe — unter diesen der Obergeneral von Kalbermatten selbst — welche das Land gegen die rings andringenden Eidgenossen bis auf den letzten Blutstropfen vertheidigen wollten. Dieser Unsinn kam glücklicher Weise nicht zum Durchbruch bei der Masse. Die Regierung selbst dachte ernstlich an eine Kapitulation, und berief zu diesem Behufe den grossen Rath auf den 28. November nach Sitten. — Dieser ertheilte dann, wenn auch niedergeschlagenen Gemüthes, dem Staatsrathe die Vollmacht zu Unterhandlungen und ordnete die Entlassung der Truppen an.

7. Von General Dufour und Oberst Rillet zur Ergebung aufgefordert, sandte der Staatsrath schon am 28. Novem-

der Abends die Herren Dufrey, Torente und Tavernier in's Lager von Bex mit der Vollmacht, eine Kapitulation mit dem Befehlshaber der zum Einmarsch in's Wallis bestimmten Waadtländertruppen abzuschließen. Um 10 Uhr des 29. Nov. wurde dieselbe beiderseits unterzeichnet. Wallis versprach den Rücktritt vom Sonderbund — und Ausweisung der Jesuiten und die Verpflegung eines Okkupationskorps von 8000 Mann nach eidgenössischem Reglement, sowie die Entwaffnung der gesammten Mannschaft. Dagegen sollte die eidgenössische Besatzung Ruhe und Ordnung handhaben, Sicherheit des Eigenthums und der Personen gewährleisten — bis die Tagsatzung über alles Andere verfügt haben würde. Diese Kapitulation wurde auch vom grossen Rath unbedingt ratifizirt. Die Wallisertruppen traten nun in Masse ihren Rückmarsch an; — viele wackere Männer weinten über diesen so erfolglosen und demüthigenden Feldzug. Wir ehren ihre Vaterlandsliebe und ihren Muth, wenn wir auch in diesem Ausgang der Sache kein Unglück zu erblicken vermögen. Mittlerweile war auch die Expedition von Luzern und Tessin wohlbehalten — und noch zur rechten Zeit — in die theuere Heimat zurückgekehrt. Ein Tag später wären sie abgeschnitten worden.

Mit der Kapitulation von Wallis war der „Sonderbund" zu Grabe getragen.

Wallis beklagte einen einzigen Verwundeten. — Die Sonderbundsarmee büßte im Ganzen 50 Mann und zählte 125 Verwundete. Gar blutig ging es demnach nicht zu. Es darf angenommen werden, daß um diesen Krieg mehr Dinte — als Blut vergossen wurde, und das ist wohl das Beste, was daran ist.

8. Daß sich Staatsrath, Jesuiten, Bischof und alle jene Würdenträger, die an der Spitze der Bewegung standen, bei dem Einmarsch der Eidgenossen — trotz der Kapitulation, eiligst aus dem Staube machten, war eine kluge Vorsichtsmaßregel von Seite dieser Herren, denn bekanntlich hielten sich die Besatzungstruppen ihrerseits nicht besonders streng an den Wortlaut der Kapitulation, wie dieß die schuldlosen Mauren und Möbel der zwei Jesuitenkollegien von Brig und Sitten, sowie viele

Personen und Sachen laut bezeugen mußten. Im Kriege — und besonders in Feindesland scheint den Soldaten eben gar Manches erlaubt — was verboten ist. Für die Opfer, so dieser „glorreiche" Sieg die Eidgenossenschaft gekostet, war die kapitulirte Entschädigung jedenfalls hinreichend. Die begangenen Exzesse verdienen somit nur öffentliche Rüge und gerechten Tadel. —

Laut offiziellen Angaben beliefen sich die Verluste des Feindes auf 386 Verwundete und 60 Todte, — denen wir sammt dem Sonderbunde von ganzem Herzen den ewigen Frieden wünschen!

Schreiber dieser Blätter erlaubt sich hier einzuschalten, daß auch er als 18 jähriger Jüngling mit einem Doppel-Stutzer während drei Wochen vergebens auf den Feind lauerte. Seit dieser Zeit hat sich der Horizont erweitert — und manches ist in ihm und um ihn her anders geworden. Die Ideale sind zerronnen, nur die rohe Wirklichkeit blieb — und die bessere Ueberzeugung. —

Achtzehntes Kapitel.

Die nächsten Folgen.

1. Die nach dem Sieg bei Trient in's Waadtland entflohenen Häupter der Jungschweiz waren die ersten auf dem Platze, als es galt, das Alte niederzuschlagen und das Neue aufzurichten. Moritz Barmann und Alexis Joris eilten an der Spitze eines Korps Freiwilliger von Monthey aus nach Sitten, bemächtigten sich des Regierungsgebäudes und der Staatskasse — und der obersten Gewalt der Stadt Sitten — und des Landes. Am folgenden Tag, den 2. Dezember wurde eine sogenannte Volksversammlung auf der Planta zusammengetrommelt. Man brachte gegen 1000 Personen auf den Platz. Moritz Barmann übernahm die Leitung dieser „Landesgemeinde". — Sofort wurde der Große Rath und der Staatsrath als aufgelöst erklärt und zur

Wahl einer provisorischen Regierung geschritten, an deren Spitze sich begreiflich Moritz Barmann stellte. Aus dem Oberwallis ward nur Kaspar Zenruffinen von Leuk gewählt, die übrigen waren aus dem Centrum und dem untern Landestheile genommen, alles erprobte Freunde des Fortschritts und der lieberalen Sache! Eine Menge Beschlüsse im extremsten Sinne des radikalen Systems wurden in kurzer Zeit gefaßt, und deren Vollziehung der neuen Regierung übertragen: Endlich langte auch Oberst Rilliet mit seinen Okkupationstruppen in der Hauptstadt Sitten an, und machte äußerlich etwas saure Miene zu dem Spiel, anerkannte aber doch die vollzogenen Thatsachen — und schützte seine Kinder. Inzwischen hatten sich auch die meisten Glieder des aufgelösten Staatsrathes wieder zu einer Sitzung eingefunden, und beschloßen, ihre Gewalt in die Hände einer provisorischen Kommission von 5 Mitgliedern — niederzulegen. Das neue Regiment, 10 Mann stark, bekümmerte sich wenig um die Beschlüsse einer gestürzten Regierung, und verkündete durch eine Proklamation unterm 3. Dezember dem Walliservolke, daß ein provisorisches Dezemvirat die Zügel des Staates ergriffen habe. Zu großem Ueberfluß hatten sich noch drei Kommissäre der Tagsatzung eingestellt, um ihren Leuten als dienstreiche Geister zur Seite zu stehen, und im Namen ihrer hohen Auftragsgeberin Alles gut zu heißen, was da verfügt und beschlossen werden möchte.

2. Unterm 7. Dezember kündigte sich daher die provisorische Regierung als rechtmäßige Obrigkeit an, setzte die Zehnenbehörden ab, bestellte selbst ihre Statthalter in den Bezirken und ordnete auf den 16. Dezember die neuen Großrathswahlen an, die natürlich ganz im Geiste der Zeit ausfielen, da sich ein großer Theil der Bürger ihres Stimmrechtes freiwillig begab. Gleich trat die konstituirende Versammlung zur Verfassungsrevision in Sitten zusammen. Noch im Laufe Dezembers kam diese zu Stande. Sie entsprach ganz den Piantabeschlüssen. Die Rechte und Immunitäten der Geistlichkeit, sowie die Garantien für den Bestand der Kapitel und religiösen Korporationen — fielen weg; desgleichen die Repräsentation und das Stimmrecht des Klerus —

und die ausschließliche Leitung der öffentlichen Lehranstalten durch Glieder des Priesterstandes. Dem Volke wurde der Rest des Reverendums — und seine, mit der Geschichte so tief verwobenen, Zehnenbehörden ebenfalls entzogen. Der Große Rath — und die Regierung wurden dadurch um Vieles bereichert, in mancher Beziehung fast souverän. Und dennoch sollte dieß ein großer Fortschritt — zur „ächten Demokratie" sein. Die Verfassung wurde unter dem Druck der Umstände vom Volke anerkannt und trat sofort in Kraft. Inzwischen erschien fast jeden Tag ein neues Dekret, welches den Klöstern von St. Moritz, St. Bernhard, dem Bischof, dem Domkapitel, und mehrern bekannten Gönnern des Sonderbundes geistlichen und weltlichen Standes bedeutende Kontributionen auferlegte, die sich jedoch in der Folge meist in ein Zwangsanleihen umgestalteten. Eine Menge leider sehr schlecht kultivirter Kirchengüter wurden durch Steigerung veräussert, und die erlösten Gelder dem Fiskus einverleibt. Um den eigenen Geldbeutel zu schonen, gab die Mehrheit des Volkes auch hinzu seine Erlaubniß. —

So ist das Volk! ein Spielball der Zeitverhältnisse — der Umstände und des Zufalls. — Noch vor wenigen Wochen stand es unter den Waffen, bereit für die „heilige Sache" Gut und Blut einzusetzen. Jetzt zittert es vor jeder Drohung, die nicht etwa seine Religion und seine heiligsten Güter, sondern seine materiellen Interessen, seinen Geldbeutel in Frage stellen. Es ertheilt den verschiedensten Gewaltakten seine Sanktion — oder es verstummt und schweigt, wo es reden sollte. Das Volk als solches hat wohl ein moralisches Gefühl, einen Instinkt — ein Gewissen, — aber keine politische Ueberzeugung! — Freilich stand es jetzt entwaffnet, wehrlos da, umstrotzt von feindlichen Bayonnetten, allein von dem ihm noch gnädigst vergönnten Rechte hätte es freien, überhaupt bessern Gebrauch machen können. Wer seine Vorrechte schnöde verkauft — oder mißbraucht, der ist derselben nicht werth, und es ist nur eine gerechte Strafe, wenn sie ihm entrissen werden! —

3. Während die Diplomatie so an der Reorganisation der Staatsmaschine arbeitete, ließen sich die Beschützer und Handhaber der öffentlichen Ordnung und Sicherheit den „Walliser“ wohl schmecken, amüsirten sich in Sitten durch Aufrichtung eines Freiheitsbaumes, in Brig durch andere, die religiösen und sittlichen Gefühle des Volkes höchst empörende, die militärische Disziplin höhnende Possen und Zotten. Besonders war das Jesuitengebäude Gegenstand ihres Zerstörungseifers, als sollte es für die frühern Bewohner verantwortlich sein und den Haß ihrer Feinde tragen. Das Betragen der eidgenössischen Truppen in den kapitulirten Kantonen wird stets ein schwarzes Blatt in der Geschichte dieses unseligen Feldzuges bleiben. —

4. Die eidgenössische Besatzung in den Sonderbundskantonen dauerte den ganzen Winter über; eine Vorsichtsmaßregel, die bei der Entwaffnung und der allgemeinen Resignation und Ruhe der Bevölkerung nicht leicht gerechtfertigt werden kann. Die Nachlassung eines Theiles der daraus erwachsenen Schuld von Seite der Eidgenossenschaft kann daher füglich als eine Art Genugthuung für diese unverdiente, und somit zwecklose Strafe qualifizirt werden, verdient indessen nicht weniger Anerkennung, da sie die Frucht brüderlicher und versöhnlicher Gesinnung war, welche dem Vaterlande eine bessere Zukunft in Aussicht stellte.

5. So schwer und hart aber auch die Opfer waren, welche die Neugestaltung der Eidgenossenschaft, vorab von den Sonderbundskantonen forderte, so werden sie gewiß durch die Vortheile mehr als aufgewogen, die sie im Gefolge hatte. Wir übergehen die internationale Bedeutung, so die Schweiz seit ihrer föderalen Einigung gewonnen, und erwähnen nur der Segnungen, welche die neue Bundesverfassung über das gesammte Vaterland seit ihrem zwanzigjährigen Bestande ausgegossen. Das einheitliche Maß- und Münzsystem, das Postwesen, die Hebung und die centralistische Organisation der Wehrkraft — und viele andere Früchte realen Fortschritts auf allen Gebieten des staatlichen Lebens — lassen die Opfer leicht vergessen, welche für sie der Zeit gebracht wurden. Ueberdieß darf nicht verkannt wer-

den, daß die innere Ruhe, die Bildnerin großer Werke, in den Kantonen ebenfalls durch die Bundesverfassung von 1848 bedingt ist. Ohne sie wäre vielleicht ein großer Theil der Eidgenossenschaft wieder alljährlich der Schauplatz blutiger Fehden — und so die edlen Werke des Friedens und der öffentlichen Wohlfahrt verkümmert — oder gänzlich zerstört worden. Die diesem aus schweren Kämpfen hervorgegangenen Grundgesetze noch anhängenden Mängel und Gebrechen wird zweifelsohne die nächste Zukunft heilen — und in dieser Zuversicht stehen wir nicht an, die gewaltsame Umgestaltung der Dinge vom Jahre 1847 als eine glückliche und segensreiche zu begrüßen, — denn was kommen muß, das kommt, oft selbst ohne unser Zuthun. Die Wege der Vorsehung sind unerforschlich! —

Neunzehntes Kapitel.

Die neuen Errungenschaften.

1. Die ersten Strömungen, welche der Sieg der Eidgenossenschaft über die „siebenköpfige Hyder" verursachte, gingen im Wallis ziemlich hoch. Geld — und wieder Geld — war jetzt das tägliche Feldgeschrei; und dieß schüchterte die Leute so sehr ein, daß sich viele aus lauter Furcht zu der herrschenden Partei bekannten, die noch kurze Zeit vorher so zu sagen an der Spitze des Sonderbundes gekämpft hatten. So groß ist die Macht des Geldes — und des persönlichen Interesses! Nach und nach gelang es, die dringensten Forderungen der Sieger zu befriedigen, und dadurch auch der lästigen Besatzung los zu werden. Die Brandung des ersten Sturmes legte sich, und machte einer etwas gedeihlichern Regelung der Dinge Platz.

2. Die Vereinigung der Abtei von St. Moritz mit dem Bisthum von Sitten zerschlug sich an der Festigkeit des Bischof's und des Domkapitels. Auch der Große Rath verwarf am 9.

August die bezüglichen Vorschläge der römischen Kurie. Man begnügte sich mit einer Entschädigung an Gut und Geld von Seite des Klerus, und behielt für weitere Verhandlungen mit Rom das Protokoll offen, das bis auf den heutigen Tag noch nicht geschlossen ist. Die geistlichen Güter wurden meist zu sehr niedrigen Preisen an Freunde der neuen Ordnung losgeschlagen. Die von den Jesuiten verlassenen Kollegien von Sitten und Brig geriethen in die Hände der Regierung, und wurden durch Laien und einige Weltpriester bedient. Da aber die meisten dieser Herren im Erziehungsfache nicht auf der Höhe der Zeit standen, und auch in wissenschaftlicher Beziehung sehr viel zu wünschen übrig ließen, gingen diese Institute nicht gar schnell der Blüthe entgegen, sondern eilten eher dem Zerfall — und dem Tode zu. Mehr Fortschritt bemerkte man bei der Volksschule. Man gründete einen Kurs für Lehrer und Lehrerinnen, machte den Schulbesuch obligatorisch — und wählte einige Schul-Inspektoren zur Ueberwachung der betreffenden Gesetze und Verordnungen. Schon im Jahre 1840 machte ein regierungsräthliches Dekret den Schulbesuch obligatorisch und überband die Kosten den betreffenden Gemeinden, die Ueberwachung und Vollziehung den respektiven Behörden, diese Verordnung wurde aber vom Volke wenig oder gar nicht beachtet. — Ein neues Civilgesetzbuch und Civilregister für alle Gemeinden, Hypothekarbureau's — und neue Steuerrodel traten in Kraft und Wirkung. Forstgesetz, und ein Försterkurs folgten auf der Ferse nach. Ein obligatorisches Gesetz zum Loskauf von Gilten und Zehnten erlitt der niedrigen Taxe wegen große Anfechtungen von Seite der Interessirten, obgleich man im Grundsatz allgemein einverstanden war. Jetzt haben sich die heftigsten Gegner mit der Verordnung ausgesöhnt; es war eben ein Zeitbedürfniß. — Im Jahre des Heils 1851 wurde das Land Wallis auch mit einer direkten Vermögenssteuer zum ersten Male überrascht, und als sich die Gemeinden Unterbäch, Eischoll und Bürchen diesem Ansinnen ernstlich widersetzten, wußte sich die Regierung durch die Gewalt der Waffen Respeckt und Gehorsam zu verschaffen. Glücklicher Weise kam in der eilften Stunde noch ein friedlicher Vergleich zu Stande. Es floß kein Blut, sondern einige tausend Franken Strafgeld in die Staatskasse, und das war auch besser. Unter dem Volke von Oberwallis fanden die Leute von Unterbäch, Bürchen und Eischoll viele Freunde und Gesinnungsgenossen, da man aber keine Hoffnung auf Erfolg hegen konnte, hielt man es für klüger, sich der Nothwendigkeit schweigend zu fügen. Direkte Steuern waren im Wallis seit der fränkischen Herrschaft unbekannt, und das Volk empörte sich ob dieser lästigen Neuerung, mußte sich dieselbe jedoch gefallen lassen, da bekanntlich einige tausend Bajonnette den stärksten Beweis für die Richtigkeit einer politischen Maßregel liefern.

3. Nach all' diesen Vorgängen und Errungenschaften bemerkten die Staatslenker, daß sie vielleicht doch etwas zu schnell gefahren, und daß das gemeine Volk ihnen nicht recht zu folgen vermöge. Unzufriedenheit und Mißmuth erweckte vorzüglich das direkte Steuerwesen, das Erziehungssystem — und der nicht gar blühende Staatshaushalt — bei einigen frommen Leuten auch der Verkauf der Kirchengüter, die sie zu den niedrigen Preisen andern nicht gerne gönnen mochten — und es ihnen nicht wohl zustand, selbe für sich zu ersteigern. Noch mehr verstimmte eine durch den Großen Rath dekretirte Entschädigung von 150,000 Franken an einige Führer der „Jungschweiz". Im Grunde war es aber der Verlust seiner alten Rechte, welche das Volk nur schwer vermissen und verschmerzen konnte, und die es an all' die geprießenen Fortschritte und Errungenschaften nicht eintauschen mochte.

4. Diese Verstimmung des großen „Souveräns" bemerkend, fand es der Große Rath im Jahre 1852 schon für gut, eine neue Verfassung auszuschreiben, die denn auch mit Freuden begrüßt — und mit 8233 Stimmen gegen 832 — angenommen wurde. Sie gab dem Volke zwar wenig zurück — noch weniger dem Klerus, allein sie war ein Schritt zur Versöhnung — und fand daher auch billig den verdienten Anklang bei der Masse der Bevölkerung. Man dachte ganz richtig: „Besser Etwas — als

Nichts!" — Nach den letzten Erscheinungen in unser'm Staatsleben zu urtheilen, dürfte sich auch die Verfassung vom Jahre 1852 bald überlebt haben, und einer neuen von 1869 oder 1870 Platz machen, worin die alte und vielgepriesene Souveränität des Walliservolkes mehr Berücksichtigung finden wird. —

Zwanzigstes Kapitel.

Die Reaktion.

1. Es war die Verfassung von 1852 wirklich — wenn nicht ein Schritt zur Versöhnung — so doch der Uebergang zu einem neuen System. — Schon vom Jahre 1853 an, hatten die Liberalen im Großen Rathe nur eine schwache Mehrheit, und mußten sich manche Conzessionen gefallen lassen. Man fand kaum mehr Männer im Oberwallis, welche austretende Glieder in der vollziehenden Behörde ersetzen wollten, ein untrügliches Zeichen, daß es mit einem System zu Ende geht, weil es nicht mehr lebensfähig ist.

Eine Idee, ein System, ist nur dann von Dauer und praktischer Wirksamkeit, wenn seine Träger die Ueberzeugung von dessen Richtigkeit und den Muth zu dessen Schutz und Anwendung besitzen. Allerdings zählte die Regierung von 1848 Männer in ihrer Mitte, denen diese Eigenschaften nicht abgesprochen werden können. Die Namen eines Moritz Barmann, Alexander von Torrente, Kaspar Zen-Ruffinen Dr. Claivaz und Pignat genügen, um uns jeden Zweifels zu überheben. Wenn der Regierung von 1844 zum Vorwurf gemacht wird, daß sie der Situation nicht gewachsen war, und während der Sonderbundskrisis (glücklicher Weise) durch Unschlüssigkeit und Zaudern sich hervorthat, so trifft ihre Nachfolgerin eine entgegengesetzte Rüge. Man war jetzt nicht nur von der Richtigkeit der neuen

Ideen überzeugt — man war dafür begeistert; man fühlte nicht nur die nöthige Kraft zur Geltendmachung des herrschenden Systems, sondern den Muth, dasselbe in allen seinen Consequenzen den Leuten aufzudringen, wenn es sein müßte; kurz, man wollte die Zeit überflügeln, und gleichsam sich selbst an Muth, Energie und Schnelligkeit überbieten.

2. Alles aber braucht seine Zeit und Weile, wenn es gedeihen soll. Es gibt oft, wie man sagt, auch des Guten zu viel. Das Volk wurde mit Neuerungen überfüttert, es fing an, an Unverdaulichkeit zu leiden. Die Speise paßte nicht immer zur Konstitution seiner Verdauungswerkzeuge. In diesem Falle werden oft auch gute, ja ausgesuchte Leckerbissen eckelhaft und widrig; man weißt sie zurück. So ging es leider dem Walliservolke mit den Errungenschaften der Fortschrittsperiode. Es wollte endlich einwenig ausruhen, und verwarf und bekämpfte fast Alles, was ihm von dieser Seite geboten wurde, ohne über dessen Werth und Nutzen zu fragen und zu urtheilen. In dieser üblen Laune wurde es natürlich auch von solchen gescheiden Leuten bestärkt und unterhalten, welche nach den Fleischtöpfen Egyptens hungerten — und auf die grünen Sessel aspirirten. — Unter solchen Umständen erlahmt auch die höchste Begeisterung, erschöpft sich die größte Kraft. So kam es denn, daß die mit der Exekutive betrauten Männer dieser Periode ihres Amtes allmälig müde wurden, und meist aus eigenem Antrieb der immer stärker werdenden Opposition aus dem Wurf gingen. Diejenigen, welche auf dem Posten ausharrten, fanden's für klüger, den Volkslaunen Rechnung zu tragen und der Reaktion sich anzuschließen — und dieß ist eben auch ein Zeichen, daß ein System nicht ewig und allein seligmachend ist.

3. Im Jahre 1856 siegte das konservative Element gänzlich, und leitete sofort mit dem Klerus Unterhandlungen ein, welche durch die kluge Umsicht und das bereitwillige Entgegenkommen des Hochwürdigsten Bischofs, P. J. von Preux von dem besten Erfolge gekrönt wurden. Wenn auch kein förmlicher Vertrag zwischen Kirche und Staat zum Abschluß kam, so trat

doch ein freundschaftlicheres Verhältniß ein und wurden mehrere kirchenfeindliche Dekrete ausser Kraft erklärt, und noch nicht veräusserte Liegenschaften ihrer ursprünglichen Bestimmung zurückgegeben. — Auch mit dem Erziehungswesen sollte es anders werden. Man nahm zu verschiedenen Reformen Zuflucht, allein die Resultate blieben noch stets auch hinter den bescheidensten Erwartungen und Wünschen zurück. In letzter Zeit fiel man sogar auf den äußerst kühnen und unzeitgemäßen Einfall, die ersten Lehrstühle wieder an die verpönten „Jesuiten" zu vergeben, was den bekannten Sturm in der eidgenössischen Presse und die Beschlüsse der Bundesversammlung hervorrief, und die Regierung von Wallis in eine Sackgasse trieb, aus der sie nur durch Verabschiedung der Jesuiten zu entkommen vermochte. —

4. Schwere Noth hatte das neue System mit der Eisenbahn. Hier wollten alle Mittel und Vorsichtsmaßregeln, Trotz und Nachgiebigkeit nicht verfangen. Vom Genfersee bis Sitten wurden die 30 Millionen verschlendert, welche bis Brig ausreichen sollten. Dagegen macht die Kantonalbank gute Geschäfte, d. h. die Aktionäre und Verwaltungsräthe werden reich, die Leute ausgebeutet und arm. —*)

Die Furkastraße kam in den Jahren 1865 und 1866 durch eidgenössische Subsidien zu Stande. — Der Staud Wallis bezahlt beinahe eine halbe Million Franken daran — Dank der umsichtigen und klugen Verwaltung. Uri gewinnt darauf einige tausend Franken, wenn man den neuesten Berichten Glauben beimessen darf. Die Rhonekorrektion, ebenfalls ein Kind eidgenössischer Unterstützung, liegt in Arbeit. Sie ist eine Lebensfrage für den Kanton. Ernstliche Bedenken sind in Bezug auf das Gelingen dieses großen Unternehmens in letzter Zeit — trotz den offiziellen Beruhigungen — aufgetaucht, und haben sich bis auf diese Stunde noch hartnäckig zu behaupten — Gründe gefunden. Als Seele der konservativen Reaktion gilt der Staats-

*) In jüngster Zeit scheint auch hier eine bedenkliche Krisis zum Schlimmern eingetreten zu sein, welcher man durch Gründung einer Bodenkreditanstalt entgegen zu treten sich anschickt. — Glück auf!

rath Alexis Allet von Leuk. Möge er glücklicher sein, als die meisten Parteiführer in republikanischen Landen — und die begonnenen Werke öffentlicher Wohlfahrt zum Ziele geleiten, ehe noch sein guter Stern erbleicht — und der „Volksdank" ihm die Dornenkrone in die grauen Locken windet! —

Hiemit glauben wir unsere schwierige Aufgabe in guten Treuen, nach Wissen und Gewissen — gelöst zu haben. Dem Leser bleibt es indessen vorbehalten, unsere Arbeit zu würdigen. Wir hegen die feste Ueberzeugung, wenigstens einer Pflicht der Pietät gegen unsere Väter uns entbunden zu haben, indem wir ihre Verdienste um die vaterländische Geschichte, um unsere Freiheit und Unabhängigkeit, der Nachwelt überlieferten, bevor noch ein Theil ihrer Thaten der Vergessenheit anheim gefallen.

Man mag ihre Handlungsweise unter den damaligen Verhältnissen noch so verschieden beurtheilen, man mag die „Freiheitskämpfe" eine Tollkühnheit — eine Verwegenheit schelten — Eines wird man dabei nicht in Abrede stellen können: das gute Recht, die gute Absicht — und den guten Zweck der Walliser! Sie hielten es für ihre Pflicht, nach der Väter Weise Gewalt mit Gewalt abzutreiben. So traurig und folgenschwer auch das Ende des Kampfes sein mochte, das Bewußtsein treu erfüllter Pflicht war ihnen geblieben. Sie hatten mit dem Aufgebot aller ihrer physischen und moralischen Kräfte den Kampf für die heiligsten Güter eines freien Volkes gekämpft; sie hatten Alles gewagt und Alles geopfert — sie haben mit den Urkantonen die Ehre der alten Schweiz gerettet — und dies ist so viel werth, als der schönste Sieg. Die Gerechtigkeit wird ihnen wenigstens die Nachwelt widerfahren lassen: daß sie nicht durch eigne Schuld der Uebermacht gewichen, und daß ihre Niederlage eine ehrenvolle gewesen, sie mithin vollen Anspruch machen dürfen auf die Achtung und den Dank ihrer Enkel. Hätte das Wallis damals seine Rechte leichten Kaufes an den Stärkern ausgeliefert, die alliirten Mächte würden sie ihm fünfzehn Jahre später schwersich unter so leichten Bedingungen wieder gegeben haben. Nur die Achtung vor jenem Heldenmuth und jener Ausdauer, mit der diese Güter vertheidigt wurden, konnte die nachmaligen Lenker der europäischen Geschicke bestimmen, die alte Ordnung der Dinge im Rhonethale wieder herzustellen. In diesem Sinne hat der Heldenkampf von 1798 und 1799 das angestrebte Ziel insofern erreicht, als Religion, Freiheit und Unabhängigkeit durch den engern Anschluß an die schweiz. Eidgenossenschaft eine sichere Unterlage und dauernde Gewähr erhalten sollten. Wenn dies in der Folge nicht immer der Fall war, so lag die Schuld nicht in der guten Absicht der restituirenden Machthaber, sondern in dem unredlichen Willen und dem Mißbrauch der wiedereroberten Rechte und Privilegien von Seite der Beschenkten selbst. Während zwanzig Jahren bekämpften sich die Parteien im Innern und stritten sich auf Tod und Leben um die Oberherrschaft, da sie doch ebenbürtige Kinder eines und desselben Vaterlandes sein sollten — alle nur Einem Herrn, dem Gesetze unterthan, das sie sich selbst gegeben!

Leider ist dieser unselige Kampf noch zur Stunde nicht entschieden. Das liberale Regiment entriß dem Volke die meisten seiner angeerbten, tausendjährigen Rechte; das konservative setzt diese Usurpation fort und gab dem Volke von all' den erbeuteten Gütern wenig mehr zurück, — als gute Hoffnungen und eine erhöhte Steuerskala mit noch größerer Schuldenlast. So lange diese Kluft zwischen Volk und Regierung nicht ausgefüllt ist, d. h. so lange man dem Volke seine demokratischen Rechte und seine Theilnahme an den Regierungsgeschäften vorenthält, ist an eine aufrichtige Aussöhnung zwischen den beiden Gewalten nicht zu denken. Auf die Partei-Namen kommt es eben nicht an. Den Baum erkennt man an der Frucht, die er trägt. Das Volk will den Kern, nicht die leere Schale — und es wird nicht ruhen, bis es dieses Ziel erreicht hat. Die Geschichte, diese große Lehrmeisterin, wird ihm die rechten Mittel an die Hand geben und ihm den kürzesten und sichersten Weg dahin weisen.

Nachtrag

zu den Jahren 1798 und 1799.

Organisation der Oberwalliser-Wehrkraft.

1. Hr. Moritz Perrig, v. Brig, Oberkommandant.
2. „ Venetz, Graf v. Saas, dessen Adjutant.
3. „ Bartholomäus Walther, v. Selkingen und
4. „ Joseph Schmid, v. Ernen, Majore.
5. „ Ebiner v. Lötschen, Hauptmann.
6. „ Jos. Anton Wyßen, v. Unterbäch, Hauptmann.
7. „ Bayard, v. Leuk, Hauptmann.
8. „ v. Willa, v. Leuk, Hauptmann.
9. „ Furrer, v. Bürchen, Hauptmann.
10. „ Sebast. Weger, v. Geschinen, Hauptmann.
11. „ Hans Bortis, v. Fiesch, Hauptmann.
12. „ Schnyder, v. Gampel, Spion.

Bemerkungen.

Die Kompagnien wurden in einer Volksversammlung an der Leukersuste organisirt und die Offiziere oder Hauptmänner derselben durch Stimmenmehr bezeichnet. Mehrere der genannten Anführer wurden nach dem unglücklichen Ausgange der beiden Feldzüge wegen Mangel an Kenntniß, Disziplin u. s. w. in Anklagezustand versetzt, vor ein Kriegsgericht gestellt — und in Gefängnissen herumgeschleppt. Einige dieser Lenker der Volksbewegung schienen wirklich ihrer Aufgabe nicht gewachsen gewesen zu sein, andere mitunter ihre Pflicht vergessen zu haben. Am schwerstenwurde Hr. Venetz belastet. Sein Anwalt, Dr. Schinner, gab in seiner Vertheidigung des Inkulpaten sehr naiv zu: „daß sich der Klient stets als „General" der Oberwalliser gerirte, obgleich er eigentlich nur dessen Adjutant gewesen sei. Daher kam es, daß derselbe bei Martinach die Befehle des Kriegsrathes und seines Generals nicht vollzogen — und statt vorwärts — rückwärts marschirte. Für diese traurige Verwechselung seines Grades sitze er bereits 4 Monate im Kerker, und möge diese Strafe als genügend befunden werden 2c. 2c."

Nach den Notizen eines Tagebuches wußten die meisten Bauern nicht, wer eigentlich ihr Anführer und Feldherr sei. Jeder Zehnen sorgte erst für sich, der Landrath für das Land — und am Ende hielt sich Jeder für den Ersten und Tauglichsten oder wußte nicht, was er für einen Platz und Grad einzunehmen habe.— Diese Verwirrung scheint man in Siders erst recht vermerkt zu haben; denn nur so erklärt es sich, daß man mitten im Feldzug den jungen Herrn v. Courten mit Gewalt zum Oberkommando erhob, und die Herren Perrig und Venetz in ihrer äußerst zweideutigen Stellung beließ. — Unbegreiflich scheint es aber, wie sich eine derart organisirte Mannschaft so lange gegen eine regulirte, an Zahl weit überlegene Truppe behaupten konnte? Jedenfalls muß die persönliche Tapferkeit und Ausdauer der Bauern hiebei schwer in's Gewicht fallen, wenn wir nicht unserm Glauben an die mehr als verbürgten Thatsachen Gewalt anthun sollen.

Kriegsrath.

1. Hr. Zehnenhauptmann v. Sepibus v. Mörell, Präsident.
2. „ Frz. Taffiner v. Rekingen, — für Goms.
3. „ Frz. Perrig v. Brig — für Brig.
4. „ Kastlan Lochmatter v. Visp, — für Visp.
5. „ Brunner v. Salgesch, für Leuk.

Anmerkung.

Die Mitglieder dieser Tit. Behörde scheinen mehr um der Form willen als der Sache wegen niedergesetzt worden zu sein, denn es geschieht im Verlauf der bezüglichen Geschichte dieses Rathes nur dann Erwähnung, wenn von schlechter Munition, von Mangel an Proviant und fehlerhafter Disziplin die Rede ist. Die Kommandanten der Truppenkörper scheinen im Uebrigen so ziemlich auf eigene Faust hin gehandelt zu haben. Eine zweite Auflage dieser Ordnung haben wir in mancher Rücksicht noch im Jahre des Heiles 1847 erlebt. Wenn unter sothanen Umständen der angestrebte Zweck nicht erreicht wurde, so ist die Ursache davon wohl eher im Kopfe — als in den Gliedern zu suchen — und zu finden. Ohne Organisation, Disziplin und Tüchtigkeit der Anführer wird die tapferste Armee umsonst verbluten.

Verzeichniß

der in den Jahren 1798 und 1799 für Gott und Vaterland gefallenen Patrioten.

1. Bezirk Goms.

Jahr.	Name und Heimat.		Datum.	Ort des Todes.
1798	Jos. Ignaz Thenen	Münster	17. Mai	Morse.
1799	Paul Gmoberdorf	"	2. Juni	Massa.
"	Joh. Jos. Guntern	"	3. "	Fiesch.
"	Franz Jos. Lagger	"	28. Mai	Pfyn.
"	Franz Huser	"	" "	"
"	Felix Gmoberdorf	"	" "	"
"	Pet. Ant. v. Riedmatten	"	" "	"
"	Peter Jos. Jost *)	"	? ?	Münster.
"	Joh. Bapt. Lagger *)	"	? ?	"
"	M. Kath. Werlen geb. Schinner	" **)	? ?	"
1798	Jos. Schmidt	Ernen	17. Mai	Massa.
"	Jakob Lauiner	"	" "	"
"	Anton Fanroth	"	" "	"
1799	Franz Daforna	"	2. Juni	"
"	Johann Klausen	"	" "	"
"	Josef Seiler	"	" "	"
"	Joh. Jos. Jensch	"	" "	"
"	Johann Wenger	"	" "	"
"	Jos. Ig. Sigristen	"	" "	"
"	Jos. Briv	"	" "	"
"	Johann Sieber	"	" "	"
"	Jos. Fried. Klausen	"	" "	"
"	Michael Guntern	"	" "	"
"	Jos. Ig. Z'lauinen	"	" "	"
"	Johann Gybsten	"	" "	"

*) Diese wurden unterhalb dem Dorf erschossen, weil sie sich weigerten, nach Aarburg in's Gefängniß zu wandern.

**) Oberhalb dem Dorf ermordet.

Jahr.	Name und Heimat.		Datum.	Ort des Todes.
1799	Ignaz Bielander	Ernen	2. Juni	Massa.
"	Marzell Imhoff	"	" "	"
1798	Joh. Christ. Garbely	Rekingen	17. Mai	Morse.
"	P. Jos. Karlen	"	" "	"
1799	Franz Walpen	"	28. "	Pfyn.
"	Benedikt Walpen	"	" "	"
"	Joseph Walpen	"	1. Juni	Massa.
"	Peter Jos. Hartmann	"	" "	"
"	Joh. Christoph Garbely	"	" "	"
"	Jos. Ant. Biggel	"	" "	"
"	Jos. Thäd. Jergen	"	" "	"
1798	Klemens Elsener	Zug	17. Mai	Morse.
1799	Jos. Ig. Burker	Fiesch	1. Juni	Massa.
"	Anton Gehrig	"	" "	"
"	Christian Bürcher	"	2. "	Fiesch.
"	Johann Steffen	"	" "	"
"	Jos. Nellen	"	" "	"
"	Jos. Schmidt	"	" "	"
"	Jos. Kuchen	"	" "	"
"	Jos. Ig. Burker	"	1. "	Massa.
"	Joseph Ritter	"	2. "	Fiesch.
"	Maria Jos. Burger *)	"	?	"
"	Ignaz Klausen	Mühlebach	" "	Lax.
"	Ignaz Riggely	"	" "	"
"	Anton Jensch	"	" "	"
"	Ignaz Wenger	Bellwald	" "	Massa.
"	Joh. Jos. Wenger	"	" "	"
"	Johann Guntern	Biel	1. "	"
"	P. Jos. Karlen	Binn	" "	"
"	Anton Bungen	"	2. "	Lax.
"	Ign. Biederbosten	Ritzingen	1. "	Massa.
"	Martin Hagen	"	" "	"
"	Valentin Wellig	Lax	2. "	Fiesch.
"	Joseph Restimann	"	" "	"
"	Joseph Elerkunst	"	?	?

*) War geisteskrank und trug ein Amulett auf der Brust, weßwegen der Feind, Schätze vermuthend — die widerstrebende Trägerin anhielt — und ermordete.

Jahr.	Name und Heimat.		Datum.	Ort des Todes.
1799	Jos. Ant. Imahorn	Obergesteln	14. August	Grimsel.
„	Jos. Halenbarter	„	7. Oktober	„
„	Jos. Ahorn	?	28. Mai	Pfyn.
„	Pet. Jos. Imwinkelried	„	2. Juni	Massa.
„	Johann Wenger	Nieder-Ernen	30. Mai	Visp.
„	Barthol. Walther	Selkingen	29. „	„
„	Johannes Ritz	Niederwald	28. „	Pfyn.
„	Anton Gering	Oberwald	1. Juni	Massa.
„	Joseph Eggs	„	„ „	„
„	A. Maria Jost *)	Geschinen	10. Juni	Geschinen.

2. Drittel Mörell.

Jahr.	Name und Heimat.		Datum.	Ort des Todes.
1798	Felix Walker	Mörell (Pfarrei)	3. Juni	Finsch.
1799	Pet. Jos. Mattig	„	28. Mai	Pfyn.
„	Eugen de Sepibus	„	„ „	„
„	Peter Nellen	„	„ „	„
„	Franz Imhoff	„	„ „	„
„	Alexander Minnig	„	„ „	„
„	Joh. Jos. Wellig	„	„ „	„
„	Johann Zuber	„	„ „	„
„	Moritz Mattisch	„	„ „	„
„	Christian Schwertz	„	„ „	„
„	Pet. Jos. Holzer	„	„ „	„
„	Johann Huber	„	„ „	„
„	Alois Thenen	„	„ „	„
„	Christian Stucky	„	„ „	„
„	Joh. Martin Wellig	„	„ „	„
„	Josef Imhoff	„	„ „	„
„	Hilarius Ittig	„	14. August	Grimsel.
„	Josef Eyster (Escher?)	„	„ „	„

*) Blödsinnig, wurde sie von den Franken aus Kurzweil erschossen!

Jahr.	Name und Heimat.		Datum.	Ort des Todes.
1799	Valentin Schwerzy	Mörell (Pfarrei)	14. August	Grimsel.
"	Valentin Mattig	"	2. Juni	Massa.
"	Christian Graff	"	" "	"
"	Eugen Zen-Zäunen	Grengiols	28. Mai	Pfyn.
"	Christoph Guntern	"	" "	"
"	Franz Jos. Zen-Zäunen	"	2. Juni ?	Massa.
"	Mathias Schalbetter	"	" "	"
"	P. Jos. Ambord	"	" "	"
"	Pet. Jos. Imhoff	"	" "	"
"	Mathias Ambord, Vater,	"	5. "	?
"	Pet. Jos. Ambord, Sohn,	"	" "	"
"	Johann Schallbetter	"	" "	"
"	Peter Ambord	"	" "	"
"	Ignaz Schalbetter	"	" "	"
"	Anton Bilgischer	"	" "	"
"	Peter Schalbetter	"	" "	"
"	Hochw. Pfr. Eggs *)	"	3. " ?	Lax.
"	M. Josefa Mattig **)	"	" "	"
"	Martin Albrecht	Martinsberg	2. "	Massa.
"	Christian Guntern	"	" "	"
"	Melchior Imwinkelried	"	" "	"
"	Josef Schallbetter	"	" "	"

3. Bezirk Brig.

1799	Name und Heimat.		Datum.	Ort des Todes.
1799	Kaspar Perrig	Brig	30. Mai ?	Visp.
"	Ignaz Perrig	"	" "	"
"	Jos. Escher	"	" "	"
"	Valentin Heinzer	"	" "	"

*) Derselbe wurde von den Franzosen schwer krank bis auf Lax geschleppt und so lange mißhandelt, bis er den Geist aufgab.

**) Dieselbe fand man bei Lax kopfüber bis an die Hälfte in die Erde gesenkt. Jedenfalls wurde sie zuvor schwer mißhandelt.

Jahr.	Name und Heimat.		Datum.	Ort des Todes.
1799	Franz Jos. Luggen	Brig	30. Mai	Visp.
"	Hochw. Lorenz Kounen, Kapl. *)	Glis	28. Mai	Pfyn.
"	Michael Luggen	"	30. Mai	Visp. ?
"	Christian Theiler	"	" "	"
"	Joh. Christ. Kämpfen	"	2. Juni	Massa.
"	Andreas Tscherrig	Brigerberg	v. 28.—30. Mai	Visp. ?
"	Kaspar Wegener	"	" " "	"
"	Joh. Jos. Borter	"	" " "	"
"	Josef Riwen	"	" " "	"
"	Kaspar Fintschen	"	" " "	"
"	Johann Gasser	"	" " "	"
"	Anton Bieler	"	" " "	"
"	Christian Burgissen	"	" " "	"
"	Christian Kounen	"	" " "	"
"	Johann Ritter	"	" " "	"
"	Johann Maurer	Bad	" " "	"
"	Kaspar Bumann	"	" " "	"
"	Ignaz Guttheil	Eggerberg	" " "	"
"	Christian Martis	"	" " "	"
"	Franz Kounen	Gamsen	" " "	"
"	Jos. Imhoff	"	" " "	"
"	Peter Stanzer	"	" " "	"
"	Moritz Eyer	Naters	" " "	Pfyn u. Visp.
"	Peter Schmidt	"	" " "	" "
"	Peter Wißen	"	" " "	" "
"	Peter Gasser	"	" " "	" "
"	Peter Bolken	"	" " "	" "
"	Pet. Jos. Gertschen	"	" " "	" "
"	Josef Eyer			
"	Moritz Wißen			
"	Josef Nellen	Mund	" " "	" "
"	Peter Imstöpf	"	" " "	" "
"	Peter Karlen	"	" " "	" "
"	Peter Pfaffen	"	" " "	" "
"	Kaspar Eyer	"	" " "	" "
"	Lorenz Furrer	"	" " "	" "
"	Kaspar Pfaffen	"	" " "	" "
"	Josef Stöpfer	"	" " "	" "

*) War Feldprediger und wurde in der Kapelle bei der Leukerbrücke erschossen.

Jahr.	Name und Heimat.		Datum.	Ort des Todes.
1799	Lorenz Imstöpf	Mund	v. 28.—30. Mai	Pfyn u. Visp.
„	Josef Pfaffen	„	„ „ „	„ „
„	Martin Blatter	„	„ „ „	„ „
„	Josef Cura	Simpeln	Mai ?	Baren.

4. Bezirk Visp.

Jahr.	Name und Heimat.		Datum.	Ort des Todes.
1799.	Hauptmann Rubin	Visp	2. Juni	Saas.
„	Josef Zimmermann	„	28. Mai	Pfyn.
„	Johann Schaller	„	„ „	„
„	Christian Perren	„	„ „	„
„	Jakob Boner	„	„ „	„
„	Adrian Zurbriggen	„	„ „	„
„	Jos. Anton Kittel	„	„ „	„
„	Johann Wyer	„	„ „	„
„	Anton Heltner	„	„ „	„
„	Peter Gottsponer	„	„ „	„
„	Josef Gorper	„	„ „	„
„	Josef Fäßler	(Eiholz)	„ „	„
„	Josef Sattler	„	„ „	„
„	Peter Schöpfer	(Waldschieder)	„ „	„
„	Martin Schaller	„	20. Juni	Sitten.
„	Josef Brigger	Stalden (Pfarr.)	28. Mai	Pfyn.
„	Joh. Jos. Kalbermatten	„	„ „	„
„	Franz Willisch	„	„ „	„
„	Peter Klemenz	„	„ „	„
„	Franz Klemenz			
„	Michael Sumermatter	Stalden	„ „	„
„	Pet. Jos. Briggeler	„	„ „	„
„	Joh. Pet. Briggeler	„	„ „	„
„	Johann Supersaxo	„	„ „	„
„	Peter Furrer	„	„ „	„
„	Johann Brigger	„	„ „	„

Jahr.	Name und Heimat.		Datum.	Ort des Todes.
1799	Johannes Furrer	Stalden	28. Mai	Pfyn.
„	Peter Abgottspon	„	„	„
„	Pet. Jos. Furrer	„	„	„
„	Joh. P. Furrer	„	„	„
„	Joh. Jos. Summermatter	„	„	„
„	Joh. Christ. Gattlen	„	„	„
„	Jos. Jg. Furrer	„	„	„
„	Anton Kalbermatten	„	„	„
„	Peter Furrer	„	„	„
„	Johann Gattlen	„	„	„
„	Joh. Abgottspon	„	„	„
„	Theodul Meichtry	„	„	„
„	Stephan Abgottspon	„	25. Mai	Siders.
1798	Peter J. Biner	Pfarrei St. Niklaus	? Mai	Bremis.
1799	Peter Gruber	„	28. Mai	Pfyn.
„	Franz Biner	„	„	„
„	Peter Brantschen	„	„	„
„	Johann Fuchs	„	„	„
„	Johannes Gitz	„	„	„
„	Franz Imboden	„	„	„
„	Joh. Jos. Imboden	„	„	„
„	Josef. Lengen	„	„	„
„	Jos. Niklaus Imboden	„	„	„
„	Johannes Schnydrig	„	„	„
„	J. Peter Summermatter	„	„	„
„	Anton Schnydrig	„	„	„
„	Anton Truffer	„	„	„
„	Karl Wiß	„	„	„
„	Franz Willisch	„	„	„
„	Joh. Jos. Brantschen	„	„	„
„	Pet. Jos. Fux	„	„	„
„	Franz Gruber	„	„	„
„	Niklaus Imboden	„	„	„
„	Franz Jos. Imboden	„	„	„
„	Joh. Jos. Schnydrig	„	„	„
„	Simon Biner			
„	Niklaus Walker	„	„	„
„	Jos. Karl Wißen	„	„	„
„	Joh. Christian Truffer	„	6. Mai	Martigny.

Jahr.	Name und Heimat.		Datum.	Ort des Todes.
1799	Niklaus Taugwalder	Zermatt	28. Mai	Pfyn.
„	Peter Tamatten	„	„	„
„	Jakob Biner	„	„	„
„	Jos. Ant. Grawen	„	„	„
„	Joh. Ant. Inderbinen	„	„	„
„	Franz Lauber	„	„	„
„	Stephan Perren	„	„	„
„	Stephan Zerniwen	„	6. Juni	?
„	Josef Moser	„	22. „	?
„	Joh. Jos. Aufdenblatten	Täsch	28. Mai	„
„	Joh. Jos. Schalbetter	„	„	„
„	Josef Mooser	„	„	„
„	Peter Truffer	„	„	„
„	Joh. Josef Wyß	Törbel	„	„
„	Pet. Jos. Karlen	„	„	„
„	Ignatz Karlen	„	„	„
„	Johannes Gottsponer	Terbinen	„	„
„	Pet. Jos. Gottsponer	„	„	„
„	Joh. Jos. Gottsponer	„	„	„
„	Franz Stoffel	„	„	„
„	Johann Tamatten	„	„	„
„	Franz Heinzmann	„	„	„
„	Christian Zimmermann	Zeneggen	„ ?	„ ?
„	Josef Mangisch	„	30. Mai	Visp. ?
„	Josef Bitschy	„	„	„
„	Jodokus Zimmermann	„	„	„
„	Peter Jos. Kalbermatten	Saas	28. Mai	Pfyn.
„	Pet. Jos. Anthamatten	„	„	„
„	Joh. Pet. Andenmatten	„	„	„
„	Jos. Ant. Burgener	„	„	„
„	Niklaus Kalbermatter	„	2. Juni	Finsch.
„	Joseph Williner	Emd	30. Juni	Visp. ?
„	Pet. Jos. Gottsponer	„	„	„
„	Josef Lorenz	„	„	„

5. Bezirk Raron.

Jahr.	Name und Heimat.		Datum.	Ort des Todes.
1798	Christian Seiler	Raren.	17. Mai	Sitten.
„	Christ. Christen	„	„	Morse.
„	Christian Bregy	„	„	„
1799	Eugen Nellen	„	28. „	Pfyn.
„	Christian Kreuzer	St. German	„	„
„	Christian Großen	„	„	„
„	Josef Ziegel	„	„	„
„	Johann Biner	„	„	„
„	Johann Heinen	„	„	„
„	Johannes Ziegel	„	„	„
„	Christian Thäler	„	„	„
„	Peter Oberhuser	„	30. Juni	Mund.
„	Pet. Jos. Inderkummen	„	31. „	Massa.
„	Michael Lengen	Außerberg	16. Mai	Pfyn.
„	Johann Bregy	„	28. „	„
„	Christian Großen	„	„	„
„	Michael Biner	„	„	„
„	Christian Bumann	„	„	„
„	Niklaus Feller	„	„	„
„	Johannes Thäler	„	„	„
„	Christian Brantschen	„	„	„
„	Johann Mühlacherer	„	„	„
„	Christian Schmidt	„	„	„
„	Peter Schmidt	„	„	„
„	Johann Windstecken	„	31. Mai	Massa.
1798	Pet. Jos. Zenhäusern	„	16. „	Saxon.
„	Anton Kreuzer	„	17. „	Morse.
„	Ignaz Matter	„	18 „	Leuk.
1799	Josef Furrer	„	28. „	Pfyn.
„	Josef Amacker	„	„	„
„	Joh. Christ. Zenhäusern	Bürchen	„	„
„	Johann Furrer	Unterbäch	„	„
„	Christian Mathlis	„	„	„
„	Peter Wyßen	„	30. Mai	Ibenaker.
„	Johannes Trieger, Vater, ?	„	„	„

Jahr.	Name und Heimat.		Datum.	Ort des Todes.
1799	Johannes Trieger, Sohn ?	Unterbäch	30. Mai	Ibenaker.
„	Johann Zenhäusern	„	„	?
„	Josef Zum-Oberhaus *)	„	29. „	Ems.
„	Alex Matter	Bürchen	28. „	Pfyn.
1798	Josef Schröter	Eischoll	17. „	Morse.
1799	Joh. Jos. Huber **)	„	5. Juli	Ersmatt.
„	Pet. Jos. Brunner	„	28. Mai	Pfyn.
1798	Christian Kalbermatten	Steg	17. „	Morse.
1799	Josef Steiner	Pothen	28. „	Pfyn.
„	Lorenz Imboden	„	„	„
„	Peter Bumann	„	„	„
„	Ignaz Zum-Oberhaus	N. Gesteln	„	„
„	Joh. Jos. Sagmeister	„	„	„
„	Joh. Bapt. Ebiner	Lötschen	16. „	Siders.
„	Peter Jos. Meier	„	27. „	„
„	Johannes Meyer	„	„	Dala.
„	Benedikt Bellwald	„	16. „	Pfyn.
„	Joh. Christ. Zeitziner	„	28. „	„
„	J. Bapt. Henzen	„	„	„

6. Bezirk Leuk.

Jahr.	Name und Heimat.		Datum.	Ort des Todes.
1798	Johannes Witschard	Pfarrei Leuk	17. Mai	Morse.
„	Josef Joun	„	„	„
„	Michael Grand	„	„	„
1799	Johann Metry ***)	„	28. „	Pfyn.
„	Johann Ambüel	„	„	„

*) Derselbe wurde in Pfyn schwer verwundet und fand bei seinen Verwandten in Ems treue Pflege; hier wurde er von den Franken am 29. Mai entdeckt und im Bett erschossen.

**) Dieser war in Ersmatt mit Kornsammeln beschäftigt und wurde von den Franken so lange verfolgt, bis er todt niedersank.

***) Soll von seinen eigenen Leuten in dem allgemeinen Wirrsal erschossen worden sein.

Jahr.	Name und Heimat.			Datum.	Ort des Todes.
1799	Alex Bayard, Hauptm.		Leuk	28. Mai	Pfyn.
„	Josef Heimo, Sigrist		„	„	„
„	Josef Eggo		„	„	„
„	Johannes Grand	*)	„	„	Leuk.
„	Johann Metry	*)	„	„	„
„	Franz Metry	*)	„	„	„
„	Franz Pignat	*)	?	„	„
„	Joh. Jos. Walpy	*)	„	„	„
„	Michael Hugo	*)	„	„	„
„	Josef Stoffel	*)	„	„	„
„	Jakob Stoffel	*)	„	„	„
„	Michael Meschler		„	„	„
„	Franz Jos. Degen		„	„	Pfyn.
„	Josef Scherrer		„	„	„
„	Stephan Monet		„	„	„
„	Leodegar Dinz		„	„	„
„	Peter Degen		„	„	„
„	Josef de Kumbis		„	„	Suste.
„	Bernard Erzgraber		„	„	Pfyn.
„	Michael Meschler		„	„	„
„	Josef Schmidt		„	„	„
„	Johann Steiner		(Feschel)	„	„
„	Johann Ebenegger		(Thäl)	„	Suste.
„	Anton Balmer		(Pfyn)	„	„
„	Sebastian Niederer		„	„	Pfyn.
„	Josef Loretan		„	„	„
1798	Stephan Bayard		Varen	17. „	Morse.
„	Peter Julier		„	„	Sitten.
1799	Stephan Clavioz		„	28. „	„
„	Klemenz Camenzind		„	„	Chingeret.
„	Stephan Plaschy		„	28. u. 29. Mai	„
„	Alexander Oggier		„	„	Pennograben.
„	Franz Julier		„	„	Dalabrücke.
„	Stephan Plaschy		„	„	„
„	Josef Bayard		„	„	Ersmatt.
„	Stephan Julier		„	„	Varnerleitern

*) Diese 8 Individuen waren blödsinnig und deßwegen ermordet! —

Jahr.	Name und Heimat.		Datum.	Ort des Todes.
1799	Stephan Jaggy	Varen	28. u. 29. Mai	Inden.
"	Moritz Plaschy	"	"	"
"	Johannes Oggier	"	29. Juni	Varen.
"	Stephan Loretan	Leukerbad	17. Mai	Morse
1798	Josef Loretan	"	"	"
"	Josef Loretan, Sohn	"	"	"
"	Stephan Meichtry	"	"	"
"	Jos. Golliaz.	"	"	Varnerleitern
"	Josef Loretan	"	28. "	Baden.
1799	Karl Loretan	"	? "	Pfyn.
"	Josef Witschard	"	? "	"
"	Josef Brenner	"	? "	"
"	Stephan Golliaz	"	" "	"
"	Josef Zumofen	"	" "	"
"	Stephan Zumofen	"	" "	"
"	Kaspar Jos. Loretan	"	" "	"
"	Michael Oggier			
"	Niklaus Zumofen	Albinen ?	28. "	"
"	Kaspar Bregy	Ems	30. "	Visp ?
"	Josef Kalbermatter	"	"	" ?
"	Josef Borter	"	"	" ?
"	Josef Schmidt	"	"	" ?
"	Franz Baumann	"	"	" ?
"	Johann Borter	"	"	" ?
"	Jos. Gertscher	Turtmann	17. Juni	Sitten.
"	Moritz Mathier	Salgesch	10. "	"
"	Stephan Mathier	"	"	Dala.
"	Josef Witschart	"	28. Mai	?
"	Stephan Salzgeber	?	"	Cliwen.
"	Hans Michael Dasiar	"	"	Dala.
"	J. J. Metry	"	"	"
"	N. Striker	?	"	Sedanne.
"	Ignatz Mathier	"	"	?
"	Stephan Mathier	"	"	Dala ?
"	Michael Oggier	"	"	?
"	Stephan Mingg	Unterwalden	"	Pfyn.
"	Georg Camenzind *)	Gersau	29. "	Inden.

*) Ermordet, weil er den Franken die verborgene Habe und den Pfad über die Felsenwand oberhalb Inden nicht verrathen wollte.

Jahr.	Name und Heimat.		Datum.	Ort des Todes.
1799	Bernard Erzgraber	Leuk?	28. Mai	Pfyn.
„	Maria Kath. in der Listern *)	„	„	Suste.
„	Barbara de Kumbis **)	„		„
1798	Josef Britschgy	Unterwalden	17. „	Morse.
1799	Theresia Loretan	Leuk	28. „	Agaren.

7. Bezirk Siders.

Jahr.	Name und Heimat.		Datum.	Ort des Todes.
1799	Jean Vocat	St.-Maurice des [laques	? Mai	Pfyn ?
„	Pierre Métrailler	„	„	?
„	George Rey	„	„	?
„	Jaques Weyermann	Miége	„	„
„	Michel Zufferey	„	„	„
„	Jgnace Zarrey	„	„	„
„	Joseph Tarrat	„	„	„
„	Joseph Favre	„	10. Mai	Siders.
„	Johann Schreier ***)	Schlesien	„	„
„	Urbain Abbé	Chippis	24. Juni	Sion.
„	Chrétien Zuber	Lens	17. Mai	Morse.
„	Augustin Bonard	„	„	bei Sitten.

8. Bezirk Sitten.

Jahr.	Name und Heimat.		Datum.	Ort des Todes.
1798	Hochw. Großdekan Imseng ****)	Saas	17. Mai	Sitten.
„	Germain Jaquier	Savièse	„	Morse.
„	Joseph Héritier	„	„	„
„	G. Joseph Gobelet	„	„	„

*) Geschändet und dann bei den Füßen an einen Baum aufgehängt.
**) Aus Zeitvertreib ermordet; deßgleichen die Theresia Loretan.
***) Wurde von den Franzosen im Bett erstochen. Er war Goldschmied in Siders und wahrscheinlich vorher im Gefecht verwundet worden.
****) Siehe Seite 75 dieser Geschichte.

Jahr.	Name und Heimat.		Datum.	Ort des Todes.
1798	Barthol. Bottier	Savièse	17. Mai	Morse.
"	Etienne Duc	"	"	"
"	Joseph Perroud	"	"	"
"	Grégoire Héritier	"	"	"
"	J. Théodul Duc	"	"	"
"	Maurice Débons	"	"	"
"	Germain Luyet	"	"	"
"	Antoine Nicias	"	"	"
"	Margarithe Héritier	"	"	"
"	Guillaume Luyet *)	"	"	Chandolin.
"	Moulin Antoine	Salin	8. Juni	Sion.
1799	Capitaine Crétiaz	Grimisuat	17. Mai	La Baillaz.

Anmerkung.

Das vorliegende Register kann schon aus dem Grunde keinen Anspruch auf absolute Vollständigkeit machen, weil nicht alle Namen der Gefallenen in die Sterberodel eingetragen wurden. Ueberdieß müssen wir mit Bedauern melden, daß mehrere Pfarrämter, an welche wir uns brieflich um Mittheilung bezüglicher Notizen wenden mußten, unser Gesuch mit Stillschweigen zu beantworten sich veranlaßt fanden. Der geneigte Leser möge daher etwa vorkommende Lücken nicht uns, sondern den betreffenden Pfarrverwesern zu gut schreiben. — Auch in Bezug auf den Ort des Todes dürften sich vielleicht bei Einigen Irrthum eingeschlichen haben, da nicht alle Todten-Register dieses Umstands Erwähnung thun, und auf dem Wege der Tradition die Wahrheit nicht immer vollständig zu erreichen möglich war. Das eifrige Streben darnach mag für uns das entschuldigende Wort sprechen.

---

*) Wurde zuerst schrecklich mißhandelt, dann nach Sitten in den Spital gebracht, wo er bald darauf starb.

Von den 28 Herren, die im Verdacht der Franzosenfreundschaft standen, und deßhalb von den übereifrigen Patrioten in Verwahr gesetzt wurden, machen wir folgende Individuen namhaft:

Hochw. Hr. von Courten, Pfarrer in Vispach.
Hr. Joh. Peter Andermatten, Kastl. in Vispach.
„ Ignatz Lang, Kastl. in Niedergesteln.
„ Jos. Berchtold von Stalden, Agent.
„ Franz Mangisch v. Stalden, Zehnenweibel.
„ St. Truffer von Täsch, Zehnenfähnder.
„ Lukas Imboden v. St. Niklaus.
„ Kastl. Walden von Naters.
„ Kastl. Gasser v. Naters.
„ Meyer Morenzy oon Turtmann.
„ Alt-Landvogt Matter v. Leuk.
„ Handelsmann Fontaine v. Raren.
„ Hauptmann Pfaffen von Mund.
„ Stephan Bayard v. Varen u. s. w.

NB. Als Franzosenfreund und Verräther galt zu jener Zeit Jeder, der etwelche Bedenklichkeiten gegen einen Krieg mit Frankreich und der Helvetik zu erheben wagte, oder einen sichern Erfolg des Unterfangens in Zweifel zog. Aehnliches haben wir im Wallis noch im Jahr des Heils 1847 erlebt.

Verzeichniß
der Gefangenen im Jahr 1799.

Einem offiziellen Rapport entnehmen wir folgende Notizen, um zu zeigen, um welcher Verbrechen willen man in diesen aufgeregten, traurigen Zeiten die Leute ergriff und einkerkerte.

1. In der Theoduls-Kirche zu Sitten. *)

1. Jost Metry, Jos. Zumofen, Johannes Oggier und Jos. Mathieu, alle von Albinen. Sie geben vor, deßwegen im Dorfe zurückgeblieben zu sein, um die Franzosen bei ihrer Ankunft zu empfangen und sie zu bitten, den Ort nicht in Brand zu stecken. Sie wurden von ihren Mitbürgern dazu angehalten. Die Franken ergriffen sie ohne Waffen und escortirten selbe über Leuk nach Sitten zur Untersuchung. — Zu gleicher Zeit und an gleichem Orte ist auch Josef Metry von Leuk ergriffen und nach Sitten transportirt worden.
2. Stephan Marty, Vater, und Josef Borter wurden beide ohne Waffen im Dorf Inden ergriffen und nach Sitten transportirt.
3. Stephan Bayard, Josef Julier, Josef Clavioz, Stephan Mayenzet und Jos. Mayenzet, alle von Varen, wurden ohne Waffen ergriffen und in Haft gesetzt.
4. Augustin Hugo von Leuk flüchtete mit den Rebellen bis nach Goms, wo er desertirte, sobald er den schlimmen Ausgang des Krieges bemerkte.
5. Johann Peter Hutter von Laldeu, eine Art Cretin — (éspèce d'imbécile), der beim ersten Schuß, den er hörte, als todt zu Boden fiel.

*) Das Aktenstück ist in französischer Sprache abgefaßt — wahrscheinlich von einem Beamten des Kriegsgerichtes in Sitten.

6. Josef Albrecht, von Mörell, wurde bei der Kapelle auf Blatten mit den Waffen — aber ohne Pulver und Blei — ergriffen. Er marschirte gegen die Franzosen, weil Androhung der Todesstrafe ihn dazu bewogen hatte.

7. Peter Lang von Eggerberg sagt aus, er sei den Franzosen von ganzem Herzen gewogen und schon aus diesem Grunde von den Rebellen bestraft worden. Nur um Mißhandlungen vorzubeugen, habe er mit den Patrioten gehalten. Auf Verwenden seiner Freunde gab man ihm ein Gewehr, um gegen den General Xantrailles zu ziehen. So betheiligte er sich dann vor etwa 10 Tagen bei dem Treffen an der Massa, und wurde mit den Waffen in der Hand zu Bürgisch aufgefangen.

8. Peter Lengen von Emd sagt aus, daß er von seinen Mitbürgern stets gehaßt wurde, weil er die Abgaben der Regierung eintreiben half. Man arretirte ihn in seinem Hause, in welchem sich mehrere Cartuschen vorfanden, von denen er jedoch nichts wissen wollte.

9. Christian Roten von Raren wurde unter Bedrohung der Todesstrafe und Confiscation seiner Güter bewogen, mit den Rebellen zu marschiren. Er wurde auf der Flucht bei Naters ergriffen und trug Waffen mit sich.

10. Johannes Schaller ist aus dem Grunde arretirt worden, weil sein Sohn in den Reihen der Insurgenten focht, und weil man in seinem Hause eine Patrontasche fand; er sagt jedoch, seine Tochter habe selbe auf dem Felde gefunden und sie heimgebracht, weil sie ihm beim Steinsprengen dienlich sein könne 2c. . . .

11. Franz Jos. Sattler von Terbinen wurde bei Martinach verwundet, durch französische Chirurgen kurirt und seither in Haft behalten.

12. Peter Andres von Zen-Eggen wurde von den Rebellen zur Theilnahme am Krieg gezwungen — obgleich er stets kränkelte.

Die Franken nahmen ihn fest, führten ihn in's Spital zu Sitten, wo er Pflege erhielt.

13. Sebast. Héritier von Saviese sagt aus, daß er aus Unpäßlichkeit zu Hause geblieben sei, jetzt aber aus Furcht vor dem Sieger in's Berneroberland flüchten wollte, um von da über die Gemmi wieder in's Land zu kommen. Er wurde festgenommen, eh' er dieses Projekt ausführen konnte.

2. Im Rathhause zu Sitten.

1. Martin Faller von Steg, seit 9 Jahren in Siders seßhaft, befindet sich seit dem 6. Mai in Haft. Man erwischte ihn mit den Waffen.
2. Josef Birkle von Mörell will gezwungen worden sein, den Rebellen Proviant nachzuführen. Er ist 60 Jahre alt, und wurde ebenfalls am 6. Mai von den Franzosen ergriffen.
3. Ignatz Hofer von Glis trug zwangsweise die Waffe, die in einem Spieß bestand, und wurde mit Birkle gefangen. (Wahrscheinlich stund er Wache am Proviantwagen Birkle's).
4. A. Maria Kounen, Gattin des Johann Blatter von Glis, wurde von den Franken auf der Alpe verhaftet, weil man ein gefülltes Pulverhorn auf ihr entdeckte. Sie sagt, einer ihrer Freunde habe es ihr gegeben, um damit das Fieber zu vertreiben; sie zählt 60 Jahre und sitzt bereits 3 Wochen in Haft und ist sehr schwach und kränklich.

3. Im Collegium zu Sitten.

1. Anton Micheloux von Nax wurde durch unsern Agenten hergeschickt, weil er den Rebellen das Haus des Agenten und des Präsidenten Sierro gezeigt 2c. Er sitzt ungefähr 8 Wochen im Gefängniß, und sagt er aus, daß er gezwungen worden zu obgemeldtem Verbrechen!....
2. Paul Bonino aus der Gemeinde Comondone, Provinz Biala, wurde vor etwa 45 Tagen in Siders arretirt, obgleich er

einen Passeport vom Agenten in Chambery besaß und nicht weiß, weß' Ursach' er gepackt worden sei...

3. Josef Clausen von Ernen, 81 Jahre alt, wurde in Ernen, auf offener Straße und ohne Waffen abgefaßt und hieher transportirt *).

4. Christian Schmocker v. St. Leonhard diente 4 Jahre in Italien, und 5 Monate war er krank im Spital zu Varallo. Nach Hause zurückkehrend, wurde er im Brigerberg ohne irgend welche Waffe verhaftet.

5. Josef Carlen von Rekingen, an verschiedenen Stellen verwundet, fiel nach der Einnahme von Visp in die Hände des Siegers.

5. Im Hexenthurm.

1. Cäsar Girard, Schreiner von Matru, wurde schon vor 2½ Monaten eingekerkert, weil er einen der Unsrigen getödtet, der im Begriffe stand, ein Haus in Riddes anzuzünden.

2. Josef Lercher, Einwohner von Siders, ist auf Befehl des Unterpräfecten am 4. Juni eingezogen worden, weil er sich in die Compagnie des Hrn. Ritters von Torrente anwerben ließ und gegen uns zog. Er meint, daß die Herren, welche öffentliche Aemter bekleiden, auch die besten Bürger sein sollten. Es haben sich dieselben aber gerade die Ersten aus dem Staube gemacht und die Andern im Stich gelassen, was ihn sehr verdrieße! —

NB. Nichts Neues unter der Sonne; so was hat sich im Jahr 1847 im Wallis und anderswo auch zugetragen, und unser gute Lercher hätte die zweite Auflage gesehen, wenn er den Untergang des Sonderbunds erlebt hätte.

---

*) Wahrscheinlich jenes Meisterschusses wegen, durch den ein fränkischer Offizier bei Mörell das Leben verlor.

3. Ludwig Janard von St. Croix sitzt in Arrest, weil er in einem nach Hause geschriebenen Briefe sagt, daß er auf den Fall eines mehr als dreimonatlichen Dienstzwanges — desertiren werde.

4. Josef Schönler, wohnhaft in Albinen, ist von Waadtländern arretirt worden, weil er bei Varen mit Hausirwaare ertappt wurde. Im Besitze eines Hausirscheines von Hrn. Allet in Leuk glaubte er den gesetzlichen Forderungen Genüge geleistet zu haben.

5. Johann Adam Arnold und Joachim Ritteler von Turtmann waren auf Einladung des Generals Lantrailles wieder nach Hause zurückgekehrt, aber von einer fränkischen Patrouille in Tumminen aufgedeckt und verhaftet — ohne Waffen.

6. Karl Ady von Orsierès ging nach Visp, um seinem Bruder Kleider zu bringen. Hier soll er gerüchtweise ausgesagt haben, die Kaiserlichen hätten den St. Bernhardsberg besetzt, was die Rebellen ermuthigen konnte. Aus diesem Grunde sitzt er in Untersuchungshaft.

7. Josef Lochmatter von Visp wurde oberhalb Stalden von den Franzosen — ohne Waffen — ergriffen und in Haft gesetzt.

8. Stephan Lehner von Leukerbad sitzt seit dem 27. Juli in Verwahr; er weiß selber nicht warum. *)

---

*) So mochte es vielleicht den meisten dieser Prisonnieren vorgekommen sein, indem sie nicht glauben konnten, daß ein ehrlicher Feind nach erfochtenem Siege und hergestellter Ruhe und Ordnung die Besiegten und — wie sie sagten, Befreiten — ohne irgend welchen gesetzlichen Vorwand festnehmen und einkerkern dürften!

Chronologisches Verzeichniß

der offiziellen Aktenstücke und Dokumente, so in dieser Geschichte benutzt worden sind.

(Meist aus den französischen Originalien.)

1790, 23. Oktober. Projekt zur Organisation der Wehrkraft gegen die Revolution (Manuscript).

1791, 9. Oktober. Kreisschreiben des neugewählten Bischofs Jos. Ant. Blatter an die Diözesan-Geistlichkeit mit Rücksicht auf die ernsten Zeitläuften.

1794, 30. Mai. Reglement, die französischen Emigranten betreffend.

179.., Aufforderung des National-Präfekten der Waadt an seine Unterbeamten, wöchentlich über die im Lande weilenden französischen Truppen genaue Rechenschaft und Bericht abzugeben.

1798, 3. Februar. Verbot über die in St. Moritz abgehaltene Conferenz zur Beilegung des obwaltenden Spans zwischen den beiden Landestheilen (Manuscript).

1798, 3. März. Projekt zu einer Verfassung für die Republik Wallis.

1798, 14. April. Entlassung der fremden Truppen im Kanton Leman (Waadt).

1798, 27. April. Ultimatum des Residenten Mangourit an den Bezirk Raren — zur unbedingten Ergebung in seinen und der französischen Regierung — Willen.

1798, 30. April. Manifest der helvetischen Regierung in Aarau an das Oberwalliservolk, „daß es sich der neuen Ordnung der Dinge füge — oder der Gewalt weiche."

1798, 2. Mai. Beglückwünschung Mangourits an die versammelten Wahlmänner im Theater zu Sitten.

1798, 4. Mai. Erste bewaffnete Demonstration in Raren und und an der Suste; Berichterstattung Mangourits an seinen Rath über die ernste Wendung der Dinge.

1798, 10. Mai. Versöhnliche Erklärung der 7. östlichen Zehnen an ihre Mitbrüder in Unterwallis.

1798, 12. Mai. Beschlüsse des Vollziehungsrathes in Aarau, das empörte Wallis betreffend.

1798, 1. Juni. Verbal-Prozeß der neuen Wahlen im regenerirten Walliserland.

1798, 8. Juni. Proklamation des General Lorges an das Walliservolk.

1798, 6. Juni. Kreisschreiben des Bischofs Blatter über die Absetzung mehrerer kirchlicher Festtage.

1798, 9. Mai. Der Resident Mangourit verkündet der Welt in einer Proklamation den Sieg der helvetischen Truppen in Wallis und belobt ihre Tapferkeit und Manneszucht. (sic).

1798, 8. Juni. Feierliche Aufrichtung des Freiheitsbaumes in in der Hauptstadt — Tisch- und Festreden, als:

1. Rede des provisorischen National-Präfekten Pittier bei Anlaß der Feier 2c.
2. Festrede des Residenten Mangourit.
3. Ansprache des Bürgers und Kriegs-Kommissärs Leymerik u. s. w.

1798, 10. August. Ansprache an das Walliservolk bei Anlaß der helvetischen Bürger-Eidesleistung von Seite der helvet. Regierung.

1798, 17. August. Kreisschreiben des Bischofs Blatter an seine Diözesanen den Bürgereid betreffend.

1798, 6. September. Schreiben des Ministers der Künste und Wissenschaften der einen und unzertheilbaren Republik an den Bürger de Rivaz, National-Präfekt des Kt. Wallis.

1798, 28. Sept. Das Vollziehungs-Direktorium in Aarau an das Walliservolk. (Neue Verordnungen und Beschwichtigungen 2c.)

1799, 4. Januar. Organisationsgesetz über die Gerichtsordnung im Wallis.

1799, 5. Januar. Beschluß über die Militär-Organisation.

1799, 8. Jan. Proklamation (Aufforderung) zur Schadloshaltung der Geistlichen, die durch Aufhebung der Zehnten und Gilten Eintrag erlitten.

1799, 24. Jan. Neues Wahlgesetz.

1799, 29. Jan. Vorschrift über regelmäßige Visitationen in den resp. Zehnen.

1799, 19. März. Verordnungen über das Munizipalwesen.

1799, 6. Oktober. Beschlüsse über die Requisitionen der Staatsgefälle ꝛc.

1802, 24. September. Beschlüsse über die Haltung der Taufregister.

1802, 24. Januar. Proklamation des neuen National-Präfekten an das Volk, in welcher er demselben seine Wahl durch den General Sorreau verkündet.

1802, 24. November. Staatsverfassung für den Kanton Wallis.

1802, November. Restauration des Finanzgesetzes für das Jahr des Heils 1803.

1803, 20. Mai. Festrede, gehalten am Krönungstage Sr. Majestät des Kaisers Napoleon I. vor dem versammelten Generalrathe — durch Hrn. v. Chassériaux, Geschäftsträger Sr. Majestät im Kt. Wallis.

1803, 7. August. Ueberreichung der Beglaubigungsakte von Seite des französischen Geschäftsträgers v. Chassériaux an die Regierung von Wallis.

1808, 28. August. Neue Postordnung im Wallis.

1810, 3. Januar. Dekret der Einverleibung des Kantons Wallis als Departement von Simplon in das franz. Kaiserreich, Unterdrückung der religiösen Orden mit Ausnahme der Hospizien auf dem St. Bernhard und Simplon, der Urselinerinnen und grauen Schwestern in Sitten.

Inhaltsverzeichniß.

Erster Abschnitt.

Zweiter Abschnitt.

Dritter Abschnitt.

CPSIA information can be obtained
at www.ICGtesting.com
Printed in the USA
LVHW032010101121
702935LV00002B/112

9 783752 542158